H. J. Magog & Paul Féval fils

L'Humanité enchaînée

Les Mystères de Demain volume 4

ISBN : 978-3-96787-258-3

10 9 8 7 6 5 4 3 2 1

H. J. Magog & Paul Féval fils

L'Humanité enchaînée

Les Mystères de Demain volume 4

Table de Matières

MIRAGE POLAIRE 7

LA FORÊT ENCHANTÉE 16

UN MONSTRUEUX INSECTE 26

LA SIRÈNE-PIEUVRE 35

LE JARDIN AFFOLANT 42

LA MAIN DE FEU 55

LES RUINES DU MONDE 60

L'ÉNIGME DE LA « FAUVERIE » 65

LES AIGLES RAVISSEURS 74

CONSEIL DE CABINET 80

LA RÉVOLTE DES ANIMAUX 85

LE RAPPORT DE PIPIGG 95

CONVERSATION PAR ARC MAGNÉTIQUE 104

PRISONNIER DU PÔLE 113

À MOI !... HANTZEN ! YOGHA ! 120

À LA NICHE ! 129

LA CHEVELURE DE FLAMMES 135

LE SOLEIL NE S'EST PAS LEVÉ 139

LA NUIT SUR LE MONDE 143

L'ÎLE EN MARCHE 150

LE REMORQUEUR FANTÔME 156

LE VOLEUR DE FEMME 164

L'HOMME ÉCLIPSÉ 169

LA MAIN VIVANTE 174

OÙ VICTOR LARIDON S'ÉMEUT 180

LA FABRIQUE DE TEMPÊTES 188

L'OBUS AUTOMOBILE 191

LE CYCLONE ENIVRANT 200

LA COLÈRE D'ORONIUS 206

CHAPITRE PREMIER
MIRAGE POLAIRE

L'Histoire ne pourra perdre le souvenir des terrifiants cataclysmes qui se succédèrent durant les premières années du vingt-et-unième siècle. Assailli par des fléaux imprévus, le monde faillit périr. Tout au moins, si ce ne fut pas la fin de la terre, on put croire que c'était celle de l'humanité.

On sait maintenant quelle avait été l'origine de ces forces destructrices qui menacèrent d'anéantir la Vie. Nul n'ignore à qui il convient de les attribuer. La science a deux visages – comme le Janus Bifrons des Romains – et la plupart des armes qu'elle manie peuvent indifféremment tuer ou guérir. La même science inspirera le génie du mal et le génie du bien. Et c'était bien ces deux génies qu'incarnaient, au début de l'an 2.000, ces savants ennemis, le professeur Hantzen et l'illustre maître Oronius.

Les maux déchaînés sur le monde vinrent du premier, de même que le second seul y trouva les remèdes et les palliatifs.

Mais, parmi ces divers et gigantesques bouleversements, comment ne pas accorder une mention particulière au formidable mascaret de chaleur qui assécha l'Océan en moins de quelques heures ; puis ou *raz-de-marée atmosphérique* qui faillit asphyxier l'humanité, en refoulant sur un seul point du globe la presque totalité de l'air respirable ?

Au soir de ce sur-phénomène, un appareil volant, encore mal dégagé de la couche d'air solidifié qui l'avait un instant transformé en aérolithe, retombait sur la terre, après avoir été projeté aux limites de la stratosphère par le flux atmosphérique.

Parti de l'ancien continent des Atlantes[1], qui pouvait dire en quel point du globe il retombait ? La courbe qu'il avait involontairement décrite lui avait certainement fait franchir, à une incalculable vitesse, une distance considérable.

Son équipage et ses passagers, tous en observation derrière les hublots de la carlingue, devaient donc chercher à deviner l'endroit qui allait être leur point de chute. Sans doute, on n'aura point de peine à le comprendre, un peu d'appréhension se mêlait à leur lé-

---

1 Voir *Le Réveil de l'Atlantide* (*Les Mystères de Demain*).

gitime curiosité.

Pourtant, bien moins que la généralité de leurs contemporains, les humains enfermés dans cet oiseau d'acier ne devaient se laisser impressionner par la perspective d'aventures nouvelles.

Ce navire aérien n'était-il pas l'*Alcyon-Car*, le célèbre appareil de l'illustre Oronius ? Résumé et habitacle de toutes les merveilles de la science, n'emportait-il pas dans ses flancs de quoi parer aux éventualités les plus imprévisibles ? Et n'était-il pas guidé par le Maître lui-même, assisté de son élève, l'ingénieur Jean Chapuis, et du roi des mécanos, l'inénarrable bellevillois Victor Laridon ?

L'Alcyon-Car ! Merveille des merveilles ! Forteresse inaccessible et laboratoire procéleste ! Avion-protée qui pouvait, avec une égale facilité, être tantôt oiseau et tantôt poisson, auto sur le sol, tank au besoin, canot électrique, transformable en sous-marin, auto-poisson, enfin, capable de rouler au fond des mers. Il n'était aucune situation à laquelle ne fût susceptible de s'adapter ce Fregoli de la machinerie moderne.

Entraîné dans un nombre incalculable d'effarantes aventures, depuis le jour où le sommet de Belleville, se transformant en volcan, il avait été arraché à son paisible laboratoire[1], le maître Oronius n'avait jamais hésité à lui confier ce qu'il avait de plus précieux. L'Alcyon-Car n'emportait pas seulement les trésors scientifiques du savant, il emportait aussi celle qu'il chérissait le plus : Cyprienne, sa blonde fille aux yeux d'azur, l'intrépide et délicieuse fiancée de Jean Chapuis.

Deux soubrettes accompagnaient cette amazone des airs, la Parisienne Turlurette au minois très éveillé et Mandarinette, jeune Chinoise arrachée par elle à une affreuse servitude ; la première s'était promise au mécano Laridon ; la seconde, moins avancée sous le rapport sentimental, semblait pourtant s'intéresser assez fort au nègre Julep, – peut-être à cause des singularités que présentait l'épiderme du digne serviteur, rendu polychrome par les expériences d'Oronius.

Enfin, et pour terminer le dénombrement des passagers de l'*Alcyon*, il y avait encore à son bord deux petits chiens papillons, Pipigg et Kukuss, puis Taï, singulière créature sous-terrienne ra-

---

1 *Les Fiancés de l'An 2000* (Les Mystères de Demain).

menée des environs du feu central[1].

Bêtes et gens, tels étaient ceux qui, en ce soir catastrophique descendaient du ciel vers la terre inconnue.

Ils l'observaient à travers les panneaux vitrés de l'avion et comme grâce à la perfection des appareils optiques utilisés par Oronius, cette observation était facilitée, ils pouvaient s'émouvoir du spectacle qu'ils avaient sous les yeux.

Jamais il ne leur avait été donné de contempler plus singulier paysage. De la hauteur à laquelle ils se trouvaient encore, le sol terrestre aurait dû leur apparaître sous l'habituelle forme d'une circonférence encerclée de ciel.

Or, la terre, sous eux, leur semblait avoir pris une forme elliptique. Il n'eût plus été exact de parler de cercle à l'horizon : il aurait fallu dire l'*ellipse*.

De plus, les dimensions de cette ellipse présentaient des proportions singulièrement considérables. Certainement, sa superficie dépassait de beaucoup celle qu'eût dû enclore le regard de l'observateur contemplant de pareille altitude un autre point du globe terrestre. L'étendue embrassée pouvait varier du simple au double. Sur une toute autre échelle, l'œil aurait ressenti une impression analogue si, après avoir contemplé de haut un œuf posé sur sa pointe, il l'avait ensuite – de la même hauteur – regardé posé dans le sens de la longueur. Dans le premier cas, l'image perçue était un cercle de dimension restreinte. Dans le second, c'était une ellipse ayant pour petit axe le diamètre de la précédente circonférence et dont le grand axe pouvait être double, sinon triple.

De cette anomalie, Oronius devait conclure qu'il contemplait la terre sur une de ses faces *aplaties*.

Il avait donc sous les yeux *l'un des pôles* ou ses abords immédiats.

Lequel ? D'après le graphique de la courbe décrite depuis le cataclysme qui avait projeté dans les airs l'*Alcyon-Car*, le Maître estima que la chute avait été orientée dans la direction du sud. C'était donc vers le pôle austral ou antarctique que descendait l'avion.

Et à mesure qu'il se rapprochait du sol, Oronius s'étonnait davantage de trouver la réalité si différente des vérités – supposées – données par les géographes comme étant articles de foi.

---

1 *Le Monde des damnés (Les Mystères de Demain)*.

À vrai dire, c'était un bien étrange paysage !

Plus qu'étrange… hallucinant !

Le disque du soleil demeurait perpétuellement au-dessous de l'horizon et ses rayons n'éclairaient qu'indirectement la surface polaire. Il y régnait donc constamment une demi-lumière qui, sans être celle des nuits claires, n'était pas non plus celle du jour normal.

En ce point du globe, théoriquement percé par le prolongement de l'axe de rotation, – essieu du monde ! – il n'y avait ni lever ni coucher de soleil. Quelle que fût la face présentée par la terre aux rayons solaires, le centre polaire ne s'en trouvait ni plus ni moins éclairé.

Un jour étrange – ou plutôt une clarté spectrale, demi-ombre et demi-lumière, – baignait donc le sol sur lequel s'apprêtait à aborder l'appareil.

Il approchait du pôle… mais il ne descendait pas exactement au-dessus. Il allait atterrir sur le rebord d'un plateau rocheux décrivant la ceinture complète autour d'une sorte de plaine ronde formant cuvette. Le pôle théorique devait se trouver au centre et au fond de cette cuvette.

Quels yeux ouvraient les compagnons d'Oronius ! Et quels regards lui jetait le Maître lui-même !

Comme ce qu'ils découvraient mettaient à néant les plus savantes déductions !

Le fameux cercle antarctique et ses glaces devait être fort loin derrière eux. Ils survolaient la zone séculairement assiégée par les explorateurs les plus fameux, mais jamais atteinte : la zone inviolée ! Ils avaient franchi la mystérieuse et dernière barrière contre laquelle s'étaient brisés les suprêmes efforts de tant de hardis pionniers.

Les passagers de l'Alcyon faisaient mieux que d'entrevoir le but, de le deviner, de le frôler – ils y étaient dans l'*Elglacero* rêvé par tous les malheureux Orellana du pôle.

Et ce qui se révélait à eux, ce n'était ni la mer libre, ni le désert de glace hypothétiques. C'était cette couronne de roc dressée par la Nature comme une enceinte destinée à enfermer le secret de l'aimant !

Qu'était-il… ce pôle ?

Un instant – un instant éphémère ! – ils l'eurent sous les yeux. Ils crurent le tenir… Ils l'entrevirent…

Illusion !… La vision était si inattendue qu'ils pensèrent être les jouets d'un mirage.

L'Alcyon venait de se poser au haut du roc, à quelques mètres du rebord d'où les regards pouvaient plonger dans la mystérieuse cuvette.

Jean Chapuis ouvrit une écoutille…

Ou plutôt il tenta de l'entr'ouvrir.

Mais, aussitôt un froid mortel se répandit à l'intérieur de l'avion et Julep fit un bond en arrière comme s'il avait reçu en pleine poitrine un pavé de glace.

— Referme !… Referme ! se hâta de crier Oronius. T'imagines-tu que nous puissions sans préparation affronter la température du pôle.

Sur ce point, tout au moins, des observations et les déductions des explorateurs se trouvaient confirmées. La température polaire s'opposait à la présence de tous organismes animés.

Cependant, pas plus que les flammes d'une fournaise, le froid ne pouvait arrêter le Maître. Il revêtit et fit revêtir à ses compagnons des combinaisons à double enveloppe enfermant un matelas d'air réchauffé par un courant électrique. Des masques pareillement chauffés furent appliqués sur les visages et des gants protégèrent les mains.

Ainsi transformés en radiateurs vivants, les aviateurs pouvaient sortir. Un à un, tous se risquèrent hors de l'*Alcyon* et foulèrent le sol glacé de la calotte polaire. C'était un sol mort, noir et lugubre. Le froid y tuait tous les germes. Il n'y avait aucune trace de végétation même la plus élémentaire ; la vie animale en était également absente.

Un silence écrasant y régnait.

— Naturellement, murmura Oronius, en hochant la tête. La mort seule peut habiter sous cette latitude. Notre curiosité trouvera ici bien peu à glaner… le néant !… Donnons-nous cependant le plaisir de descendre au fond de cette cuvette et de poser le pied sur le point exact qui est le pôle austral lui-même…

Il se retourna vers la cuvette et se rapprocha du rebord.

Tous ses compagnons l'avaient imité. La même exclamation de stupeur leur échappa.

Une buée grise emplissait la grande cuvette. Le coup d'œil était assez semblable à celui d'une mer de nuages vue du sommet d'une montagne.

Cette brume n'était pourtant pas assez dense pour former un voile impénétrable aux regards. Elle laissait apercevoir confusément les formes qu'elle enfermait en son sein.

Le Maître, sa fille, son futur gendre et leurs serviteurs crurent donc distinguer, à leur profonde stupéfaction, des silhouettes de constructions massées au fond de la cuvette.

Ce pouvait être une illusion d'optique : le brouillard déforme les objets ou leur prête une apparence fantastique ; les troncs d'arbre revêtent des aspects humains, un buisson, un pan de mur se transforment en monstres qu'on imagine vivants.

Les spectateurs n'auraient donc attaché que peu d'importance à ce qu'ils voyaient ou croyaient voir ; le brouillard et la distance considérable qui les séparait du fond de l'immense cuvette et des formes entrevues constituant une double cause d'erreur. Cela eût suffi à les mettre en garde contre l'invraisemblable vision de ce qui ne pouvait être qu'un importun mirage, s'il n'y avait eu autre chose. Or, de cette autre chose, ils ne pouvaient douter, sans douter en même temps du témoignage de leurs sens.

Du sein de la buée grise des tours colossales émergeaient.

Cette fois il était impossible de mettre l'étrange apparition sur le compte d'une déformation due au brouillard. En effet, les masses imposantes que découvraient nos voyageurs stupéfaits s'élevaient bien au-dessus de la mer de brume, elles se dressaient dans la partie relativement claire de l'atmosphère et sans l'interposition d'aucun rideau de vapeurs.

Les contours et les silhouettes étaient donc absolument nets. Et il était aisé à Oronius d'en observer la forme et la nature.

Chacune pouvait être éloignée de quelques kilomètres. Mais comme leur diamètre atteignait certainement un millier de mètres, elles demeuraient encore suffisamment visibles pour que l'œil pût douter de leur réalité.

Ce n'était pas des rochers, c'était indiscutablement des édifices dressés par d'habiles architectes et selon toutes les règles de l'art.

Des œuvres humaines ! une architecture au pôle austral ! au delà de la limite assignée à la vie !

Médusés, tous demeuraient stupides devant les énormes silhouettes dominant la mer de brouillard.

Cette fantastique apparition rendait moins invraisemblable ce qu'ils avaient cru distinguer au fond de la vaste cuvette. Ils n'étaient plus sûrs d'être les jouets d'une illusion en y découvrant, sous le voile de brume, le fourmillement de la vie active des pays d'usines, l'agitation de multitudes humaines se livrant à des travaux… Entre les constructions couvrant le sol de la cuvette, des points noirs, représentant comme une armée de pygmées, allaient et venaient en chaînes ininterrompues… Des formes plus volumineuses couraient sur le sol. Et, dans les airs, au sein même du brouillard, d'autres formes, qui paraissaient voler, passaient et repassaient.

Des usines, une industrie, des êtres actifs, des trains peut-être, tout au moins des véhicules – et des aéroplanes ou des trailles aériens – semblaient animer la vie polaire !…

Nos explorateurs surprenaient là les manifestations de vie et d'activité intense que pourrait offrir n'importe quel pays minier ou métallurgique.

N'était-ce pas des fumées de haut-fourneaux qui s'élevaient dans le ciel, formant cette mer de nuages ? Le sol ne tremblait-il pas sous le choc lointain de marteaux-pilons ?

Aucun de nos héros ne pouvaient admettre cela. Avec Oronius, ils préféraient récuser le témoignage de leurs yeux, dupes d'apparences déformées.

Cela écarté, il n'en restait pas moins les tours si nettement visibles – les tours et la singulière destination qu'elles paraissaient avoir.

Quel était ce phénomène, constaté, mais absolument déconcertant ! Était-il purement physique et naturel ? Ou bien une volonté scientifique et créatrice le commandait-elle ?

C'était étrange et inexplicable. Cela aurait été tel en tous lieux du monde. Jamais Oronius n'avait contemplé rien de semblable. Jamais il n'avait réalisé ni rêvé de réaliser sous cette forme et sur une aussi vaste échelle le miracle qu'il contemplait et qualifiait aisément : *la captation directe de l'énergie incluse en toute source lumineuse, la déviation et la décomposition des rayons solaires pour en extraire les forces caloriques ou autres.*

Car ce ne pouvait être que cela : mystérieusement attirée du fond de l'horizon derrière lequel se tenait caché le soleil invisible, une masse lumineuse montait, se courbait et retombait, en se divisant, sur le sommet des tours. C'était la masse diffuse des rayons solaires répartis dans l'espace qui, détournés de leur parcours normal et rassemblés en faisceau par une intervention inconnue, se trouvaient amenés vers les tours polaires.

Mais, déjà, soit au moment de la captation, soit en cours de trajet, un premier travail de décomposition et d'élimination s'était effectué. Car ce n'était pas toute la lumière solaire que recueillaient les mystérieuses tours : dépouillés notamment de leur éblouissante luminosité habituelle, ils n'arrivaient au but que sous forme de radiations à peine visibles et que, seule, leur grande masse permettait de discerner.

Rêveur, en présence de cette colossale tentative de captation des forces de la Nature, Oronius évaluait les formidables réserves de chaleur et d'énergie qui pouvaient ainsi s'accumuler et se transformer dans les réservoirs des édifices babéliques.

À quoi servaient-elles ces réserves ?... Ou *à quoi serviraient-elles un jour ?*

Qui les captait ?...

— Des hommes ont construit ces tours, murmura pensivement le Maître. Ceci est indiscutable ! Nous avons devant nous une manifestation du génie humain… Au fait, quels peuvent être ces hommes ? Et que font-ils là ?

De ses yeux ardents, il fixait le sommet des tours, sur lequel ils se figurait distinguer des silhouettes humaines, courant, s'agitant et se livrant à diverses besognes.

Mais, brusquement – et au moment précis où il allait porter à ses yeux l'œil cyclopéen, la nuit se fit, subite, totale et inexplicable…

Plongés à l'improviste dans d'épaisses ténèbres, nos amis ne s'apercevaient même plus les uns les autres. Ils durent se chercher à tâtons en s'appelant et se rapprocher troublés et inquiets.

Les tours-usines avaient brusquement interrompu leur travail.

Brisé, le faisceau lumineux ne montait plus du fond de l'horizon. Tout s'était éteint !

Un silence angoissant pesait sur la nuit du pôle.

— Avons-nous été aperçus ? Cette nuit est-elle voulue, provoquée ? murmura Oronius. Le Pôle enferme-t-il donc un secret jalousement gardé qu'a paru menacer notre apparition inattendue ?

Nul ne lui répondait. Il poursuivit, pour lui-même, la série des réflexions que lui inspirait la situation.

— Il y a là des vivants… des êtres d'une intelligence supérieure… pour le moins égale à la nôtre… Ce que nous venons d'entrevoir ne permet pas d'en douter… Donc, ce sont des humains… Parmi la création, quelle autre espèce pourrait posséder cette intelligence ?… Or, pourquoi cette défiance aussi formidablement manifestée ? Quels qu'ils soient, des êtres entre les mains de qui se trouvent de telles forces ne sauraient regarder comme un danger la venue de quelques voyageurs… Pourquoi cette nuit ? Veulent-ils nous interdire l'accès du pôle ? En sont-ils les gardiens et ceux de ses mystères ?… Je ne puis comprendre… Incontestablement, je le sens, nous venons de provoquer une alerte… Mais comme nous ne saurions constituer personnellement une menace sérieuse, il faut tout bonnement conclure que nous avons surpris un spectacle qu'on désirait cacher… L'homme polaire, insoupçonné jusqu'à ce jour, veut encore qu'on ignore son existence… Pourquoi ?

Malgré soi et en dépit du témoignage de ses yeux, il exprima ce doute :

— Quelle folie ! L'homme polaire existe-t-il ?… Peut-il exister ?… La raison dit : non… Les tours-usines aspiratrices d'énergie solaire affirment le contraire… Une seule chose est sûre : le pôle est habité… Par qui ?

Inexplicablement troublés par le mystère qui les entourait, les passagers de l'*Alcyon-Car* se serraient en un groupe inquiet.

Le silence et l'obscurité leur semblaient enfermer une menace. Ils attendaient presque une attaque…

De qui ? – comme disait Oronius.

Tout à coup - et ce fut une impression générale, puisque tous frissonnèrent en même temps – ils entendirent au-dessus d'eux et autour d'eux des battements d'ailes. Les ténèbres s'emplirent de formes que l'effroi leur faisait deviner. Ils se sentirent frôler… Ils virent briller des yeux étranges – des yeux à facettes polyédriques, qui rappelaient l'éclat du diamant – certainement pas des yeux humains.

Et pourtant, entre les grandes ailes sombres qui battaient l'air, il leur semblait distinguer des corps.

Des corps ayant la forme humaine…

Ils n'eurent d'ailleurs pas le temps de se livrer à de nombreuses constatations, ni celui de se poser beaucoup de questions.

L'étrange essaim qui venait de les entourer et semblait vouloir les reconnaître à la faveur des ténèbres, s'éloigna presqu'aussitôt. La nuit retrouva son calme. L'air cessa d'être agité. Ils purent douter de la réalité de cette nouvelle fantasmagorie.

— Il n'y avait rien… rien que la nuit, se répétait chacun. Notre imagination seule a peuplé les ténèbres.

L'alerte ne se renouvelant pas et les minutes s'écoulant sans apporter d'autre incident, ils se rassérénèrent peu à peu.

D'ailleurs, l'inexplicable nuit dura peu. Le voile s'éclaircit. La demi-clarté polaire reparut, arrivant de l'horizon.

Les voyageurs revirent le plateau en couronne sur lequel ils se tenaient.

Ils revirent la cuvette et sa mer de nuages grisâtres, un peu plus opaques qu'avant l'éclipse. Mais en vain leurs yeux cherchèrent les étranges tours… Elles n'émergeaient plus du brouillard…

Elles avaient disparu et avec elles toute trace de vie.

CHAPITRE II
LA FORÊT ENCHANTÉE

— C'est de la magie ! cria Cyprienne.

Et la rieuse Turlurette, se frottant les yeux, murmura :

— Comme escamotage, ce farceur de Laridon ne fait pas mieux !

Oronius fronçait les sourcils et hochait la tête.

Il se répétait mentalement, avec une obstination qui défiait les illusionnistes du pôle de le duper.

— Il y avait pourtant quelque chose là… J'ai vu… Je suis sûr d'avoir vu…

Comment douter, après cela ? Le pôle recelait bien un secret, et les gardiens de ce secret entendaient le dérober aux regards des autres mortels.

— Ils ne me connaissent pas ! murmura le Maître. Quand on pique ma curiosité, il faut la satisfaire. Plus on accumule d'obstacles devant moi, plus je me sens disposé à en triompher. J'explorerai cette cuvette polaire… et s'il y a quelque chose à découvrir, je le découvrirai.

Sa résolution étant prise, il rassembla ses compagnons et leur fit part de sa détermination.

— Nous allons descendre là-dedans, annonça-t-il en montrant du geste l'étendue mystérieuse sur laquelle moutonnait la mer de nuages.

— Descendre ? Comment ? se hasarda à questionner le mécano. Je ne vois pas d'échelle.

En effet, la couronne de rocher sur laquelle se trouvaient nos voyageurs semblait figurer le sommet d'un mur de ronde ou d'une contrescarpe, et présentait des parois à pic. Presque lisses, elles plongeaient dans l'abîme de brume sans offrir aucun élément d'escalade ou de descente. Laridon avait donc raison de constater l'absence de tout équivalent d'escalier.

Jean Chapuis approuva.

— Il faudrait faire un fameux saut pour toucher le fond de cette cuvette, dit-il à son tour. Et nous nous romprions le cou puisque nous ne sommes pas des oiseaux…

— Inexactitude ! coupa Oronius. Nous avons des ailes. Et il désigna l'avion, tout en se dirigeant vers lui.

Laridon fit la grimace.

— M'sieu Oronius n'y pense pas ! grommela-t-il entre ses dents, mais de façon à être entendu du Maître. Allez donc faire une descente en vol plané au milieu de cet « *abrouart* ». Nous ne verrons seulement pas s'il y a un terrain d'atterrissage. On mettra « l'Alcavyavon[1] » en bouillie.

---

1 *Alcyon*, en argot dit Javanais. Pour parler cet argot, il n'y a qu'à placer « av » devant chaque voyelle.

— Y a-t-il un fond, seulement ? demanda Cyprienne.

— Nous l'avons vu tantôt, répliqua l'ingénieur.

— Comme les tours !... Mais tours et fonds ont été subtilisés, s'ils existent, ce dont nous ne sommes pas sûrs du tout, mon cher Jean. Depuis notre déjà si lointain départ de la Villa féerique, à Belleville, combien de fois n'avons-nous pas été obligés de douter du témoignage de nos sens...

— Nous ne sommes sûrs de rien, approuva Oronius. Cette incertitude même me pousse à aller voir ce qu'il y a réellement sous ce brouillard... Si c'est un puits sans fond, nous en serons quittes pour remonter. Et si on peut se poser quelque part, nous nous poserons.

— À l'aveuglette ? insista Jean Chapuis. C'est bien hasardeux. Cet insupportable brouillard doit absorber la totalité de la clarté. Le jour polaire n'est déjà pas par lui-même très lumineux. Il y a donc de grandes chances pour qu'on n'y voie goutte.

— Nous éclairerons... Nous avons nos projecteurs.

— Et s'ils ne parviennent pas à percer la muraille opaque de ces lourdes nuées ?

Oronius recevait ces objections comme des piqûres. Elles l'impatientaient et l'irritaient. Il trancha :

— Eh bien, l'*Alcyon* se posera au hasard... à l'aveuglette comme tu dis !

— Pauvre canard ! risqua le mécano à mi-voix. Qu'est-ce qu'il va prendre !

Tout casse-cou qu'il fût, il désapprouvait nettement, cette fois, l'imprudence méditée par le Maître. Il en voyait trop les risques.

Jean Chapuis les redoutait aussi. Il voulut donc appuyer avec plus de précision la réflexion de son second :

— Victor est dans le vrai. Si nous nous trouvions au-dessus d'un terrain d'atterrissage soigneusement repéré d'avance, une descente en vol plané serait peut-être possible : mais le peu que nous en avons pu deviner n'est pas engageant... Et, d'abord, Maître, pensez à ces monstrueuses tours... Si l'*Alcyon* venait à s'y heurter, il se briserait les ailes.

— Pour l'instant, la réalité de ces tours ne m'est pas démontrée, riposta Oronius sur un ton bourru.

— Il peut exister d'autres obstacles ; leur rencontre serait pareillement néfaste pour votre avion.

Agacé, Oronius éclata.

— Petit inconséquent, serais-tu donc d'avis de renoncer ? Comment, le pôle est là, sous ton nez, plus mystérieux que personne n'aurait su l'imaginer. Et tu te contenterais de le regarder de loin, sans chercher à fouiller son secret. Ah ! par ma foi, je te renierai pour mon élève, si la voix de la prudence parle en toi plus haut que toute autre voix !

L'ingénieur réfléchissait.

— Maître, ne pourrait-on allier la prudence à la curiosité ? Si le vol plané serait une folie, il y a un autre moyen moins dangereux de risquer l'aventure.

La physionomie d'Oronius s'éclaira.

— Lequel ?

— Oui, lequel ? Je serais curieux de le connaître ? répéta Laridon, en se rapprochant.

— La descente en pierre ! Ne sommes-nous point parés pour oser cette chute sans casser du bois ?

Oronius et le mécano applaudirent.

Avec le merveilleux avion, l'acrobatie proposée par Jean Chapuis ne présentait pas l'ombre d'un danger.

Il s'agissait tout bonnement de s'enfermer dans la carlingue et de se laisser tomber au sein du brouillard, les ailes repliées et mises à l'abri de la carapace.

En effet, cette chute verticale – analogue à celle d'une pierre, ce qui lui valait son nom – pouvait être sans cesse modérée par des émissions de contre-courants ralentisseurs. Toutes les dix secondes, ces courants passant sous l'avion, devaient retarder sa chute en absorbant sa vitesse, qui se trouvait ramenée à zéro. C'était donc, pratiquement la suppression de l'accélération. Et l'avion devait toucher le sol sans qu'il pût en résulter aucun dommage, pour lui, ou pour ses équipiers.

Adoptée d'enthousiasme, la proposition de Jean Chapuis fut aussitôt mise à exécution. Tous reprirent leurs places à bord et, déployant ses ailes, l'*Alcyon* s'élança au-dessus de la mer de nuages.

Pendant quelques secondes, il la survola, ce qui permit aux passagers de se rendre un compte approximatif de l'étendue considérable de la plaine enfermée par la cuvette polaire.

Puis, soudain, les ailes se replièrent et le rideau métallique de l'enveloppe protectrice se déroula, emprisonnant l'avion. La chute verticale dans le brouillard commença aussitôt, coupée de dix en dix secondes, d'arrêts ralentisseurs.

Au bout de trois minutes et sans avoir encore touché le sol, l'avion sortit du brouillard.

Presque aussitôt il se posait mollement au milieu d'un océan de verdures.

Les trois femmes poussèrent des cris d'émerveillement et les hommes s'extasièrent.

Ils retrouvaient le jour – la lumière et la chaleur solaire des contrées les plus favorisées de la terre.

Sous le ciel de brume, un été perpétuel régnait et faisait éclore la végétation tropicale. L'air embaumait ; sous des voûtes de fougères géantes – aussi hautes que des peupliers – un tapis de fleurs délicates s'étendait à perte de vue pour la joie des regards. Des sources chantaient sous la chevelure du gazon. De toutes parts des buissons de feuillages mettaient à portée des convoitises les merveilleux fruits qu'une nature prodigue y suspendait.

Sorties les premières de l'aéroplane, les jeunes filles respiraient avec délices cet air tiède et parfumé. Elles avaient rejeté leurs vêtements protecteurs et leurs masques. Revêtues seulement de leurs gracieuses tuniques de fil d'amiante, elles couraient parmi les buissons et les fleurs.

Moins prompts à se laisser aller au ravissement des sensations, disciplinés par leur raison qui prétendait toujours et avant tout analyser les causes au lieu de s'abandonner aux effets, les hommes contemplaient avec stupéfaction cet été artificiel, qui fleurissait à la surface du pôle austral.

Ainsi, sous le couvercle de nuages maussades qui les séparaient de la demi-nuit polaire, et du terrible froid, meurtrier des germes, la vie, la lumière et la chaleur, miraculeusement reconstituées, régnaient !

Miraculeusement reconstituées !… D'une phrase, Oronius expliqua et constata le miracle.

— Le Soleil ! Car c'est lui, c'est bien lui ! Ce sont ses rayons, sa chaleur, sa lumière, tous ses principes vivifiants dont devrait être sevrée la nuit glaciale du pôle, qui se retrouvant ici, *réadaptés*, après avoir été captés et dissociés à des milliers de lieues. Voilà à quoi servent les faisceaux de radiations décomposées que nous avons vu aspirer par les tours... Le résultat du travail des tours est devant vous, nous l'avons sous les yeux !

Il conclut avec logique :

— Donc, les tours existent. Nous n'avons été les jouets d'aucune illusion... Et les intelligences qui les ont imaginées, édifiées et utilisées existent tout aussi nécessairement... Il nous reste à les découvrir et à entrer en communication avec elles.

Débordant d'enthousiasme, il reporta ses regards autour de lui.

Mais il ne put apercevoir le foyer ou les foyers d'où partaient les rayons solaires reconstitués. La lumière capturée baignait tout le paysage, se glissait entre les feuilles, tombait par les jours de la voûte de fougères. Et précisément parce que ces arceaux cachaient le ciel et que, dans toutes les directions des écrans de verdure arrêtaient les regards, il était impossible de se rendre compte de la façon dont se diffusaient les rayons.

— Avançons, ordonna brièvement le Maître.

Il frappa dans ses mains pour rassembler les jeunes filles et prit la tête de la troupe.

— On lâche le canard ? demanda Laridon, désapprobatif.

— L'*Alcyon* n'a rien à craindre des ingénieux habitants de ce paradis, affirma Oronius. D'ailleurs, dans ce puits de feuillage, il est aussi dissimulé qu'on peut l'être... Il nous suffira, au cours de notre marche, d'établir quelques points de repère pour nous faciliter le retour... Peut-être auriez-vous préféré rouler en auto, mais il vaut mieux mener pédestrement à cette première reconnaissance. À nous montrer trop armés, au moment d'entrer en contact avec les insoupçonnés colonisateurs du pôle austral, nous ne gagnerions rien, c'est à prévoir. Jaloux de leurs secrets, ils se montreront d'autant plus défiants et moins disposés à nous accueillir qu'ils pourront voir en nous plus de force. La force entraîne l'ambition qui fait l'esprit de conquête. Nous venons en admirateurs et en simples visiteurs, courtois et discrets. Affirmons-le par notre attitude et donnons l'exemple de la confiance.

Ce discours du Maître parvint-il à convaincre tous ses auditeurs. Rien n'est moins certain ; cependant ; nul ne s'avisa d'y opposer une objection.

Flanqué de Pipigg et de Kukuss, dans l'instinct desquels il avait confiance, Oronius partit à la découverte, suivi de tout son monde.

Ils avançaient dans des sentiers sinueux, capricieusement tracés et dont les contours masquaient constamment la vue, ne laissant au regard qu'un champ des plus restreints. À la longue, la promenade y devenait aussi irritante que dans un labyrinthe – et particulièrement pour des gens qui, comme Oronius, étaient dévorés de curiosité impatiente et ignoraient tout des dispositions topographiques du pays qu'ils exploraient.

Le Maître pestait et bougonnait contre l'uniforme platitude du sol. Ce qu'il eût désiré rencontrer, c'était une éminence, afin de pouvoir dominer un peu le paysage et d'en avoir une vue d'ensemble.

— Peut-être tournons-nous le dos aux centres habités ! grogna-t-il à un moment. Ou bien passons-nous à deux pas des fameuses tours sans les voir. Cette façon de marcher entre des murailles de verdure est stupide !

Il n'en existait cependant pas d'autre.

Pour l'apaiser et tenter de le renseigner, Victor Laridon avait eu l'idée de se hisser jusqu'à la cime d'une des fougères géantes. Leur élévation devait en faire d'appréciables observatoires. Mais le tronc-tige de ces végétaux hypertrophiés s'était montré d'une telle flexibilité que le mécano avait dû renoncer à son entreprise. Les fougères les plus vigoureuses en apparence se courbaient sous le moindre poids.

Bon gré mal gré, il fallut donc continuer à avancer au hasard et sans y voir plus loin qu'à une vingtaine de pas.

La solitude demeurait complète. En dépit de la multiplicité des sentiers qui s'enchevêtraient sous le couvert de cette singulière forêt, et de toutes les marques d'aménagement par la main de l'homme qu'elle portait, jamais aucune silhouette ne se montra.

Ou bien les polaires fréquentaient peu cette partie de leur domaine, ou bien avertis de la présence de leurs visiteurs, évitaient-ils de se laisser apercevoir.

Cela ne faisait pas le compte du savant.

— Sommes-nous donc dans une forêt enchantée et nous a-t-on condamnés à y errer perpétuellement sans en trouver le bout ?

Il parlait encore, quand, à l'extrémité d'une ramification du sentier, il lui sembla apercevoir une masse sombre, une sorte de rempart élevé en travers du passage.

Son cœur battit d'émotion.

— Nous y sommes ! s'exclama-t-il.

Et il s'élança à toutes jambes vers l'obstacle, suivi d'abord de Jean Chapuis et de Laridon, puis par tous les autres.

La muraille contre laquelle il alla donner, était une paroi lisse et sonore, évidemment métallique. Elle s'étendait à droite et à gauche à perte de vue, en s'infléchissant insensiblement. Cela donnait à penser qu'elle devait être courbe. Mais alors, combien considérable pouvait être son rayon.

Oronius pensa aux immenses tours et leva le nez.

La paroi s'élevait verticale ; elle se perdait dans le feuillage.

— C'est bien le pied d'une des tours ! murmura-t-il. Il s'agit maintenant d'en trouver la porte. Ce sera chose facile.

Ayant partagé sa troupe en deux groupes, il envoya l'une longer la muraille vers la droite, sous la direction de Laridon et gardant avec lui Cyprienne et Jean Chapuis, il entreprit la même reconnaissance dans la direction opposée.

Une heure durant, les deux groupes marchèrent, surpris d'avoir toujours, l'un à sa droite, l'autre à sa gauche, l'interminable muraille. Au bout de ce temps, ils se retrouvèrent nez à nez, ayant chacun longé la moitié de la périphérie de la tour. À l'allure dont ils avaient marché – environ cinq kilomètres à l'heure – cela donnait donc pour le tour entier une bonne dizaine de kilomètres.

Et sur tout ce parcours, ils n'avaient pas rencontré la moindre ouverture. La tour métallique, tout au moins à sa base et aussi haut que le regard pouvait atteindre n'était percée d'aucune porte, d'aucune fenêtre.

— Retournons vers l'*Alcyon* ! gronda le guide exaspéré. Les indigènes polaires ont une bizarre façon de construire.

— C'est moins accueillant qu'à Paname, c'pas, vieux frère ? murmura le mécano en poussant son coude dans les côtes de Julep.

Sur les pas du Maître, ils rebroussèrent chemin et voulurent refaire le trajet déjà parcouru, en utilisant les marques faites aux tiges des fougères.

Mais au bout de quelques détours, ils durent s'arrêter, confondus et découragés.

À l'entrée de tous les sentiers, tous les troncs portaient des marques identiques à celles qu'ils avaient faites. Une main invisible et malicieuse les avait multipliées après leur passage, de manière à brouiller la route.

Alors, ils se rappelèrent avoir entendu, dans le feuillage, de singuliers bruits, des froissements de branches, des battements d'ailes. Ils ne s'en étaient pas inquiétés au moment, les ayant attribués à quelques oiseaux.

Maintenant, ils ne pouvaient accuser les oiseaux d'avoir brouillé leur voie, se rappelant le vol d'ailes qui les avait entourés en haut du rocher, quand la nuit les enveloppait ; ils eurent, pour la seconde fois, une impression de malaise – l'impression d'une présence hostile et échappant à leurs sens.

Anxieusement, ils jetèrent les yeux autour d'eux et sondèrent les profondeurs vertes.

Ils ne découvrirent aucune forme suspecte. Et, cependant, dans toutes les allées, le feuillage semblait agité sous d'invisibles frôlements.

Aucune brise ne soufflait. L'air était absolument calme. Qu'est-ce donc qui faisait plier les branches ? Et pourquoi se redressaient-elles ensuite d'elles-mêmes, comme après le passage d'êtres animés ?

Le même bruit d'ailes presque silencieuses émut leurs oreilles…

Or, ils ne voyaient rien…, rien…

Oronius fit un signe. Ils se remirent en marche, errèrent au hasard, ne comptant plus que sur une chance favorable pour les ramener dans le voisinage de l'avion.

Ils revirent la même tour… ou d'autres… puis ils rencontrèrent d'autres constructions, pareillement métalliques et closes à la base, immuablement.

Sans aucun doute, on avait voulu les rendre inaccessibles par le sol. Si ceux qui les habitaient n'y demeuraient pas perpétuellement prisonniers, ils ne pouvaient en sortir ou y rentrer que par la voie des airs.

Cela – joint aux singuliers bruits perçus par ses oreilles – commençaient à donner beaucoup à penser à Oronius.

Ils poursuivirent leur exploration, sans rencontrer aucun être animé. Et, cependant, partout, ils découvrirent des preuves d'une civilisation ingénieuse : ce paradis portait des traces de culture ; il y avait des routes géométriquement dessinées, des canaux d'irrigation.

Ils arrivèrent enfin sur la lisière de l'interminable forêt, au bord d'une étendue d'eau…

C'était la mer : des vagues l'agitaient. Mais tout le rivage était aménagé en vue de la captation et de l'utilisation de leur énergie motrice… Les polaires ne dédaignaient pas la *houille verte*.

Certains instruments abandonnés semblaient indiquer que le travail avait été récemment et brusquement interrompu en cet endroit. Il y avait eu comme une fuite de travailleurs, causée par une alerte.

— Ce ne peut être que notre approche, s'étonna Oronius. Je ne m'explique pas pourquoi nous leur causons une telle frayeur ! Pourquoi refusent-ils de se laisser apercevoir !… d'entrer en contact avec nous ?… Il est cependant impossible qu'ils se croient inférieurs à nous en force. Je voudrais bien avoir le mot de cette énigme.

— En tout cas, ce jeu ne saurait se prolonger, fit observer Jean Chapuis. Il va bien falloir qu'ils prennent une décision à notre égard. Ils ne peuvent longtemps continuer à suspendre leurs travaux, leur existence, et nous abandonner la jouissance de leur paradis pour se livrer aux émotions de cette partie de cache-cache… Tôt ou tard, bon gré mal gré, nous en attraperons un, et alors…

Penché sur une cuve dont il examinait le contenu avec curiosité, Oronius y trempa négligemment sa main droite et demanda sans se retourner.

— Mais pouvons-nous les apercevoir ? Peut-être rôdent-ils autour de nous en ce moment… Peut-être sont-ils à deux pas, nous observant et attendant que nous quittions la place pour se remettre au travail… S'il en est ainsi, nous ne pouvons les gêner beaucoup et nous nous lasserons du jeu plus vite qu'eux.

— Comment serait-ce possible ? s'exclama Jean Chapuis interloqué. S'ils étaient là, nous les verrions… Je ne comprends pas ce que vous voulez dire…

— C'est cependant clair… et fort simple, riposta le Maître en se relevant. Nous avons affaire à des êtres qui possèdent le pouvoir de se rendre invisibles. Il leur suffit de se baigner dans cette solution…

Et Oronius tendit vers ses auditeurs son bras droit.

— Père, ta main ? On a coupé ta main ! pleura Cyprienne désolée.

Effectivement, au bout du bras tendu par le savant, ne se voyait qu'un moignon.

— Mais non, fillette, rétorqua le Maître en souriant. Ma main est bien à sa place, mais elle a cessé d'être visible depuis l'instant où j'eus l'idée de la tremper dans cette cuve.

CHAPITRE III
UN MONSTRUEUX INSECTE

Incommensurablement stupéfaits – et presque incrédules, malgré l'affirmation du Maître – tous s'étaient élancés et palpaient sa main. Ils la sentaient sous leurs doigts ; ils pouvaient la presser. Mais ils avaient cessé de la voir. À l'extrémité du poignet d'Oronius, il y avait comme une cassure irrégulière, dont les dentelures marquaient la limite de l'action du liquide.

— Mince d'inconnobré[1] ! laissa tomber le mécano. Quel genre de jus est-ce là ? Le savez-vous, patron ?

— Je n'en saurais donner, à brûle-pourpoint, la formule, mon ami… Mais j'imagine aisément son action. Remarquez d'abord qu'il est invisible par lui-même et que la cuve semble vide. Il n'est pas davantage palpable et seule une sensation de fraîcheur m'a fait pressentir sa présence quand, cédant à je ne sais trop quelle inspiration, j'ai plongé ma main dans la cuve… Aussitôt, il m'a semblé voir

---

1 *Inconnu*, argot des voleurs.

la forme de ma main se dissoudre. Puis elle a disparu totalement, avant que j'eusse pu me rendre compte de ce qui arrivait. Comme la sensation de fraîcheur était devenue interne, je supposai que ce liquide invisible et impalpable – ou ce gaz… car il y a tout autant de chances pour que ce soit un gaz fixe et compressible, susceptible de n'occuper qu'un espace déterminé – je supposai donc que cette matière avait pénétré sous ma peau et baignait toutes mes molécules qu'elle revêtait de son enduit.

« Or, cet enduit possède manifestement la propriété de ne pas réfracter la lumière. Les rayons sont absorbés par lui ou le traversent, ainsi que les molécules qu'il a momentanément dissociées. Les lignes cessent alors d'être visibles et on peut voir à travers les corps qu'il revêt et qui perdent leur opacité. C'est une bien curieuse propriété. Comme je l'avais déjà frôlée, dans de précédentes expériences, j'arriverai certainement à en déterminer les éléments générateurs.

« Pour l'instant, la question intéressante serait de savoir combien de temps peut se prolonger l'action de ce corps. Il ne saurait conférer une invisibilité perpétuelle. Donc, il doit s'affaiblir, s'éliminer et se détruire en peu de temps, quelques heures tout au plus… Nous serons d'ailleurs promptement fixés sur ce point.

Et Oronius agita dans l'air sa main invisible.

— Si mes déductions sont justes, conclut-il, nous ne devons pas désespérer de surprendre quelque spécimen de nos récalcitrants polaires durant une période de non-efficience du liquide, c'est-à-dire avant qu'il ait le temps de se replonger dans le bain.

Ils rentrèrent dans le sous-bois de fougères et se remirent à errer par les allées fleuries. Chose singulière ; dans cet Éden où la vie devait être si agréable et si facile, nos explorateurs n'avaient encore aperçu aucune créature vivante, à l'exception des quelques insectes dont le léger bourdonnement traversait l'air, ou des infiniment petits que pouvait nourrir le sol, le règne animal ne semblait pas représenté.

Le savant expliqua de la sorte cette particularité.

— Évidemment, dit-il, les polaires ont pour le moins atteint ce stade de civilisation auquel nous sommes parvenus nous-mêmes. Leurs nourritures doivent être aussi délicates que les nôtres. S'ils ne se bornent pas à l'emploi des comprimés synthétiques, des tablettes azotées, des fécules et des matières grasses, assaisonnées d'épices aromatiques, ils sont en tout cas végétariens et ne font pas usage de la chair des animaux. Dès lors, pourquoi en auraient-ils encombré ce monde qu'ils ont créé de toutes pièces ?

« Tout permet de supposer que les polaires – à défaut de tout renseignement, je ne peux les désigner autrement – que les polaires sont tout bonnement des émigrants venus d'un point quelconque du globe pour s'installer ici. Aucune possibilité de vie n'y existait. Ils ont accompli ce tour de force de rendre le pôle habitable.

« Il demeure bien certain qu'ils étaient libres de choisir les espèces animales ou végétales qu'ils comptaient acclimater. Les mammifères dont les peuplades barbares font si grand usage, leur étant inutiles, ils les ont proscrits. Ne nous étonnons donc pas trop de voir ce merveilleux jardin sans habitants. Pour goûter son charme, il n'y a que les polaires… les insociables polaires qui nous jugent sans doute d'indésirables brutes.

— Ils changeront d'avis quand ils nous connaîtront mieux, émit Jean Chapuis avec philosophie.

— Des fois… s'ils veulent bien nous permettre de leur en fournir l'occase ! marmotta Laridon, tout en continuant à tresser bizarrement des lianes arrachées par lui aux buissons.

— Patience ! conseilla Oronius en regardant sa main droite.

Il y avait près de deux heures qu'elle n'était plus perceptible aux yeux. Cependant l'action du bain devait approcher de son terme, car interposée entre la lumière et les yeux du Maître, la main invisible commençait à arrêter les rayons. En quelques minutes, sa forme reparut et rien ne subsista plus du singulier phénomène.

— Bon ! dit le Maître avec satisfaction. L'immunité visuelle conférée par ce produit est de courte durée… une couple d'heure tout au plus. Je m'en doutais. Il s'agit d'ouvrir l'œil et nous pincerons nos gaillards.

— Faisons bailler tout d'abord nos esgourdes, proposa le mécano. M'est avis patron que ces bruits d'ailes qu'on entend fréquemment, signifient quelque chose. On dirait que des citoyens munis de bi-ailettes « libellules[1] », invisibles comme eux, nous passent

---

1   Léger appareil volant, principalement constitué par une paire d'ailes mé-

sous le blair… Faudrait allumer !… Faudrait voir !… Quand j'étais gosse, j'ai joué à Colin-Maillard et malgré le bandeau, je crochais les copains.

— Eh bien, recommence ! lança Turlurette.

— Rigole, ma môme ! Avant ce soir, foi de pantinois, je choperai un des loustics qui se paient notre fiole !

Ayant dit, maître Laridon pénétra d'un air mystérieux dans un fourré, après avoir écouté si l'air n'était agité d'aucune vibration révélatrice des invisibles passages.

Oronius ne prêta guère attention aux faits et gestes du mécano. Il ne croyait pas au succès d'une chasse contre l'invisible.

Pourtant, comme Victor Laridon ne reparaissait pas, on fit halte. D'ailleurs, un repos s'imposait. Et certains tiraillements d'estomac prouvaient qu'il était temps de recourir aux poudres alimentaires.

Gourmande comme pas mal de filles d'Ève, la hardie Turlurette proposa d'adjoindre à ce menu vraiment un peu bref, une dégustation de fruits polaires. Sa motion ayant été adoptée, les fruits furent trouvés particulièrement savoureux.

— Nom d'une pipe Dagobert ! paraît que j'arrive pour le dessert ! plaisanta le mécano, quand il reparut.

— Mousson Dagobert y fumait pas ! remarqua Julep, tout fier de sa science.

— C'te bêtise, mon vieux caméléon. Une pipe Dagobert, c'est une pipe mal culottée… Hein, te v'là chocolat !

L'air tout satisfait, le Parisien s'installa à proximité du buisson dont il sortait.

Turlurette remarqua que, tout en absorbant une sorte de framboise géante, grosse comme un melon, son fiancé prêtait l'oreille. Il avait disposé près de lui l'extrémité d'un long tuyau de caoutchouc, que terminait une forte poire.

À diverses reprises, les bruits d'ailes significatifs s'entendirent. Mais, comme ils se produisaient à distance du buisson dont Laridon semblait s'être constitué le gardien, le mécano s'en désintéressait.

Enfin, au-dessus du bouquet d'arbrisseaux, quelque chose passa

---

caniques.

qui effleura les plus hautes feuilles. Aussitôt, de singuliers remous bousculèrent les branches et les agitèrent violemment. Plusieurs furent brisées. Les autres paraissaient éprouver la plus grande peine à reprendre leur position verticale ou oblique.

Laridon poussa un cri de triomphe, en agitant le tuyau dont sa main droite pressait encore la poire.

— Pincé ! cria-t-il.

Oronius sursauta.

— Tu dis ?

— Je dis que nous devons en tenir un ! riposta le mécano en se levant et en se dirigeant vers le buisson.

— Un quoi ? demanda le Maître, bien qu'il eût déjà deviné et rougissait d'émotion.

— Un pôle-ichinelle, parbleu ! Un pays à Mam'zelle Polaire, c't' ancienne artisse à la rigolade.

— Avec quoi ?… Comment as-tu fait !…

L'émotion du savant était pour Laridon la plus flatteuse des récompenses.

Il voulut pourtant faire le modeste.

— Pas malin ! Allez, patron. J'ai tout bonnement employé un de vos « ponts à faucher »… Vous savez l'*aspirateur-piège*… – qui permet de capturer n'importe quel oiseau, à condition qu'il passe au-dessus de l'endroit où on a disposé le truc… J'en ai toujours un avec moi. Je l'ai fourré dans le buisson et quand j'ai entendu cavaler le paroissien, j'ai pressé la poire !… Aspiré au passage, le pauvre bougre a dû dégringoler dans le buisson…

— … A dû ? répéta le Maître avec une certain scepticisme.

Il jeta aux branches cassées et froissées comme sous le poids d'un corps un regard chargé de doute.

— Bien sûr vous ne pouvez pas le zyeuter, puisqu'il a, comme vous dites « l'agneau de Gygès », riposta Laridon froissé. Mais, attendez une heure ou deux… le temps qu'il se décamoufle… vous verrez apparaître son blair… En attendant, m'sieurs et dames, comme chez la femme colosse, on peut toucher.

— S'il était là, il bougerait, objecta le Maître. L'aspirateur l'a jeté dans le buisson, soit. Mais, il a dû se relever ensuite et s'envoler.

— Ça m'étonnerait, Patron car j'y suis allé un peu fort et le mannequin polaire a dû se casser mieux qu'une molaire… c'est élémentaire !

Il était pourtant un peu ébranlé, aussi fut-ce avec un air qui n'offrait plus la certitude du triomphe qu'il alla fouiller le creux du feuillage. Aussitôt, il fit une grimace de dépit et gronda :

— Y s'est carapaté, le voyou !

— Tu l'auras mal aspiré ! dit Oronius goguenard.

— Faut croire plutôt qu'l'aspirateur était rococo !

Vexé de son échec, le mécano gardait la tête basse, étudiant certaines traces du sol.

Comme on se remettait en marche pour s'éloigner de ce lieu, il prit la tête et sans dire un mot, entraîna la petite caravane au gré de sa fantaisie.

Oronius n'avait aucune raison pour préférer une direction à une autre. Il laissa donc le mécano marcher à sa guise.

Laridon ne desserrait plus les dents. Sans doute avait-il sur le cœur sa chasse infructueuse. À le voir avancer le tête basse et l'air absorbé, inspectant les buissons et les éraflures du sentier, on pouvait penser qu'il cherchait toujours comment avait pu fuir son gibier.

Certaines traces paraissaient l'intéresser vivement. Ses yeux brillaient et, de temps à autre, il consultait le « tempomètre » électrique qu'il portait à son poignet.

Bientôt, il pressa l'allure à tel point que ses compagnons eurent peine à le suivre.

— Ne croirait-on pas qu'il flaire un gibier ? murmura Jean Chapuis intrigué.

Oronius haussa les épaules.

— Laisse-le faire ! Ce garçon est incorrigible. S'il s'imagine capturer un polaire à la course, il a de la candeur de reste !

Il se trompait peut-être. Soudain, Laridon s'arrêta, tombant comme en arrêt devant un fourré, dont certaines branches étaient froissées.

Il écouta un moment, puis se retourna pour adresser à ses compagnons des signes d'appel recommandant en même temps le silence.

Tous s'approchèrent avec précaution.

— Il doit être là, chuchota mystérieusement le mécano. Tenez, regardez : quelque chose bouge entre les branches. J'ai dû le blesser comme je le pensais et il est venu se masquer là-dedans, sentant approcher le moment où il redeviendrait visible. Depuis plus d'une heure, nous le suivons à la piste… Enfin, on l'a !

Tout surexcité, le savant écarta prudemment les branches.

Allait-il pouvoir entrer en communication avec un Polaire ? Quelle sorte de langage lui faudrait-il employer ?

Mais, tout à coup, il poussa une exclamation déçue. Là où il s'attendait à apercevoir un homme, il ne découvrait qu'un animal. Égaré par son ardeur, Laridon les avait entraînés sur une fausse piste.

La bête ainsi découverte, il est vrai, était d'une espèce extraordinaire et méritait bien quelque attention.

Elle avait toute l'apparence d'un insecte, mais d'un insecte d'une longueur démesurée et atteignant ou même dépassant presque la taille humaine.

À première vue, – et autant qu'en pouvait juger Oronius – sa forme était celle d'un gigantesque frelon, dont le corselet, l'abdomen et les membres antérieurs et postérieurs auraient été revêtus d'une carapace dure d'un noir bleu, semblable à celle de certains scarabées.

Du frelon encore, elle avait les ailes et leur mode d'attache. Mais, tandis qu'une de ses ailes, repliée dans la position normale du repos, recouvrait en partie le dos de l'insecte, l'autre pendait, à demi détachée et manifestement inerte. Incapable de voler, l'insecte devait se traîner de buisson en buisson. Et c'était ainsi qu'il avait dû laisser sur le sol ces traces qui avaient trompé Laridon et lui avaient fait perdre celle du Polaire.

Visiblement à bout de forces, peut-être blessé par le même accident qui lui avait brisé une aile, le frelon-scarabée se tenait allongé dans le feuillage, ne présentant que son dos ; les membres étaient repliés sous lui et ne pouvaient être examinés ; de la tête – dont le volume égalait celui d'une tête humaine – Oronius ne pouvait apercevoir que le dessus du capuchon noir-bleu qui l'enfermait.

Il distingua pourtant, fixé sur lui, le regard de deux yeux prismatiques, constitués par un assemblage de petits polyèdres.

Inquiété par la présence de ces êtres insoupçonnés qui venaient de le découvrir dans sa cachette, l'insecte géant s'agitait sur son lit de feuillage et s'apprêtait manifestement à se mettre en défense. Ses apprêts, ses mouvements laissaient deviner des intentions belliqueuses.

S'il avait été en son état habituel et pourvu de tous ses moyens, il se serait certainement envolé et peut-être alors eût-il fondu sur les imprudents explorateurs.

Mais, condamné à la presque immobilité et par conséquent au combat sur place, il se ramassait sur lui-même et préparait sournoisement les armes naturelles dont il était sans doute pourvu.

Oronius se contenta d'abord de l'observer à distance. Il supputa la force et l'invulnérabilité de ce corps enfermé dans une cuirasse naturelle dont l'épaisseur devait défier aussi bien la balle que le poignard. Et il se demanda avec émerveillement de quelle suite d'évolutions cette stupéfiante machine vivante pouvait bien être l'aboutissant.

Tout à sa curiosité de savant, il oubliait qu'il se trouvait en présence d'un animal dangereux, qui pouvait posséder, avec une nocivité plusieurs fois centuplée, le terrible aiguillon des frelons.

S'il en était ainsi, Oronius et les siens couraient un péril mortel ; car l'insecte étrange pouvait avoir hérité l'irritabilité du genre dont il paraissait le descendant perfectionné et hypertrophié. Les blessures qu'il pouvait infliger devaient être incurables et vraisemblablement foudroyantes.

Il aurait donc été prudent de ne plus insister et de s'en éloigner aussitôt. Partis pour explorer un éden qu'ils supposaient purgé de toute bête féroce, nos voyageurs n'avaient songé à emporter avec eux ni armes, ni masques ou vêtements protecteurs. Cette confiance se justifiait peut-être vis-à-vis des Polaires auxquels ils pensaient avoir uniquement affaire. Mais elle les mettait en état d'infériorité manifeste, dans la présente circonstance.

Ces réflexions prudentes, Oronius ne se les fit point. Il était trop absorbé par l'examen du curieux insecte, trop désireux aussi de s'en rapprocher encore et si possible de le capturer pour l'étudier sur toutes ses faces. Un savant ne se demande jamais si de tels désirs sont réalisables ou si le souci de sa préservation doit l'inciter à y renoncer. Il pense seulement ce que murmura Oronius :

— Voilà un particulier dont je ferais volontiers la connaissance !

Naturellement, Laridon s'était avancé derrière lui pour jeter un coup d'œil dans la cachette. Il éprouva, peut-être encore plus vive, la même déception que le Maître :

— Zut ! je me suis gouré !… C'est une bébête bœuf que j'ai pistée !…

Puis, en bon garçon, il ajouta :

— C'est pas pour dire, le bestiole est de taille !… Tout de même, patron, si vous êtes désireux de l'empailler pour votre collection, on pourrait tâcher de vous la dégotter…

— J'aurais grand plaisir à pouvoir l'examiner d'un peu plus près, confessa le père de Cyprienne. Mais, si mal en point soit-elle, elle ne me semble pas en humeur de se laisser capturer.

— Bon ! Une mouche n'est qu'une mouche ! riposta dédaigneusement le mécano. Ça ne serait pas la peine d'être de Pantruche si on ne se montrait pas plus mariolle qu'elle ! Laissez-moi agir… Je vais lui faire le coup du père François.

Turlurette, alarmée, lui cria :

— Prends garde, Victor !

— Nigaudiche ! Penses-tu que je vais l'attaquer en face ? Amusez-la. Je lui tomberai dessus par derrière… J'ai un truc. Il ne s'agit que de la retourner comme on fait aux tortues et aux tourteaux… Je vais me cueillir un levier…

Il s'éloigna et reparut bientôt après de l'autre côté du buisson, dont il se rapprocha en marchant sur la pointe des pieds.

Il tenait à la main un solide bâton.

De leur côté, Oronius et ses compagnons formaient un demi-cercle devant l'insecte et s'efforçaient d'accaparer son attention, afin de faciliter la tactique du mécano.

Tout d'abord, cela parut réussir. Les yeux prismatiques paraissaient ne s'occuper que des humains disposés en éventail devant eux. Laridon put écarter les branches et avancer son bâton, pour le glisser sous le corps de l'insecte.

Mais, au moment où il s'apprêtait à exécuter cette audacieuse manœuvre, l'insecte géant se redressa brusquement sur ses membres postérieurs, fit une volte-face qui le mit en face de son agresseur et lui souffla au visage un jet de liquide.

Atteint en plein nez, le mécano chancela, lâcha son bâton et s'écroula somme une masse.

Alors, sautant, d'un bond, par-dessus le corps de l'adversaire vaincu, le frelon-scarabée disparut entre les branches...

CHAPITRE IV
LA SIRÈNE-PIEUVRE

Si promptes avaient été l'attaque et la retraite du phénoménal insecte qu'aucun des spectateurs n'avait eu le temps d'intervenir.

Leur stupeur ne dura qu'une seconde... Tout de suite, Cyprienne, Turlurette et Mandarinette se précipitèrent au secours du malheureux et trop entreprenant Parisien. De leur côté, Jean Chapuis et Julep, instinctivement, voulurent s'élancer à la poursuite du frelon-scarabée.

Mais, malgré le vif désir qu'il pouvait conserver de s'emparer de l'étrange guêpe, ou tout au moins de ne pas perdre sa trace, Oronius les arrêta.

— Restez ! cria-t-il. Voulez-vous donc vous exposer vous aussi au venin de cette peste ?... L'expérience qui vient d'être si funeste à notre pauvre compagnon doit nous éclairer et nous retenir d'affronter à nouveau ce redoutable adversaire... Avant tout, il faut nous rendre compte de la nature du venin que projette l'insecte et chercher l'antidote qui doit lui être opposé... Je voudrais bien pouvoir tirer d'affaire notre impétueux Victor... ne serait-ce que pour l'interroger à mon aise... Je n'ai pas bien vu l'attaque de la bête. L'a-t-elle piqué ?... Il m'a semblé plutôt qu'elle lui lançait au visage un jet de liquide... Mais par quel procédé ? Possède-t-elle une trompe ou quelque appareil projecteur analogue ? Et quelle sorte de venin débite-t-elle ? Son effet paraît être foudroyant... Allons voir !... Allons voir !...

Tout en parlant, plus inquiet qu'il ne voulait le paraître, le Maître avait rejoint le groupe des jeunes filles. Celles-ci, empressées auprès de l'imprudent, ne pouvaient lui être d'aucune utilité malgré leur bon vouloir.

Turlurette, éplorée, poussait des gémissements en constatant qu'il ne donnait plus signe de vie et que son corps avait pris le froid et la rigidité d'un cadavre.

Cyprienne et Mandarinette, pâles et effrayées, cherchaient vainement à ranimer le mécano.

Le Maître s'agenouilla auprès d'elles et se pencha à son tour sur Laridon, qu'il ausculta soigneusement.

Tout en poursuivant son examen, il hochait la tête.

— Il n'est pas mort, père ? chuchota Cyprienne alarmée. Vous pourrez encore tenter de le sauver ?

— Ma science aurait probablement été impuissante, avoua Oronius. Car ce liquide, secrété par une glande, constitue un poison inconnu dont j'ignore l'antidote. Mais, heureusement, la question ne se pose pas, et la Nature, pour une fois, a su allier un souci d'humanité à celui de doter la bête d'un efficace moyen de défense... Le venin qu'elle lance ne tue pas : il *endort*... Victor n'est pas en danger, il est anesthésié... Il me semble même reconnaître l'odeur caractéristique du chloroforme, de même que j'ai reconnu les symptômes de son action.

Effectivement, grâce aux soins énergiques qui lui furent prodigués, le mécano ne tarda pas à reprendre connaissance. Par exemple, il ne put répondre aux questions intéressées du Maître : pas plus que ce dernier, Laridon n'avait pu voir les particularités de la tête de l'insecte ; et il lui était impossible de préciser la partie de la tête ou du corps dont était parti le jet anesthésiant. Il n'avait pas eu le temps de voir.

Oronius en fut infiniment désolé.

— Jamais nous n'arriverons à mettre la main sur un de ces redoutables spécimens ! gémit-il. Pourtant, combien il serait curieux de pouvoir les étudier. L'homme, je le crois, ne découvrira jamais la limite des merveilles de la nature.

Dorloté par Turlurette, dont le désespoir s'était calmé, et fêté par les frétillants Pipigg et Kukuss, le Bellevillois achevait de reprendre ses esprits.

— Oui, c'est une bien drôle de mouche ! reconnut-il. Et, pour ma part, je n'ai pas à me féliciter d'avoir voulu faire sa connaissance. On ne peut pas dire qu'elle soit amiteuse ni sociable... Car elle m'a mouché, et comment ! c'est le cas de le dire… Tout de même, c'est bizarre qu'elle se soit trouvée sur notre chemin à la place du Polaire dont j'avais entrepris la poursuite… Et remarquez, patron, qu'elle était blessée juste comme si elle avait été jetée violemment à terre du haut des airs… Alors j'en suis à me demander si ce n'est pas elle que j'aurais dégringolée avec mon piège aspirateur… Croyant avoir affaire à un Polaire, je ne chassais qu'un insecte… C'est maboulant !… J'en reste baba… Eh ! mais, tous ces bruits d'ailes qu'on entendait, ça proviendrait-il pas de sales bêtes semblables ?… Cré bonsoir de sort ! va falloir déchanter sur le compte de notre paradis… Il devient inhabitable, autant qu'un pucier trop fréquenté.

— Ces insectes auraient donc été rendus invisibles ? émit pensivement Oronius. Ce seraient eux dont les Polaires auraient cherché à nous dérober la vue… Ils seraient des animaux domestiqués et utilisés par les habitants mystérieux de cette contrée.

— Comme monture, peut-être ? suggéra Laridon. Vous avez vu la puceronne, patron. Elle est plutôt costaude… Ne croyez-vous pas qu'elle serait de taille à emporter un homme à califourchon entre ses ailes ?

— Peut-être ! Ta supposition est admissible. Les Polaires auraient ainsi à leur disposition une sorte d'aéroplane vivant… Cette circonstance n'est pas propre à augmenter notre espoir de faire leur connaissance. Espèrent-ils nous lasser en nous obligeant à errer sans fin dans ce jardin sans rien découvrir ? Pensent-ils que, de guerre lasse, nous nous déciderons enfin à repartir avant d'avoir percé le mystère de leur existence ? Halte-là !… S'il en est ainsi, ils ont compté sans leur hôte !

Ayant lancé ce *quos ego*, le Maître alla s'asseoir au pied d'un arbre-fleur, à l'écart du reste de la troupe, et s'enfonça dans une méditation profonde.

Pour mieux la respecter, Jean Chapuis et Cyprienne entraînèrent un peu plus loin leurs compagnons. Laridon était d'un naturel trop bruyant et trop exubérant, surtout au sortir de son accident, pour qu'on ne prît pas la précaution de l'éloigner hors de portée de voix. Ses joyeux propos eussent réussi à troubler la méditation d'un fakir.

Or, il était plus que jamais en verve. Le danger auquel il venait d'échapper et la satisfaction qu'il éprouvait à se retrouver vivant après pareille aventure l'incitaient à pérorer. Vantard, il affirma que vingt-quatre heures ne s'écouleraient pas avant qu'il eût trouvé le moyen de prendre une éclatante revanche sur le diabolique insecte.

— À présent que je connais le coup, il ne me le refera pas une seconde fois, le gonce ! proclamait-il, crâneur. Je le prendrai au lasso… à la course… Je l'aurai même dans un fauteuil…

On le laissait dire. Prêcher la prudence à l'avance était peine perdue. Il serait temps de calmer sa fougue quand il faudrait passer des paroles à l'action.

D'ailleurs, Oronius saurait intervenir et modérer le mécano.

Comme cette pensée lui venait, Jean Chapuis se retourna machinalement vers l'endroit où s'était arrêté le Maître pour méditer.

Aussitôt, d'un cri, il alerta ses compagnons.

Oronius n'était plus sous l'arbre-fleur, ni dans les environs… On le chercha vainement…

Qu'était-il arrivé au Maître ? Était-ce un accident ? Avait-il été enlevé ? Cette dernière supposition paraissait improbable ; mais, distrait comme tout savant, une irrésistible tentation l'avait peut-être incité à s'écarter de ses compagnons sans les avertir ? Il n'ignorait certes pas qu'en agissant ainsi il risquait de les inquiéter et d'infliger les pires angoisses à sa chère Cyprienne.

À l'estime de Jean Chapuis, là devait être le véritable facteur de sa disparition, car tout penseur qui poursuit la solution d'un problème s'enferme pour ainsi dire dans un monde artificiel et cesse de participer à la vie réelle. Le monde n'existe plus pour lui qu'autant qu'il se rattache à l'objet de sa méditation.

Cette vie splendide, dans la verdure et sous la lumière dorée, créée de toutes pièces, ou plus exactement « recréée » par la science des Polaires, en un point du globe que la Nature avait fait inhabitable, donnait à Oronius une haute idée des colonisateurs du pôle austral.

D'autre part, ils piquaient considérablement sa curiosité. Dans le fait qu'ils avaient choisi ce séjour, le Maître voyait une volonté de se séparer du reste du monde. Il en concluait que seule une colonie de misanthropes avait pu prendre une telle décision. En toute autre contrée, l'effort eût été moindre ; ils eussent pu, aidés par la Nature, constituer à moins de frais leur paradis. Pourquoi avaient-ils été choisir paradoxalement l'unique point du globe où tout était à créer, le seul qui fût presque totalement privé de lumière et de chaleur ?

Il n'y avait qu'une explication : le dégoût, le mépris ou la haine de l'humanité. Oronius était donc curieux d'apprendre l'histoire de ces exilés volontaires – de cette race d'élite qui avait osé se retrancher du siècle, de la terre habitable, et survivre pourtant à cette sorte de suicide.

À quelle époque remontait cette migration ? Par quelles étapes de souffrance et de misère étaient passés les Polaires avant de s'assurer la vie aisée, agréable et belle qu'ils pouvaient maintenant mener ? Quels progrès inconnus du reste des humains avaient-ils fait faire à la science ?

Autant de questions qui faisaient rêver Oronius et qu'il souhaitait poser.

Mais, encore une fois, comment y parvenir, puisque les Polaires refusaient de se laisser approcher ou simplement apercevoir ?

Or, tandis qu'assis au pied de l'arbre-fleur, il méditait ainsi, ses regards, errant distraitement sur les lieux circonvoisins, sans se poser nulle part, furent tout à coup attirés par deux points lumineux, entrevus à travers le feuillage.

Oronius tressaillit et, jaloux d'être le premier à surprendre un vivant, il braqua tout aussitôt sur ces lueurs son puissant œil cyclopéen.

Mis au point, l'appareil lui permit de distinguer les deux sources lumineuses : c'étaient deux yeux admirables, éclairant un des plus beaux visages de femme que le Maître eût encore contemplés.

Il apparaissait dans un encadrement de feuillage, très loin, très loin, dans les profondeurs de l'immense forêt de fougères. Pour qu'il fût révélé à Oronius, il avait fallu cette circonstance favorable de la coïncidence, sur le parcours d'une droite idéale les joignant à l'arbre-fleur, de toute une série de trouées et d'allées se succédant.

Un visage de femme… Une de ces visions de pure beauté qui, à tous les âges de la vie, font battre les cœurs masculins.

Or, ce ne fut pas l'indéniable charme de cette apparition, ce ne fut pas non plus l'irrésistible perfection de cette première créature polaire devinée, qui soulevèrent l'enthousiasme du Maître au point de susciter en lui l'ardent désir de contempler de plus près ces traits charmants.

Non ! Si la poitrine d'Oronius enfermait un cœur, cet organe sensible s'était perfectionné dans un seul sens : il était uniquement passionné de science. Ce fut donc l'appât d'une recherche scientifique qui dirigea les actes du Maître, à partir de cet instant.

Le regard rivé au lointain et séduisant visage, il se leva, fit quelques pas et se trouva en face d'un sentier dans lequel il s'enfonça.

Préoccupé de ne pas perdre un seul instant de vue ces yeux, double phare destiné à guider sa marche, il ne songea même pas à prévenir ses compagnons de son dessein. Il négligea de penser qu'en s'éloignant ainsi, en droite ligne, à travers fourrés et buissons, il risquait fort de ne pouvoir ensuite retrouver le chemin qui le ramènerait vers les siens. Il ne pensa pas davantage qu'une fois arrivé au but, il se trouverait séparé d'eux par une distance peut-être considérable.

Pour l'instant, une seule chose comptait pour lui : avancer… s'approcher aussi près que possible de la propriétaire de ce visage qu'éclairaient deux attirantes étoiles.

À son sens, en effet, il ne pouvait y avoir de doute : il voyait une Polaire… une représentante de la race qu'il était si désireux d'étudier. Par elle, n'allait-il pas réussir à surprendre un peu de la vie de ces humains mystérieux ? Ne parviendrait-il pas à s'y mêler ?

Tel était l'espoir et le dessein qui poussaient le père de Cyprienne en avant, ceci au mépris de la plus élémentaire prudence.

Mais allez donc raisonner avec la passion ! Or, est-il passion plus tenace, plus exclusive que celle de la science ? Ses amoureux, chevauchant leur dada, sont désarmés contre tous les autres impédimenta de la vie.

Poussé par sa tarentule, Oronius trouait les buissons à la façon d'un sanglier ; il bondissait par-dessus racines et fourrés ; il allait comme le vent. Ce trop jeune vieillard, dont l'apparence juvénile dissimulait l'âge, avait des jarrets de vingt ans. À le voir courir, on eût dit quelque Actéon se rendant à la source où Diane venait rafraîchir les trésors de son académique beauté…

Le visage se rapprochait… À l'œil nu, maintenant, le Maître distinguait les yeux d'améthyste, aux paupières battantes, frangées de longs cils d'or, le sourire exquis d'une bouche évoquant la fraise et la cerise, la peau laiteuse, les lourdes torsades des cheveux, nouées en tresses dorées.

Puis il vit le buste, buste entièrement découvert et dont le génie d'un sculpteur eût aussitôt rêvé d'immortaliser dans le marbre la suave perfection. Et enfin, il distingua l'ovale de l'ouverture par laquelle apparaissait la femme, et tout autour la surface sombre d'une des immenses tours métalliques entrevues dans la journée.

La femme était dans la tour… Au milieu de l'impénétrable muraille s'était entrouverte une baie pour lui permettre d'apparaître.

Quelle circonstance favorable pour la satisfaction de la convoitise élevée du Maître ! Il acquérait ainsi une preuve décisive du bien-fondé de son espoir : la délicieuse vision était celle d'une Polaire. Quelle victoire ! D'autre part, une chance inestimable s'offrait à lui de jeter un coup d'œil à l'intérieur d'une des colossales usines de chaleur solaire.

Il était arrivé presque au pied de la tour. Malgré la hâte de sa course étourdie, il pouvait se flatter de n'avoir point encore été découvert. Préoccupé de ne pas effaroucher la belle Polaire en se laissant prématurément apercevoir, il ne se risqua pas à sortir du fourré. Seulement, ayant choisi l'arbre-fleur le plus rapproché de la lisière, il se hissa au milieu de ses pétales, de façon à s'élever au niveau de l'ouverture.

Il rêvait d'y plonger ses regards…

Hélas ! triste résultat des meilleures intentions, il n'en eut pas le temps.

Projeté par la baie où se tenait la splendide créature, quelque chose se déroula en sifflant et s'abattit sur l'indiscret. Et successivement, comme autant de cordes souples et vivantes, neuf autres tentacules fendirent l'air pour venir l'envelopper comme autant de lassos.

Il remarqua avec effroi que ces tentacules affectaient la forme de bras d'une longueur démesurée. Faits de chair blanche, douce et tiède, ils se terminaient par de petites mains nerveuses, dont les paumes formaient ventouses.

Paralysé par ces « colliers d'amour » noués, autour de son corps, saisi par les mains-ventouses, Oronius, défaillant, se sentit enlevé de son observatoire et emporté vers la fenêtre de la tour.

Devenu la proie des bras-tentacules, il eut le temps de voir qu'ils se rattachaient au buste charmant de la femme au divin sourire.

La Polaire était une sorte de sirène-pieuvre.

Et, victime du sourire qui l'avait attiré vers le piège, Oronius disparut dans l'ouverture ovale qui se referma sur lui.

CHAPITRE V
LE JARDIN AFFOLANT

Après s'être convaincus, par de vains et réitérés appels, de la réalité de la disparition d'Oronius, Cyprienne et ses amis s'étaient sentis consternés. Une fouille minutieuse des environs leur permit de s'assurer que le silence du Maître n'était pas dû à quelque état de distraction qui l'empêchait de prêter l'oreille aux bruits extérieurs.

En effet, après une heure de battues en tous sens, de visite des fourrés et des buissons, ils durent conclure à l'évidence : volontairement ou non, le père de Cyprienne s'était éloigné. Il était présentement hors de portée de voix, comme hors du champ de leurs regards.

Alors, les imaginations se donnèrent libre carrière et chacun, selon son tempérament, se laissa aller aux hypothèses optimistes ou aux plus désolantes suppositions.

Mais, soit que Cyprienne s'abandonnât au désespoir et refusât de se laisser consoler, soit que Jean Chapuis cherchât à lui remonter le moral en affectant de prendre légèrement l'incident, tous, au fond, tremblaient à la pensée qu'il fallait peut-être attribuer aux Polaires l'enlèvement du Maître.

Il y avait aussi une autre hypothèse, non moins effrayante : c'était celle que Laridon, particulièrement, accueillait comme la moins invraisemblable. Égaré en quelque imprudente exploration du voisinage, Oronius ne pouvait-il avoir rencontré un second spécimen d'insecte géant et avoir été attaqué par lui ? Le mécano assurait que ces dangereuses bêtes étaient de taille à emporter leur victime après l'avoir insensibilisée.

Et Jean Chapuis – à l'oreille de qui il glissait cette hypothèse peu rassurante – n'osait la rejeter complètement. Ses connaissances en histoire naturelle lui fournissaient de bien curieux exemples de cas analogues. Tel insecte paralysant sa proie et la frappant d'insensibilité absolue avant de l'emporter pour la mettre en réserve lui rappelait singulièrement le procédé des insectes géants. Il était donc admissible de supposer qu'ils pouvaient l'avoir employé vis-à-vis d'Oronius.

En présence de pareilles appréhensions, ils n'avaient qu'un seul moyen d'action : c'était de battre la forêt tout entière afin de découvrir, soit des traces du Maître, soit un des repaires d'insectes géants, où il pouvait avoir été transporté.

Jean Chapuis, toutefois ne rejetait pas – bien au contraire – la supposition plus rassurante d'une captivité chez les Polaires, ces invisibles habitants d'une région d'usines. Il espérait surtout que leurs recherches lui fourniraient quelque preuve à l'appui de cette dernière hypothèse.

La troupe se remit donc en marche, les yeux et les oreilles aux aguets. Cyprienne, dont l'inquiétude avait besoin d'action, avait aisément consenti à s'associer aux investigations entreprises par son fiancé.

De nouveau, la forêt de fougères géantes et d'arbres-fleurs semblait vide de toute vie autre que la vie végétale. Jean, Cyprienne et leurs compagnons étaient les seuls êtres animés qui la parcourussent. Un effrayant silence les enveloppait et même les bruits d'ailes avaient cessé.

Cette retraite de l'invisible devant leur recherche avait quelque chose d'angoissant. Ils s'en trouvaient plus déprimés que s'ils s'étaient heurtés à chaque pas à un obstacle. La volonté manifestée de les arrêter ou d'entraver leur marche leur aurait au moins prouvé qu'il existait pour eux une chance de réussir. Tandis que le parfait dédain où les Polaires et leurs serviteurs semblaient les tenir n'indiquait rien de bon. Ils avançaient pourtant. En pareille circonstance, l'homme retarde le plus possible l'instant de céder à l'accablement définitif.

Entre les dentelles que dessinaient les branches de fougères, une éclaircie se montra enfin. Depuis qu'ils avaient rencontré la mer, c'était la première fois qu'ils revoyaient la lumière non tamisée par le feuillage.

Par exemple, cette fois, ni la mer ni le rivage ne s'offraient à leurs regards, mais bien la pente gazonnée d'une sorte de talus presque aussi vaste qu'une prairie. Une large bande verte remontait vers l'horizon. Elle y devait redescendre ensuite pour former une plaine plus basse ; car des cimes d'arbres s'apercevaient. Même, nos explorateurs crurent distinguer ou deviner, au delà de ces arbres, quelques taches et quelques lignes indiquant la présence de constructions.

La pente gazonnée était, comme toute cette contrée enchanteresse, baignée de lumière reconstituée. Cette lumière ne tombait pas verticalement du ciel – remplacé ici par un plafond de nuages ; mais elle glissait au contraire horizontalement le long de ce plafond, d'où elle s'abaissait jusqu'au sol par couches parallèles.

L'effet était singulier.

Trop préoccupé de l'angoisse de Cyprienne et de sa propre inquiétude, le jeune ingénieur ne s'amusa pas à observer ce spectacle particulier au pôle. Il ne vit que la bande verte du talus et, tout de suite, il pensa que, de la crête, il pourrait dominer le paysage et apercevoir peut-être quelque indice.

— Attendez-moi, recommanda-t-il. Je vais jeter un coup d'œil là-haut.

Il eut tout de suite l'impression d'escalader une pente particulièrement roide, car ses jarrets devaient fournir un rude effort. Du bas, le talus ne lui avait point paru former un tel angle avec le sol. La lumière rasante devait procurer certaines illusions d'optique. Il ne pouvait attribuer son erreur qu'à ce fait.

Il n'était pas au bout de ses surprises, car il constata avoir fait un calcul tout à fait erroné, relativement à l'étendue réelle de la bande gazonnée qu'il voulait franchir. Effectivement, en dépit de ses efforts et de la rapidité de sa course, il ne parvenait pas à se rapprocher du sommet. Celui-ci paraissait s'éloigner à la même allure qu'il prenait, lui, pour l'atteindre. En fait, malgré la longueur du trajet déjà effectué, *il en était toujours à la même distance*. Bientôt, en observant des repères, c'est-à-dire en portant ses regards sur les points fixes que formaient les cimes d'arbres, au delà de la crête, ou, derrière lui, les silhouettes immobiles de ses compagnons, Jean Chapuis put se convaincre qu'*il grimpait sur place, sans nullement avancer.*

Stupéfait et d'ailleurs épuisé par la continuité de son récent effort, il s'arrêta.

Immédiatement, mais sans qu'aucune autre sensation de mouvement lui fût infligée, *il vit la bande verte s'élargir et le sommet fuir devant lui.* Puis tout s'immobilisa à l'instant même où, dans son dos, partaient des cris de surprise.

Alors, se retournant, il constata ceci : *sans avoir fait un seul pas vers eux*, il venait d'être ramené près de ses amis, à l'endroit exact d'où il était parti.

Ce fut là, pour Jean Chapuis, une impression de cauchemar. Tout fiévreux, il se toucha le front et retira sa main moite de sueurs… Rêvait-il éveillé ? Le gazon infranchissable sur lequel il était certain d'avoir couru, la pente inescaladable s'étendaient devant lui *immobiles.*

Son visage exprimant une indicible stupéfaction, un peu honteux, il demanda à ses compagnons.

— Avez-vous vu ?

— Un peu, qu'on a vu ! riposta Laridon, dont toute la physionomie affirmait une surprise pour le moins égale. *Quand vous cavaliez, M'sieu Jean, c'tait comme d'la mécanothérapie en fauteuil, et quand vos guiboles ont cessé de s'grouiller, on vous a pigé radinant vers nous !* – Vrai, v'là un nouveau sport qu'est n'est pas dans une musette.

Plus perplexe que jamais, Jean Chapuis examina la bande gazonnée avec une méfiance compréhensible. Puis, se baissant brusquement, il ramassa une pierre et la jeta à quelque distance, au milieu du gazon.

Ô stupeur ! À l'instar du boomerang, le caillou revint vers lui et s'arrêta à ses pieds. Renouvelant alors l'expérience avec sa propre personne, il fit quelques pas en avant, s'arrêta et revint – *sans bouger* – à son point de départ.

C'était un peu fort ! Se penchant en ayant, il posa sa main sur le gazon le plus loin possible et tenta de la maintenir sur place. Impossible ! Toujours il la sentait irrésistiblement entraînée vers lui.

L'expérience était décisive.

— Ce talus, sur la lisière duquel nous sommes, annonça-t-il, forme une sorte de tapis mobile qui redescend inlassablement vers cette lisière formant rainure. Sa vitesse a été calculée de telle sorte qu'il soit impossible à l'homme le plus agile de fournir une vitesse supérieure. Il y a tout bonnement sous ce gazon truqué un mécanisme de trottoir roulant. Cette précaution, évidemment destinée à interdire l'accès de quelque retraite, prouve qu'au delà de ce talus se trouve ce que nous cherchons : le mot de l'énigme, la cité des Polaires, et, probablement, notre cher Maître... Raison de plus pour tenter de nous y introduire.

— Si nous avions l'*Alcyon* !... rêva le mécano.

— Par malheur, nous ne l'avons pas. On a même pris le soin de nous faire perdre sa trace, interrompit Jean Chapuis. Il nous faut donc trouver une combinaison ne nécessitant pas le renfort de l'*Alcyon*.

— Ah ! trouvez ! supplia Cyprienne. Songez, mon ami Jean, qu'il s'agit de mon père !...

— Puis-je l'oublier, Cyprienne ?

Précédant la petite troupe, le jeune ingénieur se remit en marche, en longeant, sagement, sur sa recommandation instante, la bande gazonnée de l'infranchissable talus.

Encore une fois, c'était sans espoir précis et plutôt pour prolonger l'illusion de sa fiancée. L'ingénieur feignait de croire à l'existence d'une entrée, alors que l'exemple des tours démontrait assez qu'on ne pourrait pénétrer chez les Polaires par des voies ordinaires.

La reconnaissance à laquelle il faisait procéder sa troupe, il en avait l'intime conviction, se terminerait sans avoir donné aucun résultat.

Il se trompait.

Assez découragés, tous avançaient en silence, la tête basse et les yeux fixés sur le sol, quand, tout à coup, ils tombèrent en arrêt devant les premières marches d'un escalier partant de la bande gazonnée. Cet escalier, ils s'en rendirent compte en levant la tête, escaladait les airs et gagnait l'amorce d'un pont perdu dans les brumes.

Au premier abord, cet escalier ne semblait pas pouvoir être utilisé pour pénétrer dans l'enceinte mystérieuse, puisqu'il ne redescendait pas de l'autre côté du talus. Il se terminait par une sorte de passerelle fermée par des portillons à chacune de ses extrémités et qui paraissait attendre d'être complétée par un second escalier.

Les supports de cette passerelle plongeaient au delà du talus et prenaient conséquemment appui sur le sol interdit. Mais comme ils étaient constitués uniquement par deux sveltes tiges de métal d'apparence frêle et qu'ils pouvaient, par surcroît, être électrisés, Jean Chapuis ne songea pas un instant à s'en servir pour se laisser glisser de l'autre côté du talus.

La passerelle ainsi suspendue en l'air comme un pont inachevé ou rompu ne pouvait évidemment servir de passage qu'à la condition d'être complétée par un second escalier élevé jusqu'à elle de l'intérieur. Elle pouvait toutefois – si l'escalier n'était pas truqué comme le talus – permettre au jeune ingénieur de donner un coup d'œil au territoire interdit.

Ayant commandé la halte, sur le qui-vive, et mis Laridon en sentinelle au pied de cette échelle, comparable à celle de Jacob, avec une certaine hésitation, il s'engagea sur les gradins. Les marches se laissèrent franchir sans difficulté.

Ceci lui causa une première surprise. En se livrant à cette tentative, il ne l'imaginait pas pratique et doutait par avance de son succès. Il attendait le déclenchement de quelque mécanisme protecteur qui, fonctionnant soudain, l'empêcherait d'atteindre la passerelle.

Il n'en fut rien, heureusement ; aussi se hasarda-t-il à pousser le premier portillon et à mettre le pied sur le plancher du pont.

Par exemple, il n'eut pas le loisir de poursuivre l'exécution de son dessein et de promener ses regards sur l'étendue jusqu'alors jalousement cachée.

À peine s'était-il avancé sur la passerelle que le portillon qu'il venait de franchir se referma derrière lui. Il eut la sensation que la passerelle se redressait dans son dos, c'est-à-dire exécutait un plongeant mouvement de bascule vers l'intérieur de l'enceinte gazonnée. Instinctivement, jetées de droite et de gauche, ses mains agrippèrent les deux rampes de bois et aussitôt, les jambes arc-boutées entre les barrières, il décrivit avec la passerelle une courbe dans les airs et descendit vers le sol.

Ses compagnons, alarmés, venaient d'assister à la culbute de l'ingénieur et à sa disparition derrière le talus répulsif.

Laissant échapper un déchirant cri d'angoisse, tout de suite, Cyprienne s'était élancée sur l'escalier, en poussant de côté le mécano ahuri. La jeune fille voulait tâcher d'apercevoir le mystérieux pays et ce qu'il advenait de son fiancé.

Au moment où elle arrivait en haut, la passerelle remontait à vide et revenait se placer devant le palier suspendu. Sans réfléchir, la jeune fille poussa à son tour le portillon et s'avança délibérément sur le pont tournant. Une seconde fois, celui-ci plongea en avant, emporté par le mouvement basculant des deux tiges de fer qui lui servaient de support et dont les pieds devaient être articulés en vue de ce travail de semi-rotation.

Moins en éveil que l'ingénieur, Cyprienne n'avait pas eu le temps de se retenir aux rampes ; aussi glissa-t-elle sur le plancher en pente comme en un toboggan. Cependant, avant d'avoir éprouvé le moindre sentiment de frayeur et sans heurt sensible, elle se trouva déposée sur un sol gazonné et put voir se ré-envoler l'étrange passerelle.

Devant elle, son fiancé, sain et sauf, un peu pâle, lui tendait les bras.

Vivement, elle se releva pour s'y jeter.

— Que nous arrive-t-il, ma bien-aimée ? murmura tendrement le jeune homme. Dans quelle aventure nous sommes-nous follement jetés ?

— Si cette aventure doit nous conduire auprès de mon père, assura la courageuse enfant, je suis prête à en accepter joyeusement tous les risques.

— Nous les courrons ensemble !

— Et même avec *todos amigos !* cria à leurs côtés une voix joviale. Faut pas nous plaquer en carafe, m'sieu Jean. Vous savez bien qu'on n'est pas des embusqués, des pétrousquins à trouille !... V'là toujours deux numéros. Les autres clampins sont en route... On s'a r'passé le mot des montagnes russes... Vrai, j'm'amuse !... C'est la fête !

Riant, mais attendri d'un tel dévouement, Jean Chapuis vit alors descendre du ciel le couple Laridon-Turlurette, que suivirent – toujours par le même chemin – Taï, Julep et Mandarinette.

Pipigg et Kukuss étaient déjà dans la place. Car ils s'étaient naturellement élancés derrière leur jeune maîtresse, quand ils l'avaient vue gravir l'escalier.

Ainsi, personne n'avait hésité. Le mystère que gardait l'infranchissable talus et toutes les menaces qu'il pouvait enfermer n'avait pas arrêté ces audacieux. Sans se demander ce qui les attendait, ils avaient tour à tour pris place sur la passerelle transbordeuse pour rejoindre leurs maîtres.

Et leur premier regard fut pour ceux-ci – un bon regard affectueux et fidèle qui proclamait :

— N'ayez pas peur ! Nous sommes là et prêts à tout affronter pour vous !

Comment, avec de pareils dévouements, Jean et Cyprienne auraient-ils pu douter de l'avenir ?

Ils ne trouvèrent qu'un mot à répondre, en serrant les mains de tous ces braves gens. Mais ce mot, ils le prononcèrent les larmes aux yeux.

— Merci !

Alors, avec confiance, ils regardèrent autour d'eux.

C'était un parc-jardin, peuplé d'étranges arbres aux silhouettes caricaturales ou horribles. Ils n'appartenaient à aucune espèce connue et devaient avoir été obtenus par de fantastiques greffes, croisant le règne végétal et le règne minéral, même avec certains échantillons du règne animal. En contemplant les produits créés, les spectateurs ne pouvaient songer sans épouvante au jardinier dément qui avait conçu ces combinaisons diaboliques et créé ce décor de cauchemar.

Tout, dans cet effarant jardin, semblait combiné pour troubler la raison. Arbres et fleurs semblaient doués d'une vie non passive mais active, capable de gestes, de pensées et même de paroles. Il y avait là des animaux-fleurs et des animaux-arbres. Enchaînés au sol par leurs racines, ils avaient la faculté de se mouvoir dans un espace déterminé.

Et ces extravagants spécimens d'une faune et d'une flore également fantastiques gloussaient, gémissaient, poussaient des ricanements sinistres. Un atroce concert emplissait l'air et faisait passer des frissons sur la chair des auditeurs.

En même temps que l'ouïe, la vue était affectée, offusquée ou terrifiée par des visions qui violaient l'ordre admirable de la nature et semblaient prendre un damnable plaisir à bouleverser ses lois. Certaines fleurs imitaient à s'y méprendre la forme et la couleur des yeux de bêtes et des yeux humains. Elles étaient des regards vivants et doués d'un pouvoir magnétique. Elles pouvaient appeler, retenir et fasciner quand on aurait souhaité s'en détourner. D'autres étaient des bouches grimaçantes ou hurlantes. D'autres encore formaient de hideux visages ou de touchantes figures exprimant la gamme des douleurs humaines.

Il y avait aussi, suspendus dans les airs, les gestes tragiques ou suppliants de branches figurant des bras, ayant leur forme articulée et leur peau sous laquelle sinuait une musculature animée, visible. Il y avait aussi les plantes ou les arbustes vivants, dont leurs tiges, leurs fleurs, leurs fruits et leur feuillage étaient doués d'une vie et d'une forme particulière : les fleurs-araignées, les algues-vipères, l'arbre-chauve-souris, dans les branches duquel battaient des centaines d'ailes velues.

Étalés dans l'herbe, des fraisiers-crabes avançaient au bord du sentier leurs formidables pinces. Et, dans la perspective des allées, mille autres silhouettes inquiétantes se dessinaient confusément.

Figés sur place par l'inattendu de cette vision, Jean Chapuis, Cyprienne et leurs compagnons hésitaient à avancer. Ils pressentaient que les mystères de ce jardin allaient mettre leurs nerfs à rude épreuve. Aussi, avant de se risquer plus à l'intérieur, ils rassemblaient leur sang-froid et leur courage.

La fille d'Oronius avait trop à cœur de retrouver son père pour hésiter longtemps à braver les dangers de ce parc de la terreur.

Elle conseilla la marche en avant.

— Nous laisserions-nous arrêter par de simples épouvantails ? dit-elle. Cette mise en scène est trop manifestement combinée pour impressionner les esprits timides et les cœurs faibles. Elle ne vise qu'à effaroucher les timorés et à les empêcher de pousser plus avant. Si nous bravons ces semblants de périls, je parie qu'il ne nous arrivera aucun mal.

Les aventuriers de l'*Alcyon-Car* avaient déjà bravé tant de dangers qu'ils étaient à peu près aseptisés contre la crainte. Ils acquiescèrent silencieusement et se mirent en marche.

Mais un démenti brutal devait être immédiatement infligé aux paroles optimistes de la jeune fille. En effet, un incident allait se produire qui devait l'obliger à ne plus douter de la réalité des dangers qu'on pouvait courir en violant le secret du baroque jardin.

Ils avaient instinctivement pris l'allée, le sentier plutôt, qui se trouvait en face d'eux. Cette voie était orientée de façon à laisser apercevoir dans le lointain des arbres aux grimaçantes silhouettes, une ligne de murailles, de terrasses et de tourelles qui paraissait annoncer la présence d'un palais.

En apparence le plus paisible de tous, puisqu'il n'était bordé d'aucune des végétations étranges aux rameaux doués de vie et de mouvement, ce chemin s'allongeait, étroitement resserré, entre deux pelouses vertes, émaillées de fleurs et que bordaient des colonnades d'airain curieusement sculptées.

En raison de l'étroitesse du passage, il arriva que master Julep voulut marcher sur la pelouse. Or, à peine son pied eut-il touché l'herbe, qu'on vit le malheureux nègre s'enfoncer dans la pelouse et y disparaître tout entier.

Stupéfait, Victor Laridon, son plus proche voisin, se pencha rapidement pour se rendre compte de la nature de ce sol gazonné.

— Eba ! c'est du bouillon de canard ! s'exclama-t-il.

En effet, le nègre bariolé, heureusement excellent nageur, reparaissait à la surface de ce lac camouflé en pelouse-tourbière. Tout ruisselant de son plongeon involontaire, il se mit à fendre le tapis gazonné et fleuri avec une aisance supérieure. La tourbière n'était même pas une tourbière tenant une mince couche d'humus en suspension à sa surface. Il n'y avait là qu'une plaine liquide, un piège tendu aux imprudents !

D'où provenait donc le trompe-l'œil ? Eh ! toujours de la lumière polaire habilement utilisée. Des projecteurs automatiques, dissimulés dans les colonnes creuses, étendaient sur l'eau ce voile d'illusion qui lui donnait l'apparence d'un gazon émaillé de fleurs.

Cependant, ce n'était point là un risque sans danger ; qui s'y laissait prendre ne risquait pas qu'un simple bain. Car, surgissant des profondeurs secrètes, une multitude de lamproies avides, de féroces murènes et de peaux-bleues naines se précipitèrent soudain sur le nageur et le harcelèrent. Entouré de gueules menaçantes contre lesquelles il avait peine à se défendre, le pauvre nègre put craindre un instant d'avoir à subir le sort des esclaves romains, que leurs maîtres jetaient vivants en pâture aux pensionnaires de leurs viviers.

Il put craindre le fait sans avoir jamais eu connaissance des précédents historiques.

Par chance, sa chute ne l'avait pas éloigné du bord. Deux ou trois brasses vigoureuses l'en rapprochèrent à temps. Quatre bras solides le saisirent alors et le tirèrent hors de l'eau ; grâce à la prompte intervention de l'ingénieur et du mécano, le pauvre nègre en fut quitte avec quelques cruelles morsures et une partie de son tatouage détérioré.

Désormais mis sur leurs gardes par cette expérience, Cyprienne et ses compagnons n'avancèrent plus qu'en éprouvant le terrain. Ils purent ainsi parcourir sans nouvel incident toute la longueur de l'allée.

Là, c'était le véritable commencement du jardin fantastique. Il grouillait, rampait, frondait. Il allait leur falloir s'engager sous un berceau de branches ricanantes, entre une double haie d'arbres-animaux.

Tous portaient à la main leurs cannes électriques. Ces armes pouvaient-elles leur être d'un secours efficace contre les probables attaques qui allaient se produire ? Quel était le degré de vulnérabilité de ces étranges greffes, nées du croisement de deux règnes et qui pouvaient à la fois subir les lois de la vie végétale et de la vie animale ? Des blessures que recevraient ces arbres vivants, s'ils venaient à attaquer, coulerait-il du sang ou de la sève ?

— Attention ! préconisa Jean Chapuis. Il nous faut traverser le plus vite possible cette plantation hallucinante et probablement hostile. Notre élan nous aidera à rester insaisissables. Allons, mes amis, tenons-nous les coudes, et tous au pas de charge !

Ils s'élancèrent…

Dès les premiers pas, une colossale arachnis-anguvore, se détachant d'une branche comme un fruit trop mûr, se laissa choir sur Mandarinette. Les cris affreux de la jeune Chinoise ramenèrent vers elle l'équipe Laridon-Julep. Ceux-ci arrachèrent le hideux agresseur des frêles épaules auxquelles il s'agrippait et l'écrasèrent sur le sol à coups de bâton.

Cette exécution accomplie, ils entraînèrent Mandarinette tremblante et reprirent leur course. Il leur fallut passer sous l'arbre-chauve-souris, dont les ramures les enveloppèrent d'un tourbillon d'ailes velues. Échappés à ces hideux attouchements, ils devaient à tout instant bondir pour fuir la menace des pinces des fraisiers-crabes, ou se délivrer d'une secousse désespérée de l'étreinte des lierres-myriapodes qui grimpaient autour de leurs jambes, cherchant à les paralyser et à les mordre.

Et des fleurs monstrueuses, affectant toutes les formes, entrouvraient, sur leur passage, des corolles en façon de bouches ou de gueules pour leur souffler des parfums toxiques et des nuages de pollen irritant. Si Jean Chapuis n'avait eu la précaution de les obliger à se masquer dès l'entrée dans le jardin, ils eussent roulé sur le sol, brûlés, asphyxiés, empoisonnés ou plongés dans une mortelle torpeur.

Grâce à cette précaution, ils résistaient et continuaient à lutter contre les attaques de la faune-flore arborescente. Un combat fantastique se livrait, au milieu des rugissements de colère ou des plaintes douloureuses des végétaux blessés. Les yeux-fleurs brillaient de fureur, les fleurs-bouches grinçaient des dents et mordaient les doigts qui les meurtrissaient pour écarter leur attaque. Les fleurs-griffes lacéraient les vêtements. Les fleurs-abeilles dardaient leurs aiguillons.

Et sans cesse des rameaux irrités fouettaient l'air pour happer leurs ennemis ; les troncs se tordaient pour leur barrer le passage... Les bâtons frappaient, le sol se jonchait de pétioles et de pédoncules qui ressemblaient à des pattes fracassées ou arrachées ; des plaies béaient et l'on voyait saigner les arbres et pleurer les fleurs ; tandis que, des calices entr'ouverts, des pistils tendus, des étamines endolories, partaient des plaintes voraces et une pluie de poussières ulcérantes.

Comment nos amis échappèrent-ils à tant de forces hostiles ? à tant de haines coalisées ? Comment, surtout, ne perdirent-ils pas la raison au cours de ce combat affolant, soutenu contre des végétaux carnivores et féroces ?

Des pieds, des mains, de la tête et des dents, ils se défendaient, faisant tournoyer leurs cannes, fauchant impitoyablement les rameaux-tentacules ou les branches vertébrées que terminaient des têtes d'animaux.

Les hommes entouraient les trois jeunes filles et avançaient en évitant de désunir le cercle défensif qu'ils formaient. Ils parvinrent ainsi au bout de la terrible allée... Un espace vide s'ouvrait devant eux... Ils s'y élancèrent joyeusement... Ils allaient pouvoir reprendre baleine...

Pour l'instant, ils étaient sauvés.

Pas tous, car un cri d'horreur retentit derrière eux.

Le petit Taï, la créature sous-terrienne, qui avait vaillamment combattu, venait d'être en quelque sorte cueilli au vol par l'un des cheveux géants d'une plante-algue dont les tentacules fouettaient en tous sens, arrachant ici, coupant là !

Saisi par ce cordage dont la force s'avéra irrésistible, le malheureux Taï fut soulevé, lancé en l'air, ressaisi par une seconde branche serpentine du même arbre et renvoyé comme un volant à une troisième qui parut prendre la fuite pour le conserver.

C'était un arbre étrange, dont le tronc s'entourait de bras-lanières en forme de rubans-scies qui pouvaient avoir chacun une envergure de douze à treize mètres ; toujours en mouvement, toujours fébrilement agitées, à l'instar de ces petits rubans qu'on dispose autour d'une chasse d'air de ventilateur pour en démontrer le bon fonctionnement, ces lanières microscopiquement dentées, auraient pu, d'un unique et rapide frôlement, couper une barre de fer.

Horrifiés, impuissants à lui porter secours, les compagnons du petit Taï virent la troisième lanière tourner vertigineusement autour du corps de la pauvre créature, dans la chair de laquelle elle pénétrait à mesure.

Il n'y eut qu'un cri, le sang coula à flots le long du ruban re-déplié, et le corps de Taï, entièrement découpé en lamelles hélicoïdales, retomba, misérable hachis de chair torturée, au pied de l'arbre assassin...

Puis ce fut le silence et l'immobilité : le drame horrible avait pris fin.

CHAPITRE VI
LA MAIN DE FEU

Des larmes silencieuses coulaient sur les visages de Cyprienne et des deux soubrettes. Jean Chapuis était d'une pâleur de mort. Le visage de Julep avait pris la couleur de la cendre.

— Pauvre mignon ! dit sérieusement le mécano, lui faut un adieu pour son repos et c't à moi à l'composer, puisque j'suis d'la Société des Lettres, comme l'indique la première de mon nom. Adieu, Taï, cher et fidèle sous-terrien. Plus heureux qu'tes compatriotes lâcheurs, t'as connu ton ciel de ton vivant et tu y es encore étant mort... Cher vieux, tu n'croyais pas la surface, ton paradis, si peuplé d'surineurs... Il en reste pour les copains... À tantôt !... On se r'voira !

Tous, jusqu'aux deux petits chiens qui jappaient plaintivement aux pieds de leur maîtresse, n'avaient plus qu'une pensée : fuir ce jardin affolant où la malignité humaine, pervertissant la nature, avait donné aux végétaux les féroces instincts des animaux carnassiers.

Fuir !... Jean Chapuis aussi bien que Cyprienne comprenaient qu'il le fallait ; car ce n'était pas en un pareil lieu, plein des plus abominables contrefaçons des merveilles sorties des mains du Créateur, que l'on pouvait espérer retrouver Oronius.

S'y attarder, c'était s'exposer bien inutilement à de nouveaux périls. Et la désespérante fin du petit Taï venait de les éclairer sur les horreurs inimaginées qu'ils pouvaient s'attendre à y rencontrer.

Après les arbres assassins, de quels autres gardiens destructeurs pouvait encore être peuplé ce parc dantesque ?

L'ingénieur jeta autour de lui des regards éperdus.

Le rond-point au centre duquel ils s'étaient réfugiés les mettait à l'abri de l'attaque des végétaux diaboliques. Le sol était sablé et aucune herbe vivante n'y poussait. Le cercle menaçant demeurait à distance.

Mais par où sortir de ce séjour de cauchemar ? Pour rien au monde, Jean Chapuis n'eût exposé de nouveau Cyprienne aux horreurs de la route qu'ils venaient de parcourir.

Une autre s'ouvrait, dans la partie opposée du rond-point ; allée plus large, bordée d'arbres paisibles et qui, à première vue, semblaient être des palmiers. Cela ne cachait-il pas quelque nouveau piège plus hideux encore ?

Anxieusement, le fiancé de Cyprienne se le demandait, et l'on doit se faire une idée de son angoisse, de sa perplexité ; sans assurance aucune, il devait prendre une résolution.

Serrés autour de lui, ses compagnons attendaient sa décision. Leurs regards, comme ceux du jeune homme, allaient tout naturellement à l'orée de cette allée qui continuait la perspective de celle d'où ils sortaient, mais semblait moins rébarbative.

Certes, il y avait d'autres routes tracées, peu engageantes, plus sombres, plus mystérieuses et menaçantes sous leurs voûtes de feuillage touffu.

Celle que considérait Jean Chapuis se présentait comme la seule dont l'aspect fût rassurant.

Encore hésitant, il fit un pas dans sa direction…

Ceci ressemblait assez à une indication. On allait donc le suivre. D'ailleurs, Jean tenait, tendrement pressée dans la sienne, l'une des mains de Cyprienne ; et, involontairement, il entraînait la jeune fille.

Mais, voici qu'à l'entrée de l'allée, sur l'ombre reportée comme un tapis par la voûte des frondaisons obscurcisseuse de lumière, une main de feu se dessina tout à coup…

C'était une de ces mains aux doigts repliés, à l'exception de l'index tendu en un geste indicateur… Une de ces mains comme on en peint sur les murs en manière de flèche pour marquer la direction à prendre dans un dédale de couloirs.

Par exemple, à la différence de ces dernières, la main lumineuse, projetée, on ne savait d'où ni comment, ne restait pas fixe. Elle s'agitait, telle une main vivante… Elle se traînait sur le sol, s'ouvrant et se refermant comme pour inviter les regards à la suivre.

Quittant insensiblement l'entrée de l'allée de palmiers, elle glissa vers une sente étroite, sombre et tortueuse qui s'enfonçait dans le mystère de buissons rébarbatifs.

Dans cette sente – certes, le dernier chemin dans lequel Jean Chapuis eût songé à se risquer, – la main de feu pénétra, avança, disparut aux regards, puis revint vers l'entrée pour recommencer plusieurs fois son manège.

Ce manège avait une signification très claire. Tous le traduisaient aisément.

Cela voulait dire :

— Par ici ! Venez !... Suivez le chemin indiqué par moi !... Vous n'en trouverez pas un meilleur !... C'est le bon !...

Mais était-ce le conseil perfide d'un ennemi préparant un traquenard ? Ou le bienfaisant avis d'un protecteur ?

Les Polaires – l'ingénieur n'eut pas à réfléchir longuement pour l'admettre – les Polaires n'avaient nul besoin, si leur fantaisie était de les perdre, de recourir à un tel subterfuge.

Ils pouvaient aisément et quand ils le voudraient anéantir la petite troupe ou se borner à la capturer.

Et si une cruauté inconcevable les poussait à se jouer de l'angoisse des malheureux, il leur suffisait de les laisser errer à l'aventure dans l'affolant jardin.

Non ! la main dessinait vraiment un geste de délivrance ! Un rayon perpendiculaire de l'astre du jour n'eût pas joué, à travers le feuillage, avec plus de grâce. Cette main projetée était celle d'un ami.

Une question se posait pourtant : Qui cherchait à veiller sur eux ? Qui méditait de les sauver ?

En réponse à cette question, un seul nom pouvait jaillir des lèvres de l'ingénieur comme de celles de sa fiancée :

— Oronius !...

Oronius devait avoir surpris le secret du jardin des épouvantes et de la mort, et peut-être aussi une partie de celui des Polaires. Captif ou non, le Maître jouait de sa puissance inasservissable. Il avait trouvé le moyen de suivre les évolutions de sa fille et de la petite troupe ; il les voyait en péril, il s'apprêtait à les guider.

À certaines heures, il faut avoir la foi. Jean Chapuis s'y résolut brusquement.

— Vers la sente ! décida-t-il. Suivons cette main qui se fait notre *in hoc signo vincimus ! (par ce signe tu vaincras.)*

Ils marchèrent vers elle. Avec un frétillement joyeux, glissant sur le sol, la main de feu se mis à les précéder dans l'étroite sente.

Un instant plus tard, tous s'y étaient engagés et marchaient en file indienne à l'abri de sa pénombre.

Ils frôlaient des buissons. Ils effleuraient des branches et des troncs d'arbre : ils piétinaient des racines et des herbes.

Feuillage et gazon étaient cette fois inoffensifs. Et les fugitifs n'avaient plus affaire aux effrayants spécimens qui peuplaient l'autre partie du jardin.

D'ailleurs, il leur fut bientôt aisé de reconnaître qu'ils étaient rentrés dans la forêt de fougères. Ils avaient dû franchir l'enceinte truquée sans s'en apercevoir.

La main de feu les précédait toujours, sautant cette fois de tronc en tronc pour leur indiquer l'entrée des sentiers qu'elle voulait les voir prendre.

Elle les guidait donc vers un but déterminé.

Lequel ?

Ils le devinèrent tout à coup, en voyant surgir entre les fougères la silhouette de l'*Alcyon-Car*.

Pouvaient-ils plus longtemps douter ? Le Maître, le Maître seul avait pu les ramener là.

Désormais, réinvestis de la puissance et de la sécurité que leur assuraient l'avion et son matériel, ils possédaient la preuve et pouvaient en toute assurance nommer le créateur de l'égide.

— Ô bonheur ! Père veille sur nous ! dit Cyprienne avec émotion. Non seulement il nous sauve, mais en même temps il nous rassure sur son sort. Car, où qu'il soit, pour avoir trouvé ce moyen de rentrer en communication avec nous et de nous aider, il faut qu'Oronius...

— ... soit plus que jamais le Maître ! acheva Jean Chapuis.

— Parbleu ! renchérit Laridon enthousiaste. Pour faire la pige au daron, il aurait fallu qu'les arrière-petits lardons d'mam'zelle Polaire soient plus mariolles que lui. Et ça, c'est pas possible !... Qui qui veut savoir ma foucade (idée ?) Y les a eus comme il a voulu. Et s'il s'est laissé piper, c'tait une frime, et par exprès, histoire de voir comment ils ont le blair esculpté et de quelle couleur sont leurs calots bleus… À présent qu'il a pénétré le secret de leurs petites combines, il commence par nous envoyer le bon tuyau… Dis voir, mon vieux Julep au cirage, est-ce pas un chic esportman ?… C'est pas fini. Regrimpons dans l'*Alcyon*… Je parie que la menotte de soleil va cavaler devant nous pour nous conduire auprès de m'sieu Oronius.

Sous une forme un peu différente, Jean Chapuis nourrissait des pensées équivalentes et Cyprienne partageait évidemment son espoir.

Tous pensaient qu'Oronius les appelait. En les guidant jusqu'à l'avion, il avait voulu surtout leur procurer un moyen efficace de le rejoindre et de collaborer aux nouveaux projets qu'il pouvait avoir.

Allègrement donc, ils s'installèrent dans l'appareil. Puis ils reportèrent leurs regards sur l'endroit où s'était arrêté la main…

Elle n'y était plus. Ils ne la découvrirent nulle part. Malgré la prédiction du Parisien, elle s'était retirée.

Sa mission était-elle donc terminée ?

Oronius s'en remettait-il à l'esprit de décision de Jean Chapuis du soin de décider la conduite à tenir ?

C'était assez singulier ! Au vrai, le Maître était infiniment mieux placé pour savoir ce qu'on devait éviter, ce qu'on devait tenter… Pourquoi les laissait-il dans l'incertitude ?

Un peu déçu mais pressé d'agir, le jeune ingénieur mit l'avion en marche. Le plus indiqué, a son avis, était d'utiliser d'abord l'*Alcyon-Car* à une exploration de la plaine polaire.

Ce que la perte de l'avion l'avait empêché de faire en compagnie du père de Cyprienne, il allait le réaliser maintenant.

L'*Alcyon* prit son vol et s'éleva lentement, perçant la voûte de feuillage et surgissant sous l'étrange ciel lumineux que surplombait la calotte de nuages dont nous avons parlé.

Les passagers purent alors voir d'où partait la lumière solaire, reconstituée, qui baignait le paysage et assurait la vie merveilleuse du pôle austral.

Encerclant la forêt de fougères d'une ceinture de phares aveuglants, une douzaine d'énormes tours dressaient leurs silhouettes.

Les sommets se perdaient dans le plafond de brume grise, mais, de la partie visible, par d'immenses ouvertures rondes, s'échappaient, comme autant de fleuves de feu, des faisceaux de rayons. À bonne distance des tours, ils retombaient en pluie lumineuse sur le monde qu'ils avaient mission de réchauffer et de féconder.

De l'endroit où était parvenu l'aéroplane, ces sources lumineuses étaient trop intenses pour pouvoir être fixées. Elles éblouissaient et aveuglaient de sorte qu'il était impossible d'admirer le spectacle.

Pour échapper à cet inconvénient, l'ingénieur prit de la hauteur et monta vers le plafond gris.

Alors, dès qu'il eut dépassé le niveau des rayons et le torrent de feu qu'ils répandaient dans l'air, il vit sur les nuages apparaître, en lettres lumineuses, les lignes suivantes :

« *Quittez de suite le pôle. Envolez-vous, sans un regard en arrière, et allez attendre à Paris, dans mon laboratoire, que ma volonté se manifeste à vous. Obéissez-moi. Il y aurait danger pour vous et pour moi si vous restiez.*

ORONIUS. »

CHAPITRE VII
LES RUINES DU MONDE

Rivés au plafond de brume sur lequel s'étaient inscrites les lettres du message lumineux, les yeux des passagers de l'*Alcyon* exprimaient un indicible effarement. Oronius leur parlait…

Oronius leur manifestait sa volonté, aussi clairement que les circonstances lui permettaient de le faire.

Et ce n'était pas pour leur indiquer le moyen de le rejoindre. Bien au contraire, il leur ordonnait de partir, de s'éloigner, de l'abandonner !

Fuir le pôle et son mystère, alors que le Maître y demeurerait, peut-être en situation critique ou exposé à bien des périls !… Regagner Paris en ignorant tout de l'aventure qui avait abouti à la disparition d'Oronius ! Emporter avec soi un tel bagage d'anxiété !

Quel effort pour Jean Chapuis ! Quel sacrifice pour Cyprienne ! Leur était-il possible de consentir à se plier à une pareille exigence ? N'avaient-ils pas l'impérieux devoir de désobéir, de rester quand même et de chercher et protéger le savant malgré lui et peut-être contre lui-même ?

Car, au singulier conseil-ordre projeté sur le ciel par le Maître, Cyprienne et l'ingénieur imaginaient fort bien une signification toute autre que celle qu'il laissait entrevoir.

C'était peut-être par simple abnégation et pour ne pas exposer sa fille et son élève préféré aux dangers d'une lutte contre les Polaires ? Oronius était homme à ne point s'inquiéter de sa propre personne si ses aimés couraient un danger.

Il n'était sans doute nullement persuadé qu'il leur était impossible de rien tenter en sa faveur, ou que cette intervention dût avoir forcément des conséquences dangereuses pour lui et pour eux-mêmes.

Mais il se sacrifiait délibérément et il les décourageait pour leur épargner de nouvelles aventures.

À cette pensée, Cyprienne et Jean éprouvèrent ensemble la tentation de se rebeller contre tant de générosité. Ils se regardèrent, indécis.

— Ce message impératif dépeint-il exactement la situation ? disaient leurs regards. Si nous restions ?

Enfreindre la volonté formellement exprimée d'Oronius !... Quelle responsabilité !...

Et si le Maître n'avait pas exagéré ? Si leur indocilité ne faisait qu'aggraver ou rendre désespérée sa position ?

Quels regrets ensuite !... Quels remords, peut-être ?

Après ce qu'ils avaient vu, ils ne pouvaient se targuer de lutter victorieusement contre les Polaires.

Qu'adviendrait-il d'Oronius et d'eux-mêmes si leur obstination à entamer la lutte aboutissait à un échec ?

Ils reculèrent devant une pareille responsabilité.

— Obéissons ! conseilla tristement Cyprienne.

— C'est-à-dire : partons ! traduisit Jean Chapuis, en soupirant. Ainsi, vous êtes d'avis que nous devons renoncer à rien tenter ?

La jeune fille inclina silencieusement la tête et de grosses larmes coulèrent sur ses joues.

— Le Maître a promis de nous donner de ses nouvelles. Attendons avec confiance. À Paris, nous recevrons certainement un nouveau message… Car votre père tient toujours ses promesses, murmura Jean Chapuis pour rendre l'espoir à sa fiancée.

— Toujours ! c'est vrai… Regagnons donc Paris comme il nous l'ordonne, approuva-t-elle en renfonçant un sanglot.

Il n'y avait plus qu'à obéir.

Sous l'impulsion du jeune ingénieur, l'*Alcyon* s'éleva plus haut, pénétra dans le plafond de brume, le traversa comme une flèche et se retrouva au milieu de la demi-nuit glaciale du pôle.

Cette manœuvre ne s'était pas effectuée sans que Victor Laridon fît entendre sa protestation, vigoureusement exprimée.

En voyant Jean Chapuis donner le signal du départ, le mécano n'avait pu retenir une exclamation d'indignation. Il n'était pas éloigné de considérer comme un acte de suprême lâcheté et comme une sorte de désertion cette obéissance trop prompte à l'ordre écrit dans le ciel.

— Alors, comme ça, on plaque en douce m'sieu Oronius et on se carapate vers Paname se tenir peinard ? s'exclama-t-il. Ben ! vrai ! m'sieu Jean, ça serait un autre qui se conduirait aussi inversement, je l'agonirais de mufle et d'autres petits noms d'oiseaux… Mais vous ! vous qu'avez pas encore eu les foies !… Alors, je ne comprends plus…

Cyprienne avait cru devoir intervenir sévèrement :

— Mon père est le meilleur juge, monsieur Victor. S'il nous ordonne de partir, c'est que nous lui serons plus utiles là où il nous envoie.

— D'accord, mam'zelle !… Mais ne m'appelez pas m'sieu, ça me ferait deuil !… Tout d'même, des fois, j'ai comme des gouttes de plomb dans le palpitant de partir sans m'sieu Oronius !

Cette dernière phrase exprimait assez bien le sentiment général, aussi la jeune fille y répondit-elle par un soupir d'acquiescement.

L'avion continuait sa route, s'éloignant, avec la vitesse d'un obus, de la couronne de rochers où demeurait enfermé le secret du pôle austral.

Il retournait vers le monde des vivants.

Au fait, était-ce encore le *monde des vivants* ? Qu'allaient trouver les passagers de l'*Alcyon-Car*, une fois franchie la zone qui sépare la mer polaire des continents habités ?

Tandis qu'il faisait son point et calculait la direction à imprimer à l'avion, Jean Chapuis ne pouvait s'empêcher de se poser cette question.

Jusqu'alors, les angoisses et les aventures au milieu desquelles ils avaient vécu avaient tenu l'esprit de nos amis très à l'écart de ce sujet de préoccupation. Aucun d'eux n'avait songé à se demander quelle pouvait avoir été la répercussion sur le monde habité des cataclysmes stupéfiants dont ils avaient été, coup sur coup, les témoins obligés.

Pourtant, certains des périls au milieu desquels ils auraient pu, les uns et les autres, trouver la mort, avaient également menacé la plus grande partie des humains, sinon même la totalité.

Et peut-être l'humanité en son ensemble était-elle moins préparée que les compagnons d'Oronius à se défendre contre de tels phénomènes.

Le but effroyable visé par l'implacable Otto Hantzen, en collaboration avec Yogha, la superbe et démoniaque Hindoue, pouvait donc fort bien avoir été atteint. Et peu importait que les deux mauvais génies eussent payé de leur vie leur dernier forfait (comme cela semblait avoir été), si l'humanité ne leur avait pas survécu[1].

Des ravages causés par la vague de feu qui avait embrasé l'air et desséché les mers, puis par l'escamotage momentané de l'atmosphère respirable. Jean Chapuis ne pouvait se faire une idée. Depuis cette double et monstrueuse catastrophe, l'avion n'était point revenu vers les centres habités du vieux monde.

Aussi, se basant uniquement sur des considérations scientifiques, il devait envisager la possibilité d'une destruction totale de la race humaine ainsi que du règne animal.

S'il en avait été ainsi, vers quelle horreur l'*Alcyon-Car* les emportait-il ? Le jeune ingénieur ne pouvait imaginer sans un frisson le spectacle désolant que présenteraient les ruines désertes et pour toujours silencieuses du monde détruit.

Et c'était presque craintivement qu'il abaissait ses regards vers le

---

1 Pour le récit complet de cette suite de cataclysmes, voir *Le Réveil de l'Atlantide*.

sol pour y chercher les traces confirmant ou infirmant ses appréhensions.

La traversée du continent africain ne pouvait qu'aggraver ses inquiétudes. De tous, c'était celui qui avait le plus souffert. À la vérité, dans toute son étendue, l'œil des aviateurs ne rencontrait plus que mort et désolation.

Heureusement, en survolant l'Espagne, puis la France, Jean Chapuis éprouva, malgré tout, une sorte de réconfort. Là, le malheur n'était ni aussi grand, ni aussi définitif qu'il l'avait craint.

Des hommes avaient survécu ! Il en eut la preuve indéniable en remarquant des centres habités. Si, dans son ensemble, l'humanité avait été décimée par les cataclysmes, on n'avait pu l'anéantir complètement. Grâce à certaines précautions, une partie importante des populations s'étaient préservées.

L'ingénieur devait apprendre par la suite que l'éphémère disparition de l'atmosphère – qui aurait dû tuer tous les êtres vivants – n'avait été absolue que pendant de rares secondes et seulement à la surface du sol. Dans ses parties souterraines, grottes, cavernes, catacombes et même dans l'intérieur des grands édifices suffisamment clos, il était resté assez d'air respirable pour sauver de la mort les timorés assez habiles pour s'y être réfugiés à temps.

La vie avait donc pu reprendre et déjà, sur les principaux points des continents européen, américain et asiatique, les survivants épargnés relevaient les ruines et s'efforçaient de faire disparaître les conséquences du fléau. Ainsi en avait-il été, quatre-vingts ans plus tôt, lors du désastre sismique du Japon. Dolent encore et saignant par mille blessures, mais content d'avoir survécu, le monde travaillait.

Du haut de l'avion, Jean Chapuis, rassuré, eut la satisfaction de reconnaître quelques grandes villes, dont la physionomie habituelle avait à peine changé. Elles présentaient une animation en tout semblable à celle d'avant les événements et il y régnait même une activité légèrement supérieure.

— Allons ! soupira le jeune homme en se frottant les mains d'un geste machinal ; nous ne serons pas, comme je l'avais redouté, les uniques et derniers bipèdes d'une terre désertée. La descendance d'Adam est certainement affaiblie. De plus, sa capacité de production et ses moyens ont dû être sérieusement diminués par les destructions. Mais ce qui reste constitue un noyau suffisant pour qu'une fois de plus notre monde parvienne à récupérer les forces perdues... La guérison complète n'est plus maintenant qu'une affaire de temps... Et comme il n'y a plus de Hantzen ni de Yogha pour menacer l'œuvre de reconstitution, nous pouvons espérer qu'elle sera menée à bien promptement et paisiblement... D'ailleurs, nous aviserons à l'y aider, car le monde doit être remis en état de prêter assistance à l'illustre Oronius, le jour où celui-ci la réclamera.

Tout en surveillant le vol de l'avion, son imagination, aussi rapide, lui suggérait les grandes lignes d'une expédition polaire, organisée et subventionnée par toutes les nations, en vue de porter secours au Maître.

L'aide mondiale pouvait-elle être obtenue autrement ? Il ne l'imaginait pas.

Non ! c'était au seul cœur de l'humanité qu'il devait s'adresser en lançant son appel.

Au milieu de l'apaisement général, cet appel serait forcément entendu, car les survivants n'avaient pu perdre le souvenir des miracles philanthropiques accomplis par le Maître.

Rasséréné, sûr du lendemain, Jean Chapuis lança d'une voix joyeuse :

— Nous touchons au but. Voici Paris !

Et, naturellement, les acclamations enthousiastes du Parisien Laridon saluèrent la Ville-Lumière, dont la masse, semblable à celle d'un Léviathan couché, obstruait l'horizon...

CHAPITRE VIII
L'ÉNIGME DE LA « FAUVERIE »

Les animaux ont la perception instinctive du danger, même éloigné mais imminent. Ils sentent venir l'ouragan, les secousses sismiques et surtout leur pire ennemi : l'homme.

Ce dernier, par contre, se fiant à son intelligence, est privé de tout instinct.

Les Parisiens, ce matin-là, en fournissaient l'évidente preuve. Paris avait sa physionomie habituelle, paisible et souriante. Rien ne décelait l'approche de l'angoisse, l'atmosphère du drame.

Au contraire, dans leurs gracieuses « libellules », minuscules aéros de maîtres ou de location, d'innombrables promeneurs ailés parcouraient le ciel ensoleillé.

Le vingt et unième siècle était vraiment le siècle de l'avion, comme son prédécesseur avait été celui de l'automobile. On ne roulait plus – ou presque : on volait. Et les routes terrestres étaient autant dire désertées.

Sur toutes les maisons des villes, uniformément montées à la même hauteur, s'étendaient, dans chaque îlot, de vastes terrasses ou plates-formes sur lesquelles s'élevaient les garages-nids des véhicules-oiseaux.

Le premier étage était désormais celui qui se situait le plus proche du ciel ; les conservateurs d'immeubles y avaient leur loge, un simple retrait restant réservé, au sixième étage, c'est-à-dire près du sol, à l'officieux du conservateur.

Le grand cataclysme qui avait décimé l'humanité et jonché la terre de ruines n'avait rien pu changer à cet état de choses. Là où la civilisation avait survécu ou s'était reconstituée, – comme à Paris, – la vie avait bien vite repris son train normal et les humains, remis de leur alerte, fréquentaient de nouveau les routes du ciel.

Comme il arrive toujours, après chacune des épreuves infligées à l'homme par l'inconscience de la Nature ou la malice du destin, l'instinct de vie – le plus fort des instincts – poussait à l'oubli. De nouveau, les humains croyaient à la perpétuité de la trêve qui leur était consentie. De nouveau, s'abandonnant aux éternelles chimères, ils s'imaginaient pouvoir enfin édifier, sur des bases durables, la fragile cité du bonheur.

Donc, tout était au calme, et particulièrement ce coin de Paris qui bordait la Seine et sur lequel s'étendait la « Fauverie », ex-Jardin des Plantes, agrandi d'un parc, remplaçant avantageusement l'ancienne et disgracieuse Halle aux Vins.

Ce fut de là, pourtant, que partirent tout à coup des appels, des cris, des clameurs. Ce tumulte invraisemblable attira l'attention des promeneurs du ciel et des aviettes de la police.

Quelques libellules se posèrent sur le sol, sur les pelouses et dans les allées. Un grand avion, sorte de sleeping de tourisme, descendit avec eux sur l'ancienne Place Valhubert, aujourd'hui nommée Place Oronius par la reconnaissance populaire.

En cet avion, s'ils avaient été moins préoccupés par leur inexplicable panique, les curieux n'eussent pas manqué de reconnaître immédiatement l'*Alcyon-Car*. De même que les admirateurs d'Oronius eussent dû deviner la fille du Maître en cette jolie personne qui descendit de l'*Alcyon*.

Jean Chapuis la suivait, après avoir fait signe à Laridon de l'attendre.

Au terme de leur voyage et alors qu'obéissant aux volontés du savant demeuré au pôle, nos amis survolaient Paris pour se diriger vers l'emplacement du nouveau laboratoire, le jeune couple avait remarqué, du haut des airs, l'agitation insolite de cette partie de la capitale.

Sur le désir qu'en avait exprimé Cyprienne, Jean avait décidé de descendre pour s'enquérir de la cause du tumulte.

Ayant laissé dans l'avion Laridon, Julep et les deux soubrettes, il s'avança vers la grille de la Fauverie. Cyprienne l'accompagnait, suivie de ses inséparables petits chiens.

— Qu'est-ce donc ? demanda le jeune homme aux curieux qui se précipitaient à travers les allées du jardin.

Mais, surexcités par la curiosité, la plupart poursuivaient leur course et ne daignaient point répondre.

Un seul jeta au passage, en tournant la tête du côté du questionneur :

— Venez… Vous le saurez.

— Au fait ! cette impolitesse est sensée, sourit Jean Chapuis. Nous pouvons bien prendre la peine d'aller aux renseignements. Le voulez-vous, ma chère Cyprienne ?

La charmante jeune fille, en signe d'assentiment, inclina sa tête auréolée d'or.

— Il se passe certainement quelque chose d'anormal, dit-elle. Entendez-vous ces exclamations, ces cris ?… Et tenez, voici des gardiens qui paraissent désorientés… Courent-ils !… Et les curieux s'enfuient… C'est une vraie panique…

— Sans raison ; car je ne découvre aucun signe de danger.

— Pourtant, mon ami Jean, à ce sauve-qui-peut, il doit y avoir un motif…

— Approchons… Il faut savoir.

Tout en s'inquiétant, Cyprienne conservait un sang-froid presque égal à celui de son fiancé.

Il faut une belle dose de courage pour résister à la contagion de la peur. Le jeune couple avait de qui tenir ; il appartenait à la catégorie la mieux équilibrée.

Une chose, il est vrai, pouvait les rassurer l'un et l'autre : c'était l'attitude des deux petits chiens. Ceux-ci trottaient paisiblement sur leurs talons, sans manifester la moindre appréhension.

Or, l'instinct de ces intelligents animaux les eût certainement avertis si quelque danger avait été proche.

Il n'y avait vraiment de troublant que la précipitation des badauds à repasser les grilles et à reprendre l'air, sitôt qu'ils avaient été renseignés.

Les deux jeunes gens avançaient toujours. Ils croisèrent un groupe de fuyards qui prenaient leur essor, en rouvrant hâtivement les ailes mécaniques de leur *libellule*.

— Mais qu'y a-t-il donc, messieurs ?

Les interpellés répondirent par une mimique effarée et s'envolèrent en criant quelques mots qui ne parvinrent qu'en partie aux oreilles du couple.

— Les cages vides !

— Les fauves échappés !… Gare !…

Puis ils s'élevèrent dans le ciel et s'y perdirent, comme s'ils avaient craint qu'en des bonds audacieux les terribles carnassiers ne tentassent de les saisir.

— Allons ! ce n'est qu'une alerte ! apprécia philosophiquement le compagnon de la blonde. Un gardien imprudent ou négligent aura mal fermé une porte de cage. Par suite, un ou deux pensionnaires se seront peut-être échappés… À cela doit se réduire l'incident. En volant de bouche en bouche, il n'a pu qu'être grossi, ainsi qu'il arrive toujours. Et maintenant, ces braves gens s'imaginent avoir à leurs trousses une armée de lions, de panthères et de tigres.

La jeune fille se mit à rire.

— Ne vous moquez pas trop de leur prudence ! plaida-t-elle. Il serait peut-être plus sage de l'imiter et de regagner notre *Alcyon*.

— Rien ne presse... Si les bêtes en rupture de cellule étaient dans notre voisinage, nos chiens les sentiraient. Or, constatez la tranquillité de Pipigg et de Kukuss... D'ailleurs, voici un gardien de la Fauverie, reconnaissable à ses boutons « œil de tigre » : il pourra peut-être nous apprendre l'origine de cette panique et la ramener à ses justes proportions.

Le gardien qu'il arrêta paraissait non moins bouleversé que les badauds en fuite.

À la vue du couple, il se mit à gesticuler.

— Ne restez pas ici, monsieur, mademoiselle... Allez vous mettre à l'abri... Le jardin est devenu dangereux... On va faire des battues pour retrouver les bêtes...

Sans s'émouvoir, l'ingénieur demanda :

— Combien s'en est-il échappé ? Sont-ce des fauves ?

Le gardien s'épongea le front d'un air accablé. Ses jambes tremblaient. Il venait de courir beaucoup d'abord, et ensuite l'émotion l'agitait. Pour toutes ces raisons et en dépit des craintes qu'il pouvait éprouver, il n'était pas fâché de s'arrêter un peu.

Tout en reprenant haleine, il répondit donc aux questions avec plus de complaisance et de prolixité que la circonstance ne l'eût fait espérer :

— Vous n'avez pas idée de la gravité du cas, monsieur !... S'il ne s'agissait que d'un de nos lions... ou même d'un tigre, nous ne nous en ferions pas tant... C'est toute la ménagerie qui est dehors... Oui ! toute la ménagerie... Ah ! quelle affaire ! Si on pouvait s'expliquer ce qui arrive, au moins !

— Ce n'est pas possible ! s'exclamèrent ensemble les deux jeunes gens ébahis. Toute la ménagerie, dites-vous ? Par conséquent, les fauves... les ours...

— Les éléphants... et les girafes ! pleura le brave gardien.

— Les otaries ?

— Elles nagent on ne sait où !

— Les singes ?

— Ils courent, mon bon monsieur !... Et ils ont ouvert aux oiseaux, qui les ont suivis... C'est du diabolisme, je vous dis ! Toutes les bêtes. Toutes !... Il n'y en a plus une, ni dans les cages, ni dans les fosses, ni dans les enclos, ni dans les bassins... Elles ont toutes pris, avec égalité et fraternité, la clé de la liberté... C'est comme une épidémie !

— Si Victor Laridon était là, murmura la blonde sans pouvoir s'empêcher de sourire, il dirait à coup sûr : « Ce n'est plus une ménagerie, mais une déménagerie ! »

— Soyez sérieuse, Cyprienne... Mais comment cela a-t-il pu se produire ? se reprit le jeune homme, s'adressant au gardien. Elles devaient être enfermées ?

— Bien sûr !

— Alors ? Quelqu'un leur aurait-il ouvert ?

— Il y a apparence, mon pauvre monsieur.

— Qui a pu se rendre coupable d'une aussi impardonnable imprudence ou d'une aussi stupide plaisanterie ? Celui-là s'est-il rendu compte de ce qu'il faisait ? Des responsabilités terribles qu'il encourait ?... Car, enfin, c'est une menace sérieuse qu'il fait planer sur la vie des Parisiens.

Le gardien approuvait de la tête et avec force gestes. Il leva les bras au ciel.

— Ne m'en parlez pas ! Pour faire ça, il aurait fallu être décervelé à la furie... Mais, de vous à moi, mon digne monsieur, cette blague-là n'était pas possible. Réfléchissez. Si un homme avait ouvert les cages, il aurait été la première victime de sa bécasserie. Passe encore pour les singes... pour les buffles... et pour tous les animaux inoffensifs !... Mais faire sortir les ours de leur fosse ! Lâcher les serpents ! Ouvrir aux lions, aux jaguars, aux panthères !... C'était chercher un coup de griffe et ensuite un coup de dent. Aussi sûr que deux et deux font quatre !... Les panthères, surtout, n'auraient pas raté l'occasion... Et ça ne pardonne pas ! Le bonhomme n'en serait pas réchappé... D'autant plus que les fauves se trouvaient à jeun... Oh ! non, monsieur ! Allez, ce n'est pas un homme qui leur a ouvert ! J'en mettrais ma main au feu !

— Pas un homme ! Vous perdez la tête ! Qui serait-ce alors ?

Le propriétaire de l'uniforme aux boutons « œil de tigre » fit un geste découragé :

— Si vous pouviez nous le dire !...

Puis il ajouta, en secouant la tête d'un air mystérieux :

— Faut avouer aussi qu'il se passe des choses pas ordinaires... Les bêtes étaient toutes drôles depuis quelque temps... Y a pas que moi qui ai remarqué ça... Mes collègues aussi, monsieur... aussi bien ceux des oiseaux que ceux qui s'occupent des fauves... tous... tous...

— Qu'avaient-ils remarqué ?

— Tiens ! la même chose que moi !

— Et vous ?...

— Tout pareil à eux, pardi !... Voici : les bêtes changeaient... Elles avaient une façon de vous regarder qui vous « stomaquait », pas moins... On restait sot, quoi ! Parce qu'on ne leur avait jamais vu des regards pareils. Les regards des bêtes, n'est-ce pas, on les connaît, depuis qu'on en soigne ! Eh bien ! ça n'était plus ça !... *On n'aurait plus dit des regards de bêtes...* Et puis, elles restaient tranquilles – mais tranquilles !... Même les lions, même les panthères, qui sont toujours à tourner et à virer dans leur cage, devant les barreaux... Tout d'un coup, ç'a été fini... Plus de promenades... Elles restaient là, couchées, à regarder devant elles avec des yeux profonds... des yeux comme on ne leur en avait jamais vu. Monsieur, ces bêtes-là, on aurait juré qu'elles pensaient.

— Les bêtes pensent certainement, remarqua la jeune fille en souriant.

— D'accord, mademoiselle... Enfin, c'était plus du pareil au même... Cette fois, elles pensaient *comme les hommes*... V'là l'effet que ça produisait.

Frappé par cette phrase du brave homme, Jean Chapuis eut un tressaillement.

Il imaginait l'extraordinaire bouleversement que présenterait la Nature si les bêtes pensaient à la manière humaine.

— *Si les bêtes pensaient !... Si les bêtes nous égalaient en intelligence !*

Il murmura cela à voix basse, presque malgré lui. Puis il écarta cette idée qui n'avait fait que traverser son cerveau ; elle lui semblait chimérique et folle.

Il revint à l'étonnant incident : la fuite simultanée des pensionnaires de la Fauverie, libérées par une intervention mystérieuse.

— Nos bêtes sont-elles parties toutes ensemble ? demanda-t-il. À quel instant cela s'est-il passé ? Sait-on où elles sont ? A-t-on trouvé leur piste ? Les poursuit-on ?

Hochant la tête, le gardien répondit à toutes ces questions. Son air n'annonçait rien de bon.

— C'est inexplicable !... Inexplicable ! Y a quelque chose de louche !

Il conta ensuite de quelle façon on s'était aperçu de l'événement.

C'était au matin. Les premiers gardiens chargés de la surveillance et de l'entretien des animaux faisaient leur ronde : tout de suite, ils avaient été désagréablement impressionnés par le silence insolite qui régnait dans le parc. Généralement, mille cris d'oiseaux, des grognements et des rugissements saluaient leur première visite.

Ce matin-là, le concert habituel ne se produisit pas. Tous les animaux, auraient-on dit, s'étaient laissé périr pendant la nuit.

Or, ce n'était point cela... C'était peut-être pire, en tout cas plus effrayant.

Hâtant le pas, les gardiens, éparpillés à travers les bosquets, étaient arrivés, les uns devant les cages, les autres à l'intérieur des enclos, des galeries ou des fosses.

De tous côtés, des clameurs de stupéfaction ou d'épouvante s'étaient élevées.

— Ah ! bien ! en voilà une forte !...

Partout, des portes ouvertes ; partout, des cages vides... Les animaux – *tous les animaux du jardin* – avaient disparu.

Ce qui rendait cette disparition encore plus effarante, s'il est possible, c'était la façon ordonnée, discrète, disciplinée dont elle s'était effectuée.

Quel qu'ait été le moyen employé pour libérer les animaux, ceux-ci, incontestablement ivres d'espace, auraient dû commencer par se répandre en tumulte dans le parc. Or, cette sortie paraissait s'être effectuée en ordre et silencieusement.

Comment les veilleurs n'avaient-ils pas été alertés par les rugissements, les barrissements, les hululements, les sifflements, les grognements et les cris divers de tous ces animaux ?

Logiquement, la cacophonie et le désordre auraient dû être infernaux. On ne pouvait se représenter des animaux aussi divers rendus brusquement à la liberté et mis par le fait même en présence les uns des autres, sans que des scènes de férocité et de terreur se fussent produites.

Les lions, les tigres, les panthères, les hyènes, les rhinocéros, les loups, les chacals et tous les carnassiers avaient dû bondir et se battre, se disputer les proies pantelantes ; un effrayant massacre des espèces les plus faibles devait être la première conséquence de l'événement.

Cela ne pouvait s'être passé sans fuite éperdue, sans confusion bruyante.

Les veilleurs auraient dû entendre...

D'autre part, après le carnage qu'eût dû voir la nuit, quel affreux spectacle ne pouvait manquer de présenter le parc !

Or, rien n'y avait été saccagé : bien mieux, on n'y relevait aucun indice ; les allées et les pelouses ne portaient aucune tache de sang, aucun lugubre débris ; les massifs n'étaient point troués, la terre et le gravier n'avaient pas été labourés à coups de griffes... Pachydermes, plantigrades, carnassiers, reptiles... tous, tous ! étaient partis sans laisser une trace !

Fallait-il donc admettre qu'une pareille évasion avait pu s'effectuer avec ordre, dans le calme et en s'accompagnant des ruses savantes employées par les Indiens sur le sentier de la guerre ?

C'était stupéfiant... C'était inadmissible... Mais, c'était !... Il n'y avait pas à le nier.

Au cours de la nuit, *une main intelligente* avait déverrouillé les portes des cages, forcé les serrures... Et tous les animaux, muets et disciplinés, étaient sortis *comme s'ils avaient obéi à un mot d'ordre.*

Évitant de marquer leur passage, ils s'étaient perdus dans la nuit.

Fuite fantastique !... Inimaginable !... Dépassant de loin les bornes de la compréhension humaine !

Qu'étaient-ils devenus ?

C'était là le plus extraordinaire. On ne le savait pas. Les battues aussitôt organisées n'avaient donné aucun résultat.

Pas plus dans Paris que dans le parc, on ne retrouvait un seul vestige de cette assemblée zoologique en rupture d'arche de Noé !

— Partis !... Ils sont partis ! répéta le gardien affolé, en rééditant son geste d'impuissance. Que va-t-il arriver ?... Car ce n'est pas naturel ! Et si je croyais au diable...

CHAPITRE IX
LES AIGLES RAVISSEURS

Si l'honnête et bavard employé avait des doutes sur l'existence du personnage satanique, ses auditeurs, tous deux nourris de science abstraite, de calculs positifs et de données appuyées sur l'étude des causes réelles, y croyaient encore bien moins. Cependant ils demeuraient quelque peu effarés par ce qu'ils venaient d'apprendre.

Comme le lecteur le sait, ils devaient être moins tentés que quiconque d'émettre de doutes sur la possibilité de manifestations surnaturelles. Or, indiscutablement, l'évasion des animaux de *La Fauverie* appartenait à cet ordre de choses.

Tout au moins l'incident posait-il certaines questions troublantes.

Mais convenait-il d'attacher trop d'importance aux dires de cet esprit troublé ? Fallait-il ajouter foi à la totalité de son récit et ne point faire la part de l'exagération et de l'imagination ?... Non, sans doute... À l'origine des faits rapportés par lui, il pouvait n'y avoir que certaines négligences.

Afin d'échapper aux reproches et de dégager leur responsabilité, les coupables pouvaient fort bien s'être concertés pour donner à l'affaire une tournure cabalistique. En faisant intervenir une part de mystère, ils pensaient peut-être détourner les soupçons.

— Il serait invraisemblable que les animaux en rupture de cage n'aient pas fait parler d'eux, pensa Jean Chapuis. Ils auraient commis des déprédations... Il y aurait des victimes. Nous entendrions dans Paris une autre rumeur.

Il jugea toutefois inutile de communiquer ses doutes au complaisant gardien dont le récit paraissait être un conte.

— Vous en serez quitte pour la peur, espérons-le, lui dit-il un peu ironiquement. Sans doute vos transfuges rentreront-ils à la Fauverie aussi sagement et aussi inexplicablement qu'ils en sont partis. Ce soir ou demain, vous les retrouverez dans leurs cabanons… à l'exception de deux ou trois obstinés… Et encore ceux-là ne sauraient-ils aller bien loin ; leur capture ne doit être qu'une question d'heures.

— Puissiez-vous dire vrai, monsieur ! souhaita le pauvre homme. Sans cela, que deviendrions-nous ? Et que faudrait-il penser ?

— Tout s'arrangera, mon ami. Jusqu'ici, il n'y a pas de mal. Malgré leur fugue, vos fugitifs se conduisent tout à fait raisonnablement.

Le gardien hocha la tête.

— Sans doute… sans doute, grommela-t-il. Trop raisonnablement, même… Aussi, moi, je pense… je me dis…

Que se disait-il ? Rassasiés d'histoires, ses interlocuteurs se souciaient peu de l'apprendre. Ils ne tenaient pas autrement à connaître le fond de sa pensée. Ils ne songeaient qu'à s'éloigner de ce jardin si singulièrement déserté et mis à l'index par ses locataires obligés.

Peut-être eurent-ils tort.

Or, remarquez-le, il en est généralement ainsi. Les hommes n'apprécient la véritable valeur d'un événement que lorsqu'il a produit toutes conséquences, c'est-à-dire alors qu'il est trop tard pour les éviter.

— Bonne chance, mon ami ! souhaita l'ingénieur. Si nous rencontrons de vos pensionnaires, nous vous les renverrons.

Et, précédé des petits chiens, il s'éloigna avec sa compagne.

Comme ils franchissaient la grille qui fait face au pont d'Austerlitz, deux ombres paraissant tomber du ciel s'abattirent sur les minuscules quadrupèdes.

Stupéfait, le couple si bien assorti eut tout juste le temps d'entrevoir deux aigles gigantesques, ailes éployées… Déjà, les rapaces, ayant planté leurs serres dans la toison des petits papillons, les enlevaient par le dos avec aisance et remontaient verticalement dans l'azur.

La jeune fille jeta un cri.

Remis de sa surprise première, son compagnon se fouilla fiévreusement et, tirant de sa poche un revolver électrique, il le braqua sur les ravisseurs.

Mais, avant que son doigt ait pu presser la détente, il se sentit trébucher sous un choc violent qui l'envoya rouler dans la poussière.

Son arme, lui échappant des mains, fut projetée à quelques pas de lui... Il était désarmé...

Qu'eût-il pu faire contre le singulier agresseur dont l'attaque avait été aussi soudaine que brutale ? Ce dernier, d'ailleurs, devait être doué d'une force difficile à surpasser et, de sa stupéfiante souplesse, il venait de donner la preuve.

En effet, à peine tombé, le jeune homme sentit le poids d'un corps s'accrocher à lui et peser le long de ses jambes et de son dos, le mettant dans l'obligation de demeurer étendu, les bras en croix et la face contre terre.

Il ne pouvait voir ; il ne pouvait bouger.

Il entendait seulement, par réflexe, le premier cri de terreur poussé par la jeune fille et les balbutiements de sa voix tremblante :

— Jean !... Oh ! Jean !...

Il la devinait terrifiée par ce qu'elle voyait et vraisemblablement paralysée par l'excès même de sa terreur. Sans doute essayait-elle vainement de lui porter secours, au risque de détourner sur elle le péril.

Il trembla d'angoisse.

Impuissant, écrasé par son invisible ennemi, il eût voulu crier un conseil de prudence ou peut-être appeler un secours qu'il savait proche. Mais cela ne lui était point permis, car, sur son cou, quelque chose pesait ; c'était une « patte » indéfinissable et qu'il ne parvenait pas à identifier : *ce n'était pas une main*, et, pourtant, cela avait la souplesse et la force d'une main.

Doux et rude tout à le fois, cela l'étouffait à demi, assez pour empêcher le son de sortir de sa gorge, point suffisamment pour le tuer, ou même le meurtrir. Cette pression semblait donc calculée ! On voulait le réduire à l'immobilité et au silence ; nullement attenter à ses jours ni même le blesser.

Ces réflexions se succédèrent en sa pensée avec l'ordinaire rapidité des perceptions mentales. Car la scène se prolongea à peine durant quelques secondes.

Presque aussitôt, la pression cessa et il entendit un bruit de branches froissées.

Encore étourdi par sa chute et par l'oppression du corps qui avait écrasé le sien, il ne se releva pas et demeura étendu à la place où son agresseur l'avait laissé. Il ne se sentait même pas la force de soulever la tête.

Il n'était pas blessé, cependant, et le contact de la main tremblante de sa compagne, qui le palpait anxieusement le ranima.

— Jean !… Mon Jean ! demandait Cyprienne, êtes-vous évanoui ?… M'entendez-vous ?… Répondez-moi, mon Jean ! J'ai si peur !…

Cette voix terrifiée acheva de rappeler à lui le bousculé de l'étrange agression.

Encore tout rompu, il fit un effort et se redressa en tâchant de sourire.

— Ce n'est rien, ma chère Cyprienne. J'en suis quitte pour l'émotion… et pour un coup de brosse… Qu'est-il arrivé ? À quel être ai-je eu affaire ?

Il aperçut alors les traits de la jeune fille affreusement décomposés. Elle tremblait de tous ses membres et pouvait à peine parler.

— Oh ! quelle aventure effroyable ! gémit-elle. N'ai-je pas rêvé ? Mes pauvres mignons chiens, d'abord, enlevés par ces méchants aigles… et puis cet énorme chat s'abattant sur vous *pour protéger la fuite des aigles !*

Jean Chapuis regarda sa compagne avec inquiétude. Devant ces propos d'apparence incohérente, il semblait craindre que le choc de l'effroi n'eût ébranlé sa raison.

Devinant cette pensée, elle ajouta de suite :

— Non ! j'ai tout mon bon sens… J'ai vu. C'était une panthère ! Elle a surgi de ce massif pour bondir sur vous au moment où vous sortiez votre revolver… J'ai voulu crier… Ma voix s'étranglait dans ma gorge… L'horreur glaçait mon sang… Mes genoux fléchissaient… Je suis tombée à quelques pas de vous, incapable, en dépit de ma volonté, de vous être d'aucun secours… C'est que je m'attendais à une chose horrible… Je m'imaginais que le fauve allait vous déchirer sous mes yeux… Machinalement, je portais déjà mes mains à mes yeux pour les masquer, quand tout à coup j'ai rencontré le regard de la panthère, accroupie sur vous… Elle me fixait…

— Quelle folie, Cyprienne ! Vous vous êtes imaginé cela… Rappelez votre raison !…

— Encore une fois, mon ami Jean, j'ai tout mon sang-froid… Et ce n'est plus d'effroi que je tremble… C'est d'émotion… de l'émoi qui doit s'emparer d'une créature humaine quand elle voit ce que j'ai vu… et qui peut, en effet, faire douter de ma raison…

Avec la sollicitude qu'on éprouve pour la victime d'une idée fixe, l'ingénieur demanda :

— Qu'avez-vous vu, Cyprienne ?

Il ne voulait pas contrarier le jeune fille, si manifestement bouleversée ; il était résolu à la calmer peu à peu.

Or, il n'y avait en elle aucune trace de trouble d'esprit. Son maintien, ses regards affirmaient qu'elle jouissait de la plénitude de ses facultés.

Elle répéta avec force :

— La panthère m'a regardée et *elle m'a fait signe…*

Un haussement d'épaule échappa à son compagnon. Ses yeux exprimèrent la commisération.

— Ma pauvre Cyprienne ! Comment voulez-vous…

— Elle m'a fait signe ! insista-t-elle. Oh ! Jean ! si vous aviez pu, ainsi que moi, voir *l'expression intelligente de sa face !* Vous auriez compris, vous aussi, comme j'ai compris. Elle semblait vouloir me crier : « Rassure-toi : je ne lui veux aucun mal. » Et elle ne vous en a point fait, Jean. Vous vous relevez sain et sauf, sans une égratignure, alors que pendant une minute cette bête puissante, qui pouvait, d'un coup de griffe ou de dent, vous anéantir, vous a tenu sous elle, à sa merci.

— Hasard !… Caprice de brute !… Elle n'avait pas faim… ou bien quelque chose l'a effrayée…

Bien qu'ils se trouvassent sur la place Oronius, l'une des plus fréquentées de Paris au début du vingt-et-unième siècle, aucun passant n'était venu troubler le tête-à-tête des deux jeunes gens. Hors eux, la place était absolument déserte ; pas la moindre animation aux alentours. La désertion en masse des animaux de la *Fauverie* avait suffi à faire ce vide.

À la dernière réflexion de son ami, Cyprienne riposta en secouant sa jolie tête :

— Non !... La panthère ne vous a maintenu que juste le temps nécessaire aux aigles pour voler hors de portée et disparaître avec Pipigg et Kukuss. Ensuite, elle vous a lâché et a sauté dans cet arbre. Vous pouvez voir qu'elle ne s'y trouve plus... Elle a voulu se rendre invisible pour me cacher la direction qu'elle prenait... Tout cela constitue une série d'actes conscients, calculés, voulus...

— Encore une fois, qu'allez-vous imaginer ? Je vous le demande, Cyprienne, est-il raisonnable de supposer une corrélation quelconque entre l'enlèvement de vos chiens et l'attaque de cette panthère ? Est-il plausible de supposer qu'elle soit l'allié des aigles ?

— Oui ! fit énergiquement la jeune fille. Cela est. En la circonstance, je veux en croire mes yeux plutôt que ma raison.

— Vous êtes encore sous le coup de votre perturbation... et peut-être aussi sous l'influence des racontars fantastiques de ce loquace gardien. Quand vous serez calmée, vous en jugerez tout autrement... Regagnons notre *Alcyon*, mon amie. Notre brave mécano Victor Laridon doit nous attendre... N'oubliez pas le but de notre voyage. Nous devons obéir scrupuleusement aux ordres de votre père.

Silencieusement, la jeune fille inclina la tête et suivit son compagnon.

— Pourquoi ces aigles ravisseurs ? Pourquoi cette panthère ? pensait-elle. Et pourquoi ces oiseaux se sont-ils attaqués à mes chiens ?... Aurions-nous un nouvel ennemi ? Ou cette aventure se rattacherait-elle à celle qui retient mon père parmi les colonisateurs inconnus du Pôle austral ?

Un instant plus tard, le jeune couple remontait dans l'avion, qui, presque aussitôt, s'élançait dans la direction de l'ancienne colline de Belleville, creusée en cratère depuis l'explosion de la Villa Féerique.

CHAPITRE X
CONSEIL DE CABINET

S'il était demeuré isolé, l'incident de la *Fauverie* n'aurait causé qu'une émotion limitée et passagère. Limitée, parce que les animaux en fuite demeuraient invisibles et qu'ils n'avaient commis aucune déprédation ni fait de victimes. Passagère surtout, ceci va de soi, car toute émotion qui n'est pas entretenue par des faits nouveaux tombe d'elle-même.

De plus, comme on avait intérêt en haut lieu à tenir secret le plus longtemps possible un événement aussi invraisemblable, tout au moins jusqu'à ce qu'il soit possible de rassurer le public par l'exposé des mesures prises, l'énigme avait les plus grandes chances d'être étouffée et de tomber rapidement dans l'oubli...

L'homme propose...

Le plus souvent, il ne va pas au delà ; la marche des événements dépasse ses prévisions et le déborde. Il est obligé, non plus de diriger, mais de subir et de suivre.

Le soir même de la disparition inexplicable des pensionnaires du parc, de singulières communications parvenaient aux membres du gouvernement.

Elles paraissaient si graves que le Président du Conseil de l'Union, Son Excellence Flossonore, Ministre des Voies Aériennes, jugeait nécessaire de consulter sur-le-champ ses collègues.

Ce Conseil des Ministres pouvait d'ailleurs se tenir sans délai ni déplacement.

Expliquons-nous :

L'existence d'un homme politique et à plus forte raison d'une Excellence de gouvernement n'offrait alors rien de commun avec ce qu'elle était au siècle précédent. Tout ce qui encombrait la vie d'un ministre – audiences, déplacements, banquets, etc. – avait été supprimé.

En fait, pendant les quelques mois qui constituaient la durée normale d'un ministère, l'homme d'État, voué à une sorte de séquestration de carrière, était tenu de ne plus franchir les portes de son cabinet. Et dans ce cabinet, nul ne pouvait pénétrer : aucun solliciteur, aucun subordonné, aucun collègue.

À quoi bon ?

Pour donner audience, voir et entendre ceux qui avaient quoi que ce soit à lui communiquer – fût-ce un discours ou une requête – le Ministre disposait de ces merveilleux appareils appelés *phonotéléphotes*, qui vous mettaient sous les yeux l'image de votre interlocuteur en même temps qu'ils vous faisaient entendre sa voix.

Et pour se montrer et parler, le Ministre n'avait qu'à se placer devant le transmetteur du même appareil. Sans sortir de son cabinet, il pouvait ainsi présider en une heure une demi-douzaine de comices agricoles, inaugurer autant de monuments et de statues, et porter la bonne parole gouvernementale aux quatre coins de la France, des États de l'Union d'Europe ou des pays d'outre-océans.

C'est sur la *Voie Triomphale*, non loin de l'*Arc de l'Inconnu* qu'était installé le palais du gouvernement. Cet immeuble, autrefois désigné sous le nom d'hôtel Astoria, avait été modifié, à son avantage, et possédait tout le confort utilitaire des plus récentes découvertes appliquées.

Le cabinet de M. Flossonore, Président du Conseil, était un grand hall meublé d'une infinité d'appareils récepteurs et transmetteurs, qui utilisaient en les combinant, toutes les conquêtes de la science dans le domaine de l'optique et de la transmission par les ondes.

Des écrans couvraient les murs, prêts à faire apparaître, pour l'édification du Président, l'image cinématographique de n'importe quel événement actuel, c'est-à-dire en cours. C'était comme autant de fenêtres que M. Flossonore pouvait subitement et à son gré ouvrir sur le vaste monde, dont tous les détails étaient alors visibles à l'œil nu.

Argus aux cent yeux était dépassé.

Le premier Ministre en avait plus de mille.

Il y avait aussi dans tous les coins du hall des objectifs d'appareils enregistreurs, électriquement commandés et toujours prêts à fixer ses gestes.

Finis, les dossiers : *des machines à répéter verbalement* donnaient au ministre le renseignement demandé ; il lui suffisait pour l'obtenir de frapper sur le clavier les chiffres formant le numéro de l'affaire évoquée.

Le personnel se réduisait à un unique manipulateur, assis devant une table surchargée d'un nombre infini de boutons, de commutateurs et de fiches.

Ce seul employé remplaçait – et combien avantageusement ! – l'ancienne automobile ministérienne et tous les trains spéciaux dont abusaient les attachés d'autrefois et leurs nombreuses petites amies, puisque, par un simple transport de fiche d'un jack dans un autre, il amenait instantanément M. Flossonore à la tribune du Parlement, dans le salon lointain de quelque conférence diplomatique ou chez tel chef d'État qu'il convenait de voir.

Plus de secrétaire ! Plus même de gracieuse dactylographe (hélas ! pour certains…). Il y avait beaucoup mieux (le mieux étant, d'ailleurs, ennemi du bien).

Voulait-il écrire une lettre ? Le Président la parlait devant le pavillon d'une *machine à fixer la parole*. C'étaient les sons eux-mêmes qui, par leurs vibrations provoquant des contacts électriques, actionnaient directement les lettres ou groupes de lettres correspondants.

Au moment où nous pénétrons dans son vaste cabinet, M. Flossonore ne parlait pas.

Muet et les sourcils froncés, il était arrêté devant le récepteur de dépêches, qui déroulait devant ses yeux les nouvelles du jour, de l'heure, de la minute !

À mesure que la lecture avançait, l'Excellence donnait des marques d'agacement et de perplexité. Il avait cet air vexé que prend un homme supérieur devant une énigme dont l'explication lui échappe.

En présence de celle que lui proposait le destin, M. Flossonore redoutait d'apparaître insuffisant et de compromettre son prestige…

Il voulut au moins partager la responsabilité qu'il entrevoyait ; car, abandonnant soudain l'appareil, il se dirigea vers un autre coin du hall.

Tout en marchant, il cria, d'un air hargneux, à son manipulateur :
— Conseil des Ministres !

Puis il se laissa crouler entre les bras d'un confortable fauteuil, placé dans le champ d'un objectif maintenant braqué sur lui et devant un écran divisé en un certain nombre de petites fenêtres.

Presque aussitôt, une sonnerie retentit et, dans chacune des fenêtres, apparurent successivement les collègues de M. Flossonore.

L'image animée que les ondes en transmettaient les représentait
assis tout comme Flossonore et dans un cadre analogue.

Le Conseil était réuni.

Le Premier Ministre prit la parole.

— Je suppose, commença-t-il après avoir toussé, – car on n'avait
pas encore trouvé un moyen moins vieillot pour éclaircir la voix, –
je suppose que vous vous doutez de la question qui me préoccupe,
et vous vous la posez sans doute comme moi.

— L'affaire du parc de la Fauverie ? suggéra une voix, qu'une des
images de l'écran prouva appartenir au Ministre-Maire de Paris.

M. Flossonore haussa les épaules, geste dont tous ses collègues en
séance, mais éparpillés au loin, eurent la rapide vision.

— Bagatelle ! riposta-t-il. On ne signale aucun dommage ; il
suffirait donc, pour donner satisfaction à l'opinion, de révoquer
deux ou trois des chiourmes à bestiaux… Non ! cet incident ne
m'inquiéterait guère s'il était resté isolé… Mais c'est cette coïncidence… cette coïncidence !

Sa voix se troubla. Il était manifestement sous le coup d'une sorte
de terreur.

— Vous n'avez pas remarqué ? chuchota-t-il en baissant instinctivement le ton, comme si ses auditeurs eussent été autour de lui. De
tous côtés, on signale des disparitions inexplicables d'animaux…
des disparitions en masses… Dans les campagnes, le bétail s'est
enfui des pâturages et des étables sans qu'on ait aucun moyen de
savoir où il est passé… Il n'y a plus un bœuf ! plus un mouton !
plus un porc !… Les clapiers et les poulaillers sont pareillement
vides… C'est inouï !… C'est troublant ! Ces divers animaux ali-
mentaient nos usines, vous le savez ; on en tirait notamment une
bonne partie des poudres et concentrés qui assurent notre subsis-
tance. Les produits chimiques, minéralogiques et végétaliens ne
peuvent compenser qu'en partie une pareille perte… En somme,
nous aurions à craindre une sorte de famine…

Ce pronostic allongea notablement, dans les miroirs, les profils
des Excellences.

Leurs ripostes se croisèrent.

— Il faut faire des recherches !

— C'est scandaleux !

— Des milliers d'animaux ne sauraient disparaître comme une muscade.

— Cela ressemble à une mystification.

— Ou à un complot…

À ce dernier mot, les membres du gouvernement parurent interloqués.

— Le fait est… prononça doctoralement le Ministre des Applications physico-chimiques en tourmentant son menton.

— Il n'y a pas que le bétail ! ajouta M. Flossonore avec amertume. Où sont les abeilles ?… Je ne parle pas des chevaux, espèce domestique disparue et dont il ne restait que quelques spécimens conservés à titre de curiosité… Mais les chiens et les chats ?… Ces amis !…

— On veut ameuter contre le gouvernement les vieilles demoiselles ! gémit avec amertume le Ministre de la Prévoyance.

— Et les conservatrices d'immeubles ! compléta le Président du Conseil. Car les perroquets ont été pareillement escamotés. La statistique annonce dix mille perchoirs vides… Ce n'est pas tout encore : toutes les guenons, cantéristes si peu coquettes et si utiles à nos épouses ; tous les chimpanzés valets de chambre, grooms ou ouvriers se sont évaporés en laissant là le cabinet de toilette, le service de Monsieur, la garde du vestibule et les travaux de l'usine.

Un Ministre demanda en fermant les yeux, pour bien souligner la gravité de sa question :

— Alors, à votre avis, toutes ces disparitions… hum !… tous ces enlèvements… seraient… hum !… voulus ? Et concertés ?

— Cette question, je me la pose, laissa tomber le Premier, après un temps.

— Pourquoi ? Dans quel but ? bêla le sous-secrétaire d'État aux relations avec Mars.

Les figures de tous les écrans levèrent en même temps les bras en signe d'ignorance. On ne savait pas ; on ne comprenait pas.

À l'unanimité, on n'entrevoyait pas la moindre explication. Par contre, le singulier conclave s'accordait à reconnaître qu'une série de faits aussi anormaux et possiblement provoqués pouvaient annoncer quelque chose de grave… dissimuler une menace… un péril.

— Il faut nous attendre à tout ! prononça tragiquement le Président du Conseil.

Un collègue, spécialiste du mot pour rire, essaya de plaisanter.

— Vous n'imaginez tout de même pas que messieurs les animaux et mesdames leurs conjointes nourrissent contre nous de noirs desseins ? demanda-t-il d'un air facétieux. Vous ne les voyez pas se rassemblant en congrès ; le congrès de la *C. G. A.*… heu !…, se réunissant dans un club… et… heu !… montant à la tribune pour exiger notre démission ?

— Je vois… commença le Président.

La sonnerie stridente et saccadée d'un téléphone haut-parleur lui coupa sans façon la parole, et l'appareil se mit à mugir une communication que M. Flossonore écouta en verdissant.

— Sapristi ! bégaya-t-il.

Face à lui, sur l'écran, les images de ses collègues, tous appliqués à ne rien perdre de la même communication, témoignaient d'un égal affolement.

— Sapristi de sapristi ! répéta le Premier.

Et, bondissant hors de son fauteuil sans trop savoir ce qu'il faisait, il se mit à tourner sur lui-même, dans le plus complet désarroi.

CHAPITRE XI
LA RÉVOLTE DES ANIMAUX

Il y avait vraiment de quoi s'affoler ! Pour bien moins, on pouvait perdre la tête ; car voici ce que venait de clamer l'appareil, et jamais plus stupéfiante communication n'avait été perçue par des oreilles humaines :

« *Régions Grenoble et Avignon envahies par flot de réfugiés venant des Alpes et de Provence. Ces malheureux, à demi morts de frayeur, de faim et de fatigue, prétendent avoir été chassés de chez eux par des bandes d'animaux disciplinés qui se seraient abattues sur leur pays.*

D'importantes populations demeureraient prisonnières. Les commu-nications sont interrompues. On est sans nouvelles des villes situées dans la zone envahie. Le sans-fil ne fonctionne plus. »

Quelques secondes de silence séparèrent cette première dépêche de la seconde. On devait espérer que ces calamités ne pourraient s'accroître, mais le haut-parleur reprit presque aussitôt, donnant coup sur coup cette poignée de renseignements non moins inquié-tants :

« Marseille assailli. Artillerie électrique en action. Ignorons à quel ennemi nous avons affaire. Attaque a lieu simultanément par terre, par mer et par les airs. »

Ici, des crépitements de l'appareil le firent bégayer et ne permirent plus de saisir que d'incompréhensibles fragments du message :

« ... les loups... une armée d'oiseaux... Monstres marins, stratégie diabolique... Intelligence humaine... apparence de bêtes, Supposons ruse de guerre... Inexplicable... Terreur règne... Ils parlent... Les voilà... Spectacle inimaginable... »

Puis, ce fut le silence. Un silence lourd, impressionnant qui signi-fiait peut-être la victoire des étranges assaillants.

Marseille était-il en leur pouvoir ?

On n'eut de détails que plus tard, quand les envoyés spéciaux, qu'après les minutes premières d'affolement le gouvernement se décida à expédier, purent enfin donner des nouvelles.

Mais, alors, à la stupeur se mêla un effroi qui devait aller grandis-sant.

Les messages avaient dit vrai ; les réfugiés n'exagéraient point.

Démontrant tout à coup une volonté intelligente de conquête, *une armée d'animaux*, parfaitement disciplinée et opérant métho-diquement, selon les procédés humains, s'était mystérieusement concentrée et venait d'entrer en guerre contre l'humanité. Les ré-voltés manifestaient l'intention d'évincer les hommes du domaine dans lequel, jusqu'alors, ils avaient réservé au règne animal l'escla-vage et la mort.

Danger terrible ! L'extraordinaire coalition qui les unissait soudai-nement mettait de leur côté le nombre et la force.

Jamais l'ensemble des humains n'avait envisagé semblable péril. Jamais il n'avait su prévoir ni mesurer la précarité de la tyrannie qu'il exerçait sur les autres créatures déclarées inférieures.

Les bêtes, devenues conscientes de leur asservissement, ne l'acceptaient plus ; elles se révoltaient contre l'homme ; elles prétendaient lui disputer le gouvernement de l'univers.

Or, par leur nombre et par les armes naturelles qui leur étaient fournies avec la vie, elles représentaient un péril formidable, dont l'homme n'était parvenu à triompher qu'à force d'intelligence.

Qu'adviendrait-il de lui si cette unique supériorité disparaissait ? Égalé sinon surpassé sur le terrain intellectuel, sa faiblesse physique par rapport à la force animale pèserait lourdement sur l'issue de la fuite.

Dès le premier choc, les humains n'avaient-ils pas été mis en échec ? C'était cet irréparable désastre que faisaient ressortir tous les récits parvenant du Midi.

C'était surtout la première surprise du début, alors que personne ne se méfiait de ce qui allait se passer. L'aventure fantastique s'amorçant sur ce terrain non préparé avait immédiatement provoqué une véritable panique et brisé toute résistance sérieuse à l'étrange invasion.

L'affaire, on le sait, avait débuté aux environs de Marseille. Là, imparfaitement prévenu par sans-fil, un digne commandant de forces policières s'était laissé surprendre, n'ayant rien compris aux ordres remis. Il était à cent lieues de soupçonner le genre d'ennemis qu'on l'envoyait combattre. Tout au plus s'imaginait-il avoir affaire à quelques malandrins, ou à une troupe organisée de romanichels, venus d'Espagne ou d'Italie pour faire main-basse sur les richesses provençales, rançonner la région et la mettre au pillage.

— Je vais coffrer tout ce joli monde sans grand mal : cela ne fera pas un pli, se promit-il en rassemblant ses hommes, hélas ! assez novices, car le pays jouissait depuis bien longtemps d'une tranquillité à peu près parfaite.

À la tête de sa troupe, il fila sur la route de Marseille, tout joyeux d'une expédition dont il espérait honneur et profit.

Les simples agents de la force publique, eux, ne paraissaient point animés d'un égal enthousiasme ; accoutumés au doux farniente, que n'alourdissait aucun service régulier, ils ne visaient qu'à une honorable retraite après quelques années d'une activité toute conventionnelle ; aussi marchaient-ils en rechignant.

La belle ardeur du commandant, d'ailleurs fut de courte durée. Vite recru de fatigue, à cause de la marche et du soleil qui tapait dur, il décida, au premier village rencontré, de s'arrêter jusqu'à l'aube.

Pour en faire son quartier général, il choisit naturellement la Maison municipale, la mieux organisée du pays. Cela lui fut d'autant plus facile que pas un être vivant n'était en vue dans l'agglomération ou aux alentours, car, dès la première alerte, pris d'une terreur panique, tous, édiles et habitants, s'étaient enfuis. Le chef de l'expédition était donc maître absolu de la place.

Il s'installa sans vergogne dans le propre cabinet de M. le Maire et envoya ses hommes fouiller les maisons et patrouiller dans les environs.

Resté seul et ayant compris, à la forme et au contenu de certains flacons, que l'officier municipal en fuite était imbu de vices périmés, par pure curiosité, prudemment d'abord, avec satisfaction ensuite, il entreprit de se rafraîchir en vidant quelques bouteilles découvertes et cueillies derrière les livres d'une bibliothèque.

Il avait posé sur la table son revolver chargé. Il le reprit parce qu'un léger bruit le réveilla du sommeil auquel il s'était laissé aller à la suite de ses anormales libations. La pièce était toujours vide ; mais, par la fenêtre ouverte, entrait le sifflement moqueur d'un merle qui s'était installé sur une branche basse et regardait effrontément le commandant de police, assez mal en point.

— Attends ! grogna celui-ci d'une langue pâteuse. Attends, maudit oiseau, je vais t'apprendre à troubler le sommeil d'un gradé et à lui manquer de respect !

Il visa le merle et tira.

Cela fit *clic*, mais le coup ne partit point, et le merle continua à siffler avec une narquoise tranquillité.

Stupéfait, car il était bon tireur, le commandant cessa de ricaner.

Était-ce un écho attardé ? Un autre ricanement, en *leitmotiv*, continua à faire grincer sa crécelle derrière lui, un ricanement nasillard, l'imitation, la parodie de son propre ricanement.

Se retournant, comme si un taon l'eût piqué, notre vieux brave, fronçant ses épais sourcils, enquêta du regard dans tous les recoins de la pièce. Malgré les jalousies baissées, la pénombre était encore assez lumineuse.

Or, il ne vit personne Était-ce un bourdonnement dû à ses récents excès bachiques ?

— Crétin ! nasilla une voix moqueuse.

Et pourtant, nous le répétons, le cabinet du maire était vide, tout à fait vide.

— C'est un peu fort de café ! grommela le chef de l'expédition, en se levant furieusement.

Dans son trouble, il fit feu et refit feu, avec rage, sur le merle, sur les rideaux, sous la table, vers tous les recoins où il supposait qu'un farceur avait pu se cacher.

Clic... clic... clic... clic... clic...

Il tirait toujours, sans percevoir le bruit d'une seule détonation. Il fallait que son revolver fût ensorcelé ; tous les coups rataient. On aurait dit qu'il faisait tourner à chaque pression de l'index, un barillet vide, bien que le policier fût absolument certain de l'avoir posé chargé sur la table. Pas une des cartouches n'explosait. Le chien frappait l'acier à coups redoublés avec un bruit de machine à écrire, et c'était aussi inoffensif qu'un pistolet d'enfant non pourvu d'amorces.

Stupéfait, il examina son arme. Pas une douille ! Pas une dans les trous du barillet ! Une main mystérieuse et invisible avait déchargé l'arme !

— Voilà qui aurait besoin d'une explication ! cria-t-il.

Et la voix moqueuse répéta :

— ... d'une explication !

Et voici qu'une main – une main froide – dont le vigilant défenseur de la propriété et des lois sentit parfaitement le contact, l'empoigna par les cheveux et le maintint solidement tandis qu'une autre main giflait à la volée ses joues empourprées par la colère.

— Tonnerre ! Quelle stupide plaisanterie ! Voulez-vous me lâcher tout le suite, bandit !

Tout vociférant et hurlant, le commandant, que ses hommes

eussent été bien surpris de trouver en cet état, se démenait, se contournait, cherchant tout à la fois à s'arracher à l'étreinte et à dévisager son agresseur. Il avait les yeux plein de larmes, tant l'arrachement de ses cheveux lui procurait une vive douleur. Mais il y voyait tout de même assez clair pour constater l'absence de tout ennemi.

Au moins de tout ennemi *visible.*

Où diantre pouvait-il se cacher ? Il n'avait pas eu le temps de s'enfuir, la victime de cette singulière mystification s'étant retournée si vite que les touffes de cheveux arrachées voltigeaient encore dans l'air.

— Serais-je ensorcelé ? se demanda avec accablement cet arrière-petit-fils du bon brigadier chanté par Gustave Nadaud.

Et, virant sur lui-même à la façon d'une toupie, il cherchait toujours des yeux son ennemi, car la seule vue de ce personnage eût été la bonne et négative réponse à sa question angoissante.

L'idée qu'il pouvait s'être installé dans une maison hantée traversa son cerveau. Par bonheur, c'était un esprit fort ; il ne croyait pas au merveilleux. La malice humaine que ses fonctions lui avaient permis en maintes circonstances d'apprécier suffisait, selon lui, à tout expliquer.

En la circonstance, toutefois, il lui fallut bien convenir que l'aventure n'était comparable à aucune autre et ne se pouvait expliquer... Il n'avait pas été dupe d'une illusion. Non ! il avait senti, indubitablement senti, les gifles et il avait entendu la voix ricanant, tantôt en l'air, tantôt en bas, sous un fauteuil, derrière les rideaux, sur le buffet, partout. Son persécuteur possédait, à n'en pas douter, les singulières aptitudes d'un ventriloque.

Après tout, qu'il eût affaire à un charlatan de cette espèce ou à un démon, le commandant, regrettant son isolement, commençait à se sentir sérieusement inquiet.

Il n'est point naturel qu'une créature humaine, si petite soit-elle, disparaisse comme cela dans des trous de souris. Aussi estima-t-il que, contre un semblable adversaire, du renfort devenait nécessaire. Peut-être avait-il eu tort de boire du vin, ce diabolique breuvage, et de s'endormir dans un état indigne de son temps et de son grade. Son brusque réveil l'avait laissé sur une mauvaise impression ; il avait dû grossir l'aventure ; elle s'expliquerait dès que ses hommes lui auraient déniché le coupable. Il suffisait de mettre la main dessus.

Il courut à la porte de la rue et appela de toutes ses forces :

— À moi !… Rassemblement !… Alerte !…

Lointain encore mais terrible, une sorte de rugissement sembla lui répondre. D'où cela sortait-il ? Qu'était-ce ? Le brave officier fit tête au danger en exécutant un saut en arrière et referma la porte en homme organisé et conscient d'avoir tout d'abord à assurer la sécurité du chef responsable de la vie de ses gens. Il l'aurait bien verrouillée, cette porte, si sa main, tremblante avait pu trouver les targettes. À leur défaut, tout contre l'huis derrière lequel éclatait maintenant un terrifiant tonnerre, il entassa fiévreusement table, chaises et fauteuils. Puis il se tint à l'abri de sa barricade, blême, le poil hérissé et des gouttes de sueur aux tempes.

— Oh ! bégaya-t-il d'une voix étranglée. Vers quels diables m'a-t-on envoyé ? Est-ce que nous allons avoir affaire à une ménagerie ? On dirait le rugissement de cet animal que les Arabes appellent le Seigneur à la grosse tête.

Des pas retentirent au dehors. Traversant le jardin, un des soldats accourrait.

Son visage paraissait bouleversé par une terreur sans nom. Il cria en apercevant son supérieur :

— Sauvez-moi !… Au secours !… Ils me poursuivent !…

— Qui ? hurla le chef, perdant tout à fait la tête et s'empressant d'entrouvrir la porte.

Le subordonné n'eut point le loisir de répondre. Il poussa un grand cri, fit un bond en avant et leva les bras. Sa face se convulsa : ses yeux jaillirent de leurs orbites ; un peu d'écume apparut sur ses lèvres et il s'abattit dans l'entre-bâillement du battant aux pieds du commandant terrifié.

Deux ou trois soubresauts le secouèrent encore et ce fut fini. Il s'immobilisa : il était mort.

Or, derrière lui, il n'y avait personne, personne ! La porte restait ouverte, le corridor révélait sa perspective solitaire et, au delà, s'apercevaient le perron et le jardin où nulle forme animée ne se montrait… Effroyable énigme. Pour s'enfuir, le chef de police n'avait qu'à enjamber le cadavre.

Il n'osa pas. Tout lui semblait diabolique. Il bondit vers une fenêtre ouverte, elle aussi, la franchit d'un saut et prit sa course à toutes jambes.

La peur lui donnait des ailes.

———————

Une heure plus tard, ayant rejoint et rassemblé ses hommes, il préparait sa revanche.

Il était remis de ses émotions, mais sa rancune ne désarmait pas. Comme il ne comprenait pas encore à quel genre d'adversaire il avait eu affaire, la leçon reçue demeurait vaine et ne pouvait porter ses fruits. Toujours animé du même esprit d'imprudence qui lui avait dicté sa précédente conduite, il s'apprêtait à exposer follement ses hommes en les envoyant combattre l'ennemi invisible et mystérieux de la même façon que s'il avait eu affaire à des hommes ordinaires.

Il s'agissait de cerner la Mairie pour être bien sûr que nul n'échapperait, puis d'y mettre le feu en jetant à l'intérieur des bombes incendiaires.

— Vous ferez prisonnier tout ce qui sortira ! ordonna-t-il à ses hommes.

De loin, – de très loin, – parce que la peur le reprenait à l'aspect de cette maison où il avait assisté à l'incompréhensible exécution de l'un des siens, il accompagna l'expédition.

Avant choisi un bon observatoire tout à fait hors de portée, pour le cas où la garnison supposée révélerait sa présence par une fusillade, il tira sa jumelle et attendit.

Divisés en cinq sections, ses hommes montaient vaillamment à l'assaut, selon le plan concerté. Un groupe disparut derrière la Maison commune ; des tilleuls masquèrent le second groupe. Le commandant n'avait plus en vue que les troisième et quatrième escouades, qui se portèrent respectivement à dix mètres de la façade et sur le côté. Le dernier groupe, celui des porteurs de grenades incendiaires, s'engagea dans l'allée centrale du jardin précédant la mairie et s'avança vers le perron.

Alors, sans qu'on eût entendu la moindre détonation, trois de ces hommes tombèrent, puis deux autres, tandis que le reste levait la tête, en restant cloué au sol.

— Que leur arrive-t-il ? se demanda le chef. Il voulut porter sa lorgnette à ses yeux ; sa main agitée d'un tremblement, n'était plus en état de l'y maintenir. À quoi bon, d'ailleurs ? À défaut des moyens mis en œuvre, il pouvait tout au moins constater les résultats : or, dans les différentes escouades de sa compagnie, les mêmes projectiles silencieux faisaient des ravages identiques. Deux par deux, trois par trois, les hommes tombaient. Bientôt, les survivants, rejoints par une dizaine de ceux qui avaient disparu derrière la mairie, se mirent à courir dans différentes directions en désignant le ciel. Mais ils durent refluer vers l'allée des tilleuls et tous furent frappés avant d'en pouvoir sortir.

Pour la seconde fois, sous le coup d'une épouvante qui ne laissait plus place au moindre raisonnement, l'imprudent officier de police, laissant choir jumelle et revolver, se mit à galoper vers la sortie du funeste village.

C'était la déroute…

Par la suite, au retour des quelques soldats échappés à la mort *mais revenus aveugles*, il devait apprendre ce qui s'était passé. C'était inimaginable. Ses hommes avaient eu affaire à une *armée d'oisillons*, faisant pleuvoir du haut du ciel sur ceux qu'ils voulaient exterminer une grêle de dards de porcs-épics empennés et lestés d'une matière lourde : de véritables fléchettes d'aviateur !

Mais il n'y avait pas que l'attaque des seuls oiseaux ; il y avait eu aussi celle d'un bataillon de serpents qui se glissaient invisibles à travers les herbes et piquaient mortellement les humains. À l'un d'eux avait eu affaire la première victime : le soldat tombé mort aux pieds de son chef sur le seuil du cabinet du maire.

Alors le commandant comprit ou crut comprendre : oui, ce n'était certainement pas un être fantastique qui s'était permis de le crêper et de le calotter ; il avait dû être mystifié par un singe minuscule, *doué de la parole !*

Ainsi, des *singes humanisés* commandaient cette étrange armée. Et les aptitudes particulières de chaque catégorie d'animaux y étaient utilisées avec une discipline et une intelligence tenant du miracle.

C'était là le merveilleux ; et c'était aussi en cela que résidait le danger dont les dirigeants de Paris avaient eu la prescience dès la lecture des premières dépêches : *tous ces animaux coalisés et révoltés contre l'homme révélaient tout à coup une intelligence presque humaine.*

C'était un fait indubitable et qui résultait de leurs actes, notamment du plan d'attaque merveilleusement coordonné. Ce plan, ils étaient en train de l'exécuter et leur première offensive se jalonnait de victoires.

Comment les hommes ne se seraient-ils pas affolés en présence d'un aussi étrange ennemi ; d'un adversaire capable de lancer contre eux des troupes invisibles ?

Quand les premiers défenseurs de la société si péniblement édifiée par les générations successives d'humains eurent eu affaire aux oiseaux et aux serpents, quand ils eurent subi la terrifiante attaque des bataillons d'abeilles, de guêpes et de frelons, puis l'intolérable assaut des poux et des puces, ces indésirables mais voluptueux parasites, disciples d'*Épictète* et d'*Épicure*, si l'on s'en rapporte aux noms de ces deux stoïciens, les hommes furent démoralisés et commencèrent à lâcher pied.

Pouvaient-ils tenir contre de tels assaillants, dont les insaisissables nuées les harcelaient ?

Le règne animal en révolte avait ses troupes de pied et ses troupes de selle, ses cohortes de jour, ses phalanges de nuit. Aux heures de ténèbres, les bêtes et oiseaux nocturnes se ruaient sur les combattants harassés. Les yeux des hyènes, des lynx, ceux des hiboux, des chouettes et des chats-huants brillaient dans l'ombre et semaient la panique. Les hommes s'imaginaient être entourés d'un cercle diabolique.

Plus terribles que les bêtes sauvages qu'elles avaient été et dont elles conservaient la force, les bêtes humanisées possédaient sur les hommes l'appréciable supériorité de la diversité des formes et des aptitudes.

Elles avaient leur cavalerie, légère et lourde, où servaient les animaux rapides, tels que les lévriers et les chevaux de sang, ou les puissants taureaux dont la course ébranlait le sol et dont la charge était irrésistible ; elles avaient aussi leur aviation, constituée par toutes les variétés d'oiseaux. Enfin, pour la guerre de sous-bois et d'embuscade, elle avait ses grimpeurs, les singes et les chats, les félins, tout ce qui peut se couler entre les buissons, se tapir dans un fourré, se tenir aux aguets à l'extrémité d'une branche pour bondir sur l'ennemi et le déchirer de ses griffes.

Contre ces forces disciplinées et nanties de ruses intelligentes, les armes modernes demeuraient inefficaces.

D'ailleurs, dès le début, fusils, mitrailleuses et canons avaient été mis hors d'usage par les oiseaux, les singes et les rongeurs s'abattant à l'improviste sur les camps endormis, ou profitant du désarroi semé au milieu des colonnes en marche par l'attaque d'un tourbillon de guêpes, d'abeilles… ou la chute d'une pluie de fourmis envenimant les plaies.

Ce fut rapide : dès les premiers engagements, le sort de l'humanité se dessina ; ses troupes s'enfuirent, démoralisées et vaincues, laissant le champ libre aux agresseurs.

Et le péril se précisa, devint immense. Dans la terreur, les hommes des régions encore non atteintes attendirent l'invasion des animaux qui allaient les déposséder et faire d'eux des esclaves.

Le monde renversé commençait.

CHAPITRE XII
LE RAPPORT DE PIPIGG

Tandis que se déroulaient les premiers incidents qui allaient alerter les pouvoirs publics et bientôt inquiéter l'humanité tout entière, Jean Chapuis, Cyprienne et leurs compagnons d'aventures avaient réintégré le Palais-Laboratoire, édifié sur l'emplacement de l'ancienne Villa féerique.

C'était là qu'ils devaient attendre la manifestation des volontés d'Oronius. Et quelque angoissante que dût être cette attente, la fille du Maître n'eût pour rien au monde enfreint les instructions paternelles.

Dans leur retraite volontaire, les bruits du monde venaient pourtant les rejoindre. Ils avaient su les étranges suites qu'avait eues la fugue des pensionnaires de la Fauverie. Comme tous, ils avaient appris avec une stupeur haletante les prémisses de l'étrange offensive du règne animal.

Mais, pour Jean et Cyprienne, cet événement prenait une signification plus menaçante que pour tout autre.

Après leur étrange excursion au Pôle, se souvenant de ce qu'ils y avaient pu voir, ils étaient plus disposés que leurs compatriotes à croire aux récits qui montraient les animaux transformés, devenus capables de réflexion et d'action concertée.

Ils y croyaient *parce que, déjà, ils avaient expérimenté cela.*

Pouvaient-ils ne pas rapprocher des événements actuels l'agression dont Jean avait été l'objet, au sortir de la Fauverie de la place Oronius, et le stupéfiant enlèvement des deux petits chiens papillons par les aigles ?

Cyprienne se souvenait de l'expression des yeux de la panthère, *du regard parlant* que le félin avait fixé sur elle. Non ! elle se le répétait, ces yeux avaient eu l'éloquence spéciale attribuée et reconnue *aux fenêtres de l'âme humaine.*

En des circonstances ordinaires, une telle secousse n'eût point manqué de laisser de fortes traces dans leur esprit.

Aujourd'hui, au retour du Pôle et après les émotions qu'ils venaient de vivre, ils demeuraient trop préoccupés du sort d'Oronius pour s'abandonner longtemps à d'autres sujets d'inquiétude.

La fiancée de Jean Chapuis pleura donc ses deux petits chiens, mais elle ne songea pas outre mesure à se demander ce qui sortirait de cette extravagante révolte des bêtes en même temps que de la transformation non moins stupéfiante que cette révolte laissait prévoir.

Son esprit était ailleurs… Il voguait dans le décor hallucinant du Pôle austral au milieu de la féroce végétation acclimatée et croisée dans l'éternel air glacial réchauffé par d'invisibles, savantes et, sans doute, apocalyptiques créatures, dont son père était vraisemblablement le prisonnier.

En revoyant le laboratoire dans lequel ne rentrait pas le Maître, elle éprouva plus aiguë l'angoisse de cette absence.

— Que devient-il ? Quand le reverrons-nous ? gémit-elle. Vraiment, le Destin s'acharne contre nous avec une inexplicable cruauté. Ô Jean, ne dirait-on pas que, jalousant le bonheur que nous escomptions au soir bienheureux de nos fiançailles, quelque esprit malin s'est, depuis cette époque, inexorablement employé à retarder et à rendre impossible la réalisation de ce bonheur rêvé ?... Rien ne peut diminuer notre confiance et notre amour, j'en ai la ferme conviction ; mais l'espoir insatisfait finit par procurer une sorte d'énervement, et j'ai peur... J'ai peur ! Ce mauvais génie ne parviendra-t-il pas à retarder notre union jusqu'à lasser votre patience ?

Elle tenait ce discours sur la terrasse du nouveau bâtiment.

Et cette terrasse, par une délicate attention de l'architecte, était si semblable à l'ancienne, elle dominait si pareillement le Paris lumineux et animé de vols incessants, que la jeune fille pouvait encore se croire au soir évoqué, au tendre soir où Jean lui avait enfin avoué son amour et où elle s'était fiancée à lui, avant d'être culbutée, happée et enlevée dans une drague volante[1].

N'était-il pas là, le fidèle amoureux, près d'elle encore, la regardant de ses mêmes yeux emplis d'amour ?

Et dans ces yeux, il y avait la même protestation, le même cri sincère :

— Je vous aime, Cyprienne. Vous êtes toute ma vie et tout mon bonheur !

Lui aussi devait subir cette obsession de l'heure envolée qui revient un instant réveiller la mémoire des mortels... Lui aussi devait se sentir ému et enveloppé par le souvenir de ce soir étoilé où, contre cette même balustrade (il pouvait le croire, tant elle était la fidèle réplique de l'ancienne), il couvait de son regard passionné la silhouette délicieusement tanagréenne de Cyprienne accoudée.

Et c'était aussi ce même déclin du jour, le sombre soir où, comme venait de le rappeler la jeune fille, le filet de l'Hindoue Yogha avait cueilli sa fiancée pour la hisser dans le *Sphérus*, cause initiale de toute une suite d'effrayantes aventures.

Il ne put donc se tenir de répondre à l'appel douloureux, à la constatation plaintive de la fille d'Oronius :

— Ce mauvais génie avait un nom, ma Cyprienne... C'était l'infernale alliée de Otto Hantzen. Et c'est bien à eux que nous pouvons attribuer nos nombreuses épreuves.

---

1 *Les Fiancés de l'An 2000 – Le Monde des damnés.*

— Les premières tout au moins, rectifia-t-elle en lui appuyant sa main parfumée sur les lèvres. Car – le Destin en soit loué ! – nous sommes enfin débarrassés de ces monstres. Ils ne peuvent pas être les facteurs de ce qui nous est arrivé au Pôle.

— Ils furent pourtant encore la cause de cette nouvelle aventure... Sans le dernier cataclysme déchaîné par Yogha, la solidification de l'air, nous n'aurions pas perdu notre route. Au lieu de retomber dans ce cercle énigmatique dont nous n'avons pu percer le secret, nous aurions poursuivi vers Paris... avec votre père.

La jeune fille soupira en rougissant.

— C'est vrai ! Et nous serions mariés ! Je serais maintenant madame Chapuis, mon ami Jean.

L'ingénieur baisa la petite main qui était restée à portée de sa bouche.

Cyprienne reprit :

— Ah ! Jean, mon Jean, la célébration de ce mariage si longtemps retardé romprait, je le crois, le maléfice qui semble peser sur nous... Pourquoi tant d'obstacles à notre bonheur ? L'union de deux cœurs n'est-elle donc pas un droit pour les pauvres humains ? Et doivent-ils être punis pour l'avoir simplement rêvée ?

Cette ardeur de sa fiancée enthousiasma Jean Chapuis. Réellement, il nageait dans l'extase en entrevoyant, dans l'avenir, le don complet que cette pure jeune fille lui ferait de sa personne.

Il murmura :

— L'amour, ma Cyprienne, est une telle source de félicité, qu'il ne faut pas tenir rigueur au sort de nous faire préalablement et rigoureusement payer ses joies... Moi, je ne saurais songer à me plaindre. Ces épreuves évoquées par vous, ne les avons-nous pas traversées ensemble ? À part les détestables jours où la diabolique Hindoue vous avait ravie à ma tendresse, nous n'avons pas cessé de courir ensemble les mêmes dangers. Constamment, j'ai pu conserver la certitude que si la mort survenait, elle ne pourrait vous arracher à mes bras et m'emporterait moi-même... Que pouvais-je souhaiter de plus ?

Plus tendrement encore, la jeune fille s'appuya sur l'épaule de son fiancé :

— J'ai pourtant un souhait à formuler, moi, mon bien-aimé... Je suis plus difficile à contenter. Cette satisfaction dans l'attente, si belle soit-elle, je rêve mieux... Aussi permettez-moi d'énoncer ce triple vœu : La fin de nos épreuves... le retour de mon père... et notre union. La fiancée veut devenir l'épouse... Y voyez-vous à re-dire ?

En prononçant ces paroles audacieuses, la vierge passionnée te-nait ses yeux purs au clair regard attachés sur ceux de son bien-ai-mé : et il y avait en eux tant de tendresse innocente que Jean, at-tendri, saisissant à deux mains la jolie tête blonde, ne put se tenir de l'attirer à lui et de la couvrir de baisers. Puis, dans une dernière caresse, posant sur les yeux bleus ses lèvres frémissantes, il mur-mura ardemment :

— Et moi, Cyprienne, croyez-vous que je ne souffre pas de voir sans cesse reculer le jour où je pourrai vous appeler ma femme ? Où il me sera permis de vous presser sur ma poitrine plus inef-fablement, plus profondément ? Chère mienne, croyez-vous qu'il soit possible d'être aimée plus que je vous aime ?

— Non ! soupira la jeune fille, les yeux clos sous les baisers pas-sionnés de son fiancé.

Et elle ajouta d'une voix à peine perceptible, la poitrine agitée, le corps tout frémissant sous la chaste caresse.

— Pourtant... Jean... Est-ce illusion ?... Est-ce ignorance ?... J'espère, dans l'avenir, obtenir de vous des joies... des joies !...

Instant d'extase ! Instant d'ivresse ! Grisés, tous deux perdaient la tête et oubliaient tout ce qui les séparait encore. Le sort n'avait pas épuisé ses menaces et bien des événements pouvaient encore disputer à Jean Chapuis la bien-aimée qu'il pressait si tendrement dans ses bras.

Comme toutes les ivresses, celle-ci devait être courte. La vie est trop avare de ces moments exquis où les cœurs enivrés peuvent oublier le monde. Elle les réveille bien vite.

Tandis que les fiancés, enlacés, écoutaient battre leurs deux cœurs, des appels soudains les séparèrent...

Avec des exclamations, la voix de Turlurette arriva jusqu'à eux :

— Mademoiselle !... Monsieur Jean !... Venez vite !... *Ils* sont là... *On* les a relâchés... Ah ! comme ils sont drôles !... Comme ils vous regardent !... Que peuvent-ils avoir de changé dans leurs petites caboches ?

Se tenant par la main, l'élève et la fille d'Oronius s'élancèrent ensemble vers l'escalier et descendirent au galop.

Les paroles de l'étourdie soubrette les intriguaient.

Qui donc était de retour ? Qui avait-on relâché ? Et quelles petites bêtes modifiées avaient pu provoquer l'émoi de Turlurette ?

Dès leur entrée dans l'antichambre des pièces réservées à Cyprienne, antichambre dans laquelle se tenait Victor Laridon, ils eurent tout de suite le mot de l'énigme et, à eux aussi, un cri de saisissement échappa.

Pipigg et Kukuss, les deux petits chiens papillons enlevés par les aigles ravisseurs, au sortir de la Fauverie, étaient là… libres… sans doute évadés de chez leurs ennemis.

Or, la soubrette ne s'était pas trop avancée en leur appliquant cette épithète populaire : « Ils sont drôles. » Il y avait dans leur aspect quelque chose de changé, de bizarre, d'inquiétant. Ils n'étaient plus les mêmes.

Au lieu de se jeter follement sur leur jeune maîtresse et sur toutes les personnes de connaissance, comme ils n'eussent point manqué de le faire avant leur enlèvement, ils demeuraient graves, gênés, tristes même. Leurs yeux, fixés sur Cyprienne et sur Jean, avaient une expression nouvelle, jamais remarquée.

Succédant à leur exubérance coutumière et contrastant avec elle, une telle réserve pouvait sans contredit surprendre.

Mais l'attitude révèle peu de chose ; chez les animaux, il suffit d'un malaise, d'une crainte pour la modifier. Les yeux, par contre, lucarnes de l'intelligence, sont parfois assez expressifs pour se faire comprendre. Or, ce fut précisément le regard anormal des deux pygmées qui médusa les assistants.

Il y avait dans ce regard une nuance imprévue, une lueur *presque humaine*.

Cette lueur, Jean Chapuis ni Cyprienne ne pouvaient hésiter longtemps sur sa nature : c'était *la pensée*.

— Les yeux de la panthère… les mêmes yeux ! bégaya la jeune fille avec une sorte de terreur. Que leur est-il arrivé ? Que leur a-t-on fait ?

Pipigg et Kukuss la regardaient *comme s'ils comprenaient ses paroles.*

Ils s'approchèrent d'elle ; elle se baissa et, timidement, les caressa.

— Que vous a-t-on fait, mes petits ? Vous vous êtes échappés, n'est-ce pas ?

Mandarinette et Julep venaient d'arriver. Tous nos amis étaient donc réunis autour des papillons.

À cette question posée par la jeune fille, ils éprouvèrent une sorte de vive surprise et de considérable émoi, car ils virent les deux petits chiens relever, puis abaisser leur tête au regard brillant.

Pipigg et Kukuss faisaient *signe que oui !*

Ils répondaient affirmativement à la question de leur jeune maîtresse.

— Vous me comprenez ! s'exclama-t-elle bouleversée. Vous pouvez me répondre ?

De nouveau, les deux têtes mignonnes refirent leur signe affirmatif.

— Ainsi, dit Jean Chapuis, intervenant, c'était pour vous faire subir cette transformation qu'on vous a enlevés ? C'était pour faire de vous des créatures pensantes... comme les hommes, nos égaux... nos rivaux peut-être ?

Le regard des petits chiens prit tout à coup une expression grave et presque affligée. Indubitablement, ils approuvaient, ils confirmaient le bien-fondé de l'audacieuse hypothèse.

Mais il y avait encore, dans leur façon de se faire comprendre, un supplément d'information que Cyprienne traduisit à vue par ces membres de phrases :

— Oui, c'est cela que l'on veut faire... C'est cela que font tous nos frères animaux... nous exceptés !... Vous comprenez maintenant le motif de notre évasion et de notre retour parmi vous... Pourrions-nous être vos rivaux, vos ennemis, nous qui vous aimons ?

Et les bavards miroirs exprimaient encore une sorte de reproche pour ce doute qui avait effleuré la pensée de l'ingénieur.

— Ah ! murmura Cyprienne, en prenant dans ses bras les deux intelligentes bêtes. En l'absence de mon père, personne ne pourra nous donner une explication rationnelle de cette transformation ;

lui-même, d'ailleurs, consentirait-il à y trouver un intérêt digne de sa science ? Quoi qu'il en soit, mes chers petits, votre geste prouve que vous nous aimez encore. La pensée qu'on a éveillée en vous n'a pas chassé l'affection.

— Comment pourront-ils s'exprimer plus clairement ? murmura pensivement Jean Chapuis, sans cesser d'examiner les deux bêtes humanisées.

Nouvelle surprise ! La question du jeune homme paraissant agiter Pipigg, Cyprienne voulut le retenir dans ses bras. Elle ne le put. Le minuscule serviteur, lui échappant, bondit sur la table où, décoiffée, une dactyle-bijou, délicate machine à écrire du dernier modèle, était prête à fonctionner.

Et, prodige surpassant tous les précédents, sous la patte agile du chien minuscule, les caractères frappèrent une feuille de papier. Des phrases s'alignèrent, proclamant le miracle.

Sous les yeux stupéfaits des spectateurs n'osant y croire, dans un style correct, sans hésitation, avec une rapide assurance de vieux dactylo, Pipigg inscrivit l'aventure :

… Enlevés par les aigles, Pipigg déclarait avoir été transporté au loin avec son compagnon ; si loin qu'ils ne pouvaient ni l'un ni l'autre apprécier la distance ni préciser la région.

Ils savaient seulement qu'on les avait enfermés dans une sorte d'hôpital où de grands singes humanisés les avaient opérés après les avoir endormis. Comme ils avaient vu répéter cette opération sur d'autres bêtes, il leur était possible de donner des détails.

C'était une opération chirurgicale *au cerveau !*

Les singes-chirurgiens la pratiquaient avec une réelle habileté, une précision mathématique et pour ainsi dire mécanique.

À la suite de cette opération, assez complexe mais très rapidement menée, les patients qui y étaient soumis acquéraient de nouvelles et extraordinaires facultés. En quelques heures, les plaies étant cicatrisées et la matière cérébrale réaccordée par un procédé thérapeutique extra-rapide, tous les opérés, sauf de rares exceptions, prenaient conscience d'eux-mêmes. La pensée s'éveillait en eux ainsi que la mémoire. Ils pouvaient réfléchir, comprendre et se souvenir avec intelligence de choses apprises par eux dans les anciennes ténèbres du seul instinct.

Et Pipigg, en son récit écrit, expliquait comment ces facultés éveillées étaient aussitôt cultivées et développées par les singuliers éducateurs. Il dépeignait les leçons : aux uns, c'est-à-dire à ceux dont la conformation physique se prêtait à l'opération, on adaptait le gosier, les cordes vocales et la langue productrice de la parole. Aux autres, qui devaient perdre tout espoir d'articuler des sons humains, on apprenait à se servir d'une *machine à parler*, dont le clavier, commandant un jeu de petits tuyaux d'orgue, produisait tous les sons et permettait d'assembler des syllabes ou d'émettre artificiellement des mots ou des phrases.

— Une machine à parler ? s'ébahit Victor Laridon. Mince, alors ! V'là la concurrence aux commères ! Dans ton patelin, on ne se ferait pas une idée de ça, hein, boule de neige ?

— Si missié Victor, répondit dignement Julep. Dans pays à li, *griots* ont moulins à prières !

— C'te farce ! Y sont rien pochetées, tes pégriots !

Sans prêter attention à cette discussion contradictoire, Jean Chapuis murmura :

— Des bêtes qui pensent !

Et, parlant pour lui-même, il ajouta à haute voix :

— Les bêtes penseraient ? Les bêtes auraient notre intelligence ?... Que deviendraient les hommes ?

Il entrevoyait soudain l'effroyable péril que pourrait déchaîner la fantaisie du mystérieux éducateur : l'équilibre terrestre rompu, le jeu subtil des inégalités disloqué et rendu impossible, l'homme dépossédé de la seule force qui tînt en respect toutes les autres, dépouillé de son prestige, impuissant à résister au choc, à la ruée des animaux. Ceux-ci ne le verraient-ils pas enfin tel qu'il est : faible, frêle, dégénéré, ne régnant que par la terreur et la ruse, à l'aide des forces qu'il capte et dont la révolte universelle des bêtes pourrait lui interdire l'usage.

Les bêtes intelligentes ! Toutes les bêtes ! Que deviendrait – en face d'elles – le roi de la création ? Qui ramasserait le sceptre du déchu après sa défaite ?

Si les bêtes pensaient... Mais qui donc pouvait avoir été atteint d'une misanthropie assez démente pour déchaîner sur l'humanité ce fléau sans parade possible : faire penser les bêtes ?

Il interrogea Pipigg et Kukuss :

— Ce plan, qui l'a conçu ? Qui l'exécute ? Quel est l'ennemi du genre humain qui prétend muer les animaux en rivaux du roi de la création ?… Ce ne peut être ces singes-chirurgiens dont votre récit nous parle. Il faut qu'ils se soient trouvés eux-mêmes tirés de leur animalité et haussés à l'échelon supérieur par une intervention qui n'a pu être qu'humaine à l'origine.

Sur ce point, il était difficile aux chiens humanisés de répondre. Eux n'avaient eu affaire qu'à des créatures secondaires. Ils ne pouvaient donc dire à qui devait être attribuée l'initiative de cette fantastique évolution.

Faute d'indications plus précises, l'ingénieur en arrivait à se débattre entre les branches de ce dilemme : l'œuvre néfaste de l'affranchissement des créatures fauves et ennemies, esclaves ou volontairement serviles n'avait pu être entreprise que par une intelligence élevée, par un savant, et cependant il était inadmissible qu'un homme eût été assez dénué de bon sens pour entreprendre l'asservissement de sa race par de semblables moyens.

— Ce ne peut être qu'un homme et il est impossible d'admettre que ce soit un homme ! se répétait Jean Chapuis. Qui est-ce ? Qui nous révélera cet adversaire au cerveau prodigieux, capable de réaliser et de mettre à exécution une intervention aussi démoniaque ?

Il désespérait de recevoir la réponse à pareille question.

Or, tout à coup, aussi naturelle et pas plus élevée que si l'on eût parlé à côté de lui, une voix répondit :

— Regarde vers le Pôle… Là est la solution du problème qui te préoccupe.

C'était la voix d'Oronius…

CHAPITRE XIII
CONVERSATION PAR ARC MAGNÉTIQUE

Cette voix, tous l'avaient entendue et reconnue, Cyprienne et tous les serviteurs aussi bien que Jean Chapuis.

Pipigg et Kukuss eux-mêmes montrèrent, par leur agitation soudaine et par les gémissements qu'ils poussèrent, qu'en leur nouvel état ils ne méconnaissaient point la voix du Maître.

Le fiancé de Cyprienne s'était retourné involontairement, tellement l'impression du voisinage d'Oronius avait été forte. Il ne vit personne.

Et pourtant la voix s'était fait entendre et comprendre absolument comme si son propriétaire eût été dans la pièce.

D'autre part, comme elle répondait exactement à la question posée par Jean, il fallait bien en conclure qu'Oronius avait pu la surprendre ou l'intercepter.

Mais la distance ?

Mince objection ! La distance existait-elle pour le père de Cyprienne ? N'avait-il pas prouvé en maintes circonstances qu'il savait vaincre d'autres difficultés ?

Il avait promis de donner de ses nouvelles, d'entrer en communication avec ceux dont il était séparé : il tenait parole. La voix lointaine et proche, absente et présente, venait d'apporter le second message du Maître.

Allait-elle révéler le secret du Pôle ?

Qui sait ?

Jean Chapuis, lui, n'en doutait pas. Il admettait le prodige.

Il demanda timidement et presque à voix basse :

— Est-ce vous, Maître ? Vous nous entendez ?

— Comme vous m'entendez.

L'ingénieur hasarda la question capitale, celle qui le tenaillait, hantait l'angoisse de Cyprienne et restait ancrée comme un trouble dans l'esprit de leurs compagnons.

— Êtes-vous libre, Maître ? Avez-vous pu fuir les dangers des régions glaciales habitées par le peuple invisible des Polaires ?

— Père ! supplia Cyprienne, allons-nous bientôt vous revoir ?

La voix se fit grave et apitoyée :

— Du courage, petite fille ! Je ne saurais te laisser cette illusion. Nos tribulations prendront fin un jour, et je l'espère prochain. Pour le quart d'heure, elles ne sont point en passe d'être résolues. J'ai personnellement de terribles difficultés à vaincre.

— Alors, gémit la jeune fille en se tordant les bras, vous êtes toujours prisonnier au Pôle ?

— Oui, riposta la voix d'Oronius sur un ton plaisant. Me voici le rival de Fualdès... Je suis le prisonnier du Pôle !

— Mais alors, Maître, comment parvenons-nous à vous entendre ? À la rigueur, je le sais bien, l'oroniphone ?...

— L'oroniphone, coupa le savant, ne saurait me servir en la circonstance. Il y aurait maladresse de ma part à utiliser ce puissant mais indiscret amplificateur. Trop d'oreilles pourraient recueillir mes paroles... et il importe qu'elles n'aillent pas à tout venant... Ce qui vous parvient *directement*, mon cher ami, c'est ma voix ordinaire, *ma voix normale !*

— En effet, reconnut l'ingénieur. Et c'est pourquoi nous avons pu croire, un court instant, à votre présence parmi nous.

— Non ! Des milliers de lieues nous séparent... Pour rentrer en communication avec vous, il me fallait résoudre un double problème : j'avais besoin de vous savoir réunis en un lieu clos, et seuls aptes à percevoir mes paroles, il était nécessaire, pour la même raison, que nul autre que moi ne pût écouter vos réponses. Jean, ne devines-tu pas de quelle façon j'ai tourné la difficulté ?

— Non ! avoua l'élève en secouant négativement la tête.

Par le fait, il ne voyait pas quel nouvel appareil avait pu inventer le Maître.

— Rappelle tes souvenirs, reprit Oronius, tes connaissances sur l'acoustique doivent te mettre sur la voie. N'existe-t-il pas une possibilité de communication entre deux personnes séparées, un point tel que chacune d'elle entend ce que l'autre dit même à voix basse, sans que les tiers placés entre eux puissent saisir leur conversation ?

— En effet. Deux individus, postés aux deux pieds-droits opposés d'une voûte, pourront s'entretenir sans qu'on les entende. Le son suivra la courbe de la voûte.

— Tu y es.

Jean Chapuis s'étonna.

— Comment, j'y suis ? Où est la voûte, Maître ? Pour unir au Pôle l'endroit où nous sommes, il la faudrait de dimensions arc-en-ciélesques et tous les matériaux de l'univers suffiraient à peine à la construire.

— Tu aurais raison s'il s'agissait d'une arche de pierre. Mais, réfléchis en peu et point d'enfantillage ! La voûte par moi lancée à travers l'espace n'est composée que de courants magnétiques conducteurs du son. Ma voix vous parvient ; j'entends les vôtres et nul ne peut intercepter notre conversation s'il n'a surpris par avance notre secret. C'est moins dangereux que le téléphone – même sans fil… tu en conviendras.

Une fois de plus, la fille d'Oronius et l'élève préféré admirèrent l'ingéniosité du savant qui avait rendu possible un pareil entretien à travers l'espace.

Les instants n'en demeuraient pas moins précieux. Oronius pouvait être interrompu, dérangé. Il fallait donc profiter de l'occasion et n'échanger que les paroles indispensables.

— Maître, reprit Jean Chapuis, dites-nous vite ce que nous devons faire. Nous nous efforcerons de vous obéir, bien que, à la suite de tant d'autres détournés par vous, un nouveau et terrible danger menace notre monde.

— Je sais…

— Vous savez ?

— Sans doute ! Tu entends parler de la révolte des animaux, n'est-ce pas ?… J'ai surpris ce que vous disiez tantôt à ce propos et je crois savoir d'où vient le coup.

— Vous sauriez cela aussi ?

— Parbleu ! ce n'est point sorcier… La conjuration part du Pôle…

— Du Pôle !…

— Ne t'exclame pas, malheureux ! Garde tes cris pour une très prochaine occasion, car ce n'est pas la seule surprise qu'on y prépare à l'humanité. Si dégourdis et semi-penseurs qu'on ait pu les rendre, les quelques milliers d'animaux déjà lancés sur les humains constitueront un bien piètre adversaire en regard de celui qu'il vous faudra combattre avant peu… Grave ce renseignement dans ta mémoire : vous n'avez présentement affaire qu'à l'avant-garde ; *les véritables rivaux des hommes* ne se sont pas encore montrés.

— Et qui sont-ils donc ? questionna l'ingénieur effaré.

— Les Polaires, mon enfant ! Les Polaires dont je suis le prisonnier.

— Ne sont-ils donc pas des hommes comme nous ?

Une sorte de soupir parvint aux oreilles des auditeurs haletants.

— Non, hélas !… Je dis hélas, parte qu'il serait préférable d'avoir lutter contre nos semblables !… Mais je crois avoir le temps ?… Oui, écoutez le récit de mes aventures, et vous comprendrez. Vous saurez en quelles mains je suis tombé – *mains* est ici un euphémisme ! – et en quoi consistait ce secret si jalousement caché dans ce monde étrange entrevu par vous.

*** ***

Cette aventure, dont le récit devait faire palpiter d'effroi Cyprienne et angoisser tous les autres auditeurs retour du Pôle, avait bien failli, dès son début, faire perdre à Oronius son légendaire sang-froid.

Lorsque, comme on doit s'en souvenir, il avait été saisi et enlevé par les longs bras blancs de la sirène-pieuvre, Oronius ressentit une horreur inexprimable en se voyant déposer, à l'intérieur de la tour, auprès de cet immonde simulacre de la beauté féminine.

Le merveilleux visage n'était plus à ses yeux que le masque hideux d'un monstre ; rien d'humain ne subsistait dans le regard et sur ces traits dont la splendeur n'était qu'un piège. La férocité qui s'y reflétait glaça le sang dans les veines du Maître. Il comprit qu'il était en présence d'une de ces créatures fantastiques pressenties par tous les âges et en qui la Nature se plaît à mêler à dose presque égale l'humanité et la bête.

Celle-là n'avait de la femme que le visage et un buste idéal mais inachevé, puisqu'il se terminait en une sorte de sac d'où partaient les tentacules de pieuvre. Connaissant la férocité gloutonne de tous les céphalopodes, il ne pouvait douter du sort que lui réserverait cette anormale représentante de l'espèce, car la plus hideuse bestialité était inscrite sur sa gueule vorace. Examinée de près, cette ouverture bordée de rouge n'était qu'un suçoir ayant seulement l'apparence extérieure d'une bouche humaine.

Aucune intelligence comme aucune pitié n'existaient derrière ce front pâle. Oronius, devenu la proie de ce monstre, allait infailliblement servir à le repaître, et déjà il sentait les horribles tentacules l'enlacer et les lèvres goulues s'approcher de sa veine jugulaire.

Il aurait vainement tenté de se débattre ; l'étreinte du monstre était irrésistible.

Il ferma les yeux.

Mais, tout à coup, il entendit comme une bousculade accompagnée de cris irrités. On eût pu se figurer que des voix sorties de gosiers humains s'efforçaient d'effrayer l'abominable sirène afin de lui faire abandonner sa victime. En même temps, le Maître entendit le sifflement de plusieurs fouets s'abattant sur les tentacules ; puis des mains le saisirent et le tirèrent pour l'arracher à la femme-pieuvre, qui rugissait de fureur.

Enjeu de cet étrange combat, Oronius osait à peine rouvrir ses paupières. Il n'était pas assez certain de la victoire de ceux en qui il pouvait se figurer trouver des défenseurs inespérés.

Dans le but de ne point se leurrer d'un espoir factice et qui rendrait plus cruelle la mort, si la pieuvre demeurait la plus forte, il résistait à la tentation de regarder.

Pourtant, il était plus qu'intrigué. Qui donc venait si opportunément à son secours ? Qui osait le disputer au monstrueux et vindicatif mollusque qui s'apprêtait à se nourrir de son sang ?

La lutte fut brève : il sentit les tentacules qui le retenaient prisonnier se desserrer un à un. Les mains – une demi-douzaine au moins – le tirèrent en arrière. Il entendit encore les coups de fouet et les cris de la sirène-pieuvre, dont les bras blancs, la poitrine et la face se marbrèrent au cinglement des lanières.

Cette fois, c'étaient des cris de douleur et non plus de colère.

Le monstre avait trouvé ses maîtres.

Délivré et emporté par les mains libératrices, Oronius se risqua à disjoindre ses cils. Mais, aussitôt il les rapprocha, repris plus que jamais par l'impression d'horreur et d'effroi qui l'avait déjà paralysé.

Pouvait-il se dire sauvé ? Ou n'avait-il échappé à l'affreuse sirène que pour devenir la proie d'une abominable espèce d'entomons ?

Ceux par lesquels il venait de se voir entraîné n'étaient autres que trois de ces insectes géants dont il n'avait qu'imparfaitement entrevu un spécimen si malencontreusement raté par Victor Laridon.

Aucun doute. Ses trois convoyeurs appartenaient bien à la même famille ; ils avaient la même taille et le même aspect général.

Par exemple, au lieu de se traîner misérablement ainsi qu'avait dû le faire l'insecte blessé, ils marchaient, à la façon des petits invertébrés dessinés par Granville, *debout, comme des bipèdes.* Et, dans leurs yeux à facettes polygonales brillait une indéniable intelligence.

À présent qu'il pouvait les observer à loisir, force était à Oronius de constater quels points communs ils présentaient avec la race humaine. Les attaches et les extrémités des membres antérieurs et inférieurs offraient avec nos bras et nos jambes une frappante analogie. Ils se terminaient par des mains et des pieds absolument semblables à ceux des anthropomorphes. La solidité de leur corselet plus semblable à du cuir durci qu'à un épiderme humain, marquait la seule différence notable entre les deux races – la forme extérieure mise à part, bien entendu. Mais poignets, doigts et phalanges se révélaient aussi parfaitement articulés que ceux des hommes. La gaine naturelle et protectrice qui les revêtait ne gênait en rien leurs mouvements ; elle constituait donc une supériorité sur la trop grande vulnérabilité de notre enveloppe charnelle.

De même, observé de près, le buste de ces étranges insectes avait une conformation tout à fait semblable à celle de l'homme, à part la cuirasse durcie qui l'enfermait. Vus de face, ils ressemblaient à des chevaliers du moyen âge, revêtus d'armures à braconnières et le visage caché sous un bassinet à la visière baissée. Car la tête entière de ces créatures singulières était enfermée dans la même gaine protectrice de couleur sombre, formant couvre-nuque et d'aspect légèrement luisant. Ainsi le masque ne pouvait avoir la mobilité des traits humains ; il gardait une impassibilité constante et se trouvait dépourvu d'expression ; une ouverture mandibulaire ignorant le sourire figurait la bouche, le nez était à peine accusé, le pavillon des oreilles se dissimulait dans une cavité et ne frappait point le regard ; enfin, les yeux à facettes polyédriques pouvaient posséder plus de puissance, mais n'avaient certainement ni le charme ni l'éloquence du regard.

Dès qu'ils tournaient le dos, ces êtres bizarres cessaient d'évoquer l'homme ; les grandes ailes repliées qu'ils portaient dans le dos déconcertaient. On devait alors voir en eux de fabuleux insectes, d'une taille démesurée et possédant la faculté de la station verticale.

Ils se montraient formidablement armés par la Nature.

Lors de l'aventure de Laridon, Oronius avait pu observer les effets foudroyants du jet de chloroforme que l'insecte géant pouvait projeter sur ses agresseurs. Mais il n'avait pas eu le loisir d'examiner les détails de l'appareil projecteur.

À présent, il lui suffisait d'observer les créatures dont il se trouvait être le captif pour se rendre compte du phénomène. Il apercevait sous leur gorgerin une sorte de poche membraneuse, enveloppe protectrice de *la glande à chloroforme* ; au centre de cette armure de col se remarquait le bouchon perforé d'un vrai pulvérisateur érectile, qu'un réflexe défensif devait braquer sur l'ennemi en cas de danger et au moyen duquel l'insecte soufflait le dangereux liquide.

Ce n'était point la seule arme naturelle de ces étranges spécimens ; en poursuivant son examen, Oronius constata encore que leurs chevilles et leurs poignets portaient une sorte de dard articulé, long et aigu comme un poignard au repos. Il était rabattu contre la jambe ou l'avant-bras, mais il suffisait d'une excitation de leur propriétaire pour que ces stylets meurtriers se tendissent horizontalement, prêts à frapper et à poignarder l'ennemi.

Enfin – cette dernière particularité ne devait être observée que par la suite – les insectes géants portaient dans leur boîte crânienne une puissante pile électrique qui leur permettait de lancer à travers leurs membres un courant foudroyant.

Ainsi protégés et armés, les frelons-torpilles devaient être plus que redoutables : invincibles !

Le savant admira l'ingéniosité de la Nature. En les cuirassant de ce corselet invulnérable, elle avait cependant pris soin de leur assurer toute liberté de mouvement. En effet, leur carapace n'était nullement rigide, comme un observateur superficiel l'aurait pu croire au premier coup d'œil : elle était faite de plaques imbriquées qui laissaient au corps toute sa souplesse et se pliaient à toutes les attitudes.

La présence, à l'intérieur de la tour, de ces créatures phénoménales qu'aucun entomologiste ou paléontologiste n'avait jamais signalées avait d'abord confirmé le Maître dans sa première opinion qui lui était déjà venue à l'esprit, lors de la rencontre dans la forêt du spécimen blessé par Laridon.

À ce moment, on doit s'en souvenir, il avait émis l'hypothèse que ces bizarres insectes pouvaient appartenir à une race domestiquée, et être utilisés par les Polaires comme serviteurs.

Pouvait-il lui venir une autre idée, après un examen rapide, brusquement interrompu, et alors que l'insecte aux ailes brisées, demeurant dans une expectative apeurée, ne lui était point apparu d'une intelligence supérieure à celle des autres représentants du règne animal ?

Il en était autrement à cette heure.

Les créatures qu'il avait sous les yeux, ses gardes du corps vainqueurs de la sirène-pieuvre, se révélaient comme n'étant point des bêtes apprivoisées et plus ou moins bien dressées à travailler sous une direction étrangère... Oronius le comprit tout de suite, et cette découverte mit le comble à sa surprise.

Il les observa encore plus attentivement, et sa conviction fut bientôt complète.

Elles agissaient par elles-mêmes, en dehors de tout contrôle. Elles s'affirmaient capables d'initiative ; leur attitude et leurs gestes n'étaient en rien inférieurs à ceux des humains. Le Maître les entendait parler entre elles en taquetant des sons incompréhensibles pour lui, mais qui, de toute évidence, était une langue, et non pas seulement une succession de cris comme en poussent les animaux.

Elles pensaient et elles parlaient ; bref, elles se comportaient tout à fait comme jamais aucune créature, hormis la créature humaine, n'a pu se comporter. Cette constatation ouvrait à Oronius tout un monde de pensées.

— Parbleu ! songea-t-il, je croyais avoir assez vécu pour ne plus rien ignorer des plus extravagantes extravagances... Je me trompais... On peut encore apprendre à mon âge !

Et de plus en plus s'implantait en lui cette conviction raisonnée : La conduite de l'insecte dans la forêt ?... Comédie !... Sa façon de se comporter comme une bête traquée, qui se défend et s'enfuit selon les données de son instinct ?... Comédie !... Comédie habile, jouée avec adresse...

Privée du bénéfice de son invisibilité et mise par l'immobilisation de ses ailes en grand danger d'être capturée, la créature avait dissimulé aux hommes toutes les facultés qui la rapprochaient d'eux. Elle avait voulu qu'ils ne vissent en elle qu'un animal ordinaire.

Pourquoi ?

CHAPITRE XIV
PRISONNIER DU PÔLE

C'était là-dessus qu'Oronius réfléchissait, tout en se laissant entraîner vers la suite du mystère – son explication peut-être ? – par ses étranges gardiens.

Ceux-ci ne dissimulaient plus. Jugeaient-ils la situation suffisamment rétablie ? Pensaient-ils avoir assez prouvé leur force pour n'être plus dans l'obligation de laisser ignorer à l'homme capturé par eux leurs véritables facultés ?

Telle devait bien être leur pensée. Car aucune contrainte n'altérait leurs gestes ni ne suspendait leurs décisions.

Tout d'abord, avant d'emmener le savant et après l'avoir arraché à la sirène-pieuvre, ils l'avaient palpé et examiné avec une courtoise sollicitude, en échangeant entre eux d'incompréhensibles remarques.

Ce n'était qu'après s'être assurés de l'absence de blessure qu'ils s'étaient décidés à faire marcher leur prisonnier.

Encore ne le traitaient-ils point comme tel, mais plutôt comme un hôte imprévu qu'on guide à travers une demeure dont il ne peut connaître les aîtres.

La sorte de logette au fond de laquelle était enchaînée la femme tentaculaire était tout à fait sombre ; le Maître n'avait donc pu en examiner la forme ni l'aménagement.

Dehors, par contre, il se trouva dans un couloir éclairé et traversa, coup sur coup plusieurs salles dont il lui fut loisible d'inspecter le décor, et le mobilier.

Sa curiosité atteignait à son paroxysme. Ayant à peu près la certitude maintenant, que les conséquences immédiates de son aventure ne mettaient pas sa vie en danger, il n'était pas éloigné de considérer sa capture presque comme une heureuse chance.

Il allait donc pouvoir étudier la vie des Polaires et, sans doute aussi les Polaires eux-mêmes. À travers la succession de salles, de galeries et de vastes halls qui composaient cet étage de l'immense tour – un véritable monde, – il les cherchait des yeux.

En rencontrerait-il ?

Il ne croisa que des insectes géants, en tout semblables à ses gardiens. À son aspect, ces mandibulaires corsetés ne manquaient pas de manifester une certaine curiosité ; ils échangeaient quelques mots avec les conducteurs d'Oronius, examinaient attentivement ce dernier, puis s'éloignaient.

De Polaires, toujours point !

Où étaient-ils, les *hommes du Pôle ?*

Car tout, dans la tour, annonçait une civilisation avancée, des habitudes et des goûts identiques à ceux de l'humanité moderne.

Il y avait des tables et des sièges, des armoires aux rayons chargés de livres et d'instruments : des bibliothèques et des laboratoires ; la science, l'érudition et l'art voisinaient. Oronius aperçut des statues et des tableaux.

Quelques-uns mettaient en scène des hommes et des animaux ; le plus grand nombre représentaient des insectes.

Cette nouvelle particularité donna beaucoup à penser au Maître.

Il devint songeur.

En poursuivant sa marche à travers des salles sans nombre où pas un humain ne lui était encore apparu, il remarqua qu'elles étaient toutes fréquentées, occupées ou habitées par des insectes géants. Ceux-ci, avec une aisance naturelle, s'asseyaient sur les sièges au dossier bas, en écartant leurs ailes, à la façon des pans d'un manteau ou d'une chape d'église. Ils conversaient ; ils maniaient les instruments ; *ils lisaient.*

Oronius marchait de stupeur en émerveillement ; chaque pas lui faisait découvrir aux bizarres créatures une aptitude nouvelle qui les démontrait égaux aux humains en savoir et en intelligence.

Égaux ?…

Le Maître en était même à se demander s'ils n'avaient pas distancé le vingt-et-unième siècle sur la route du progrès et s'ils ne représentaient pas un stade d'évolution supérieur à celui des intellectuels des États-Unis d'Europe.

Dans les laboratoires, c'étaient des insectes qui se penchaient sur les cornues et les éprouvettes ; des insectes maniaient les microphones, se servaient des microscopes.

Des insectes physiciens... des insectes chimistes... partout des insectes... rien que des insectes...

Et dans ces formidables usines, dont on entendait le halètement au-dessus et au-dessous des salles traversées, n'était-ce point aussi d'autres séries de ces incompréhensibles mandibulés qui se livraient au fantastique labeur de la captation et de la reconstitution des rayons solaires ?

S'il en était ainsi, ne fallait-il pas en arriver à cette conclusion effarante : les savants habitants de cette région réputée inhabitable, les colonisateurs du Pôle antarctique étaient *les insectes géants !*

Oronius en avait l'intuition. Il en fut soudain certain, quand il eut été introduit dans un immense cabinet de travail et mis en présence d'un respectable individu, courbé, chenu, mais de la même espèce que ses gardiens qui s'inclinèrent devant lui en manifestant le plus grand respect.

Un chef, évidemment... peut-être le chef suprême de cette race jusqu'alors inconnue.

Il fit un signe. Ceux qui accompagnaient le Maître se retirèrent aussitôt, non sans s'être encore courbés.

Oronius et le vieil insecte demeurèrent en tête-à-tête.

D'un geste courtois, la créature, – semblable à un chevalier vieilli sous l'armure, puisqu'elle paraissait casquée et bardée d'acier bruni, mais d'acier un tant soit peu détérioré, bosselé, renfoncé par les chocs reçus dans cent combats, – la créature, disons-nous, indiqua un siège.

— Ah ! pensa Oronius, en y prenant place, aurais-je jamais osé rêver pareille audience ? Je me serais traité de fou...

Accoudé sur sa table-ministre, où se remarquaient de nombreuses touches de cristal, un standard électrique et différents instruments articulés, l'insecte-ancêtre examinait la physionomie de son hôte.

Soudain, il prononça avec une merveilleuse pureté d'accent, quelle que fût la langue employée :

— *English ?... Español ?... Italiano ?... Deutsch ?... Français ?...*

— Français, s'empressa de couper le Maître, abominablement suffoqué.

Ces syllabes appartenant à divers idiomes, prononcées successivement, annonçaient-elles une connaissance approfondie non seulement des peuples, mais encore des langues mentionnées ? Le *senior* était-il polyglotte ?

La seule pensée qu'il en pouvait être ainsi était bien suffisante pour effondrer un savant. Quelle humiliation il éprouvait à constater qu'il existait à la surface du globe une race d'êtres pour le moins aussi évolués que les animaux raisonnables doués d'une âme et que cette race, ayant su dissimuler son existence à l'humanité, n'ignorait rien d'elle !

Avec aisance, l'ancêtre proposa :

— Puisque vous êtes Français, monsieur, parlons donc français et dites-moi ce que vous venez chercher parmi nous ?

La voix était harmonieuse, éthérée, *supra-humaine*. Mais l'accent de celui qui parlait ainsi était bien fait pour dérouter. Oronius avait besoin de s'habituer *à entendre parler un insecte*. Il dut, pour ne pas se laisser dominer par le trouble envahisseur, détourner ses yeux et répondre sans regarder son interlocuteur. Ainsi se poursuivit la conversation étrange.

— Mes compagnons et moi avons été amenés dans ces parages par la volonté du hasard, à la suite d'une incommensurable perturbation atmosphérique, avoua-t-il sans chercher un biais. Or, qui se serait imaginé trouver au Pôle ce que nous y avons découvert ?

Il était naturellement impossible de lire sur le masque inexpressif de l'insecte ; mais sa voix trahit un soulagement.

— Ainsi, vous ne soupçonniez pas notre présence ici ? insista-t-il. Vous ne veniez pas étudier nos mœurs et vous rendre compte de notre existence ?... de nos travaux ?

— Nullement, monsi... je veux dire... Enfin, si nous n'avions entrevu, par hasard, le sommet de vos tours et pressenti un mystère qui nous a intrigués, nous serions repartis comme nous étions venus, sans même supposer que le Pôle austral pouvait être habité... par... par vous.

Le vieil insecte inclina la tête. Il semblait deviner la pensée du Maître.

— Oui, par nous, uniquement ! précisa-t-il.

— Vous représentez donc la race polaire ? murmura avec hésitation Oronius et sans relever ses paupières. Permettez-moi de m'étonner de la trouver à la fois si proche et si différente de la nôtre.

Le chef polaire demanda – et cette fois sa voix se nuançait d'ironie :

— L'orgueil de l'homme est-il si grand qu'il ne puisse concevoir d'autre forme supérieure à la sienne ?

— Des siècles de suprématie nous avaient habitués à cette idée qu'aucune espèce d'êtres animés ne pouvait nous disputer le sceptre, explique confusément Oronius. Pourquoi nous accuser d'orgueil ? Si nous avions trouvé nos égaux en intelligence, nous aurions pu partager avec eux l'empire du monde.

— Rien n'est moins certain ! Vous vous avancez bien à la légère, monsieur. Dans la réalité, deux races antagonistes ne peuvent coexister sans que l'une cherche à absorber l'autre.

Vexé d'avoir été si facilement percé à jour, oubliant la précarité de sa situation, le savant posa hardiment cette question brûlante :

— Serait-ce cette crainte qui vous fit accumuler tant de précautions pour tenir secrète votre existence ? Vous paraissez nous bien connaître, et nous, nous ignorions tout de vous. Il eût cependant été souhaitable et profitable pour tous que le mieux renseigné cherchât à entrer en relations avec l'autre.

— Qui nous eût asservis et se fût certainement opposé au développement de notre évolution, riposta du tac au tac son interlocuteur en frottant l'une contre l'autre ses ailes élytréennes bien élimées, et produisant ainsi un bruit de crécelle douloureux à entendre. L'espèce dont nous descendons n'a donné naissance qu'à quelques milliers d'individus. Vous êtes des millions. Le drame eût été bref. Nous bénissons l'instinct ancestral qui a permis notre évolution en nous adaptant dès l'origine à une existence cachée et mystérieuse. Ainsi avons-nous pu nous maintenir à travers les siècles en acquérant peu à peu cette intelligence dont la supériorité nous a affranchis.

— Vous n'avez pas réclamé votre place ; c'est de la modestie, affirma Oronius. Ne discutons pas pour décider si vous avez été sages ou non d'adopter cette trop prudente attitude. Par des chemins différents, vous nous avez rattrapés et probablement dépassés. Je devine que ce que vous avez conservé des caractéristiques originelles vous fait physiquement très supérieurs aux humains. Eux naissent privés de tout moyen de défense naturel. Vous êtes, vous, vêtus et armés redoutablement. Vous devez être presque invulnérables. Ce sont évidemment là des conditions de beaucoup meilleures que les nôtres pour aborder la lutte de l'existence... Mais puis-je m'informer de votre histoire ? Il est impossible que votre race ait pris naissance sur le sol ingrat du Pôle. Ce n'est qu'après avoir conquis la science que vous avez pu songer à l'aménager et l'habiter ?

Le chef polaire fit un signe affirmatif et tendit à son hôte involontaire un cornet de glace stabilisée duquel émergeaient des londrès.

— Fumez-vous ?

— Merci. Cette détestable habitude s'est perdue, chez nous, depuis longtemps.

— Ici, elle n'eut jamais un seul amateur. Ces *fumerons* sont des pièces de musée...

— Vous n'avez pas répondu à ma question ?

— J'y réponds... Oui, nous venons de loin et ne sommes point natifs du Pôle... Il nous a fallu, pendant des centaines de siècles, vivre dans des contrées moins meurtrières... mais où d'autres dangers nous guettaient : l'homme, auquel il fallait à tout prix cacher notre existence et la possibilité que nous avions de devenir un jour ses rivaux. Longtemps, nous avons vécu dans le centre de l'Afrique, dans les contrées inexplorées. Et quand par hasard, comme cela est arrivé plusieurs fois au cours des siècles, un des nôtres, victime d'un accident, se laissait capturer par vos semblables, il prenait soin de dissimuler son intelligence ; se sacrifiant pour le salut et l'avenir de notre race, il ne laissait voir en lui que la bête dont il avait l'apparence et mourait stoïquement sous les coups que ses attaques s'appliquaient à provoquer. Plus tard, un de nos chimistes a fait une précieuse découverte : un enduit qui confère pendant quelques heures l'invisibilité. Notre science a fait ensuite de grands progrès, si bien qu'un jour nous avons pu songer à la conquête et à l'aménagement d'un des pôles. Là nous savions devoir trouver un asile inviolable. Aucune indiscrétion n'était à craindre. *On ne revient pas du Pôle.*

Oronius frémit.

Il songeait à ses compagnons.

— Ne lèverez-vous jamais cet interdit ? s'enquit-il. Vous êtes maintenant assez forts, il me semble, pour ne pas craindre l'attaque des êtres de mon espèce.

— De nouveaux temps vont en effet venir, répondit évasivement le vieux Polaire. Nous révélerons notre existence. Il est temps de prendre sur la terre la place à laquelle notre science nous donne droit.

Le Maître se garda de relever l'implicite menace que pouvait contenir cette allusion. À son estime, le meilleur moyen de pénétrer les intentions secrètes des Polaires n'était pas de les interroger. Si ce que venait de dire son interlocuteur signifiait une invasion prochaine du monde, une tentative d'asservissement de l'humanité à l'étrange race qui se révélait supérieure, mieux valait ne point se départir d'un semblant d'insouciance et garder pour soi sa curiosité.

— Ce Polaire a raison, pensait Oronius. L'empire terrestre ne saurait se partager : eux ou nous !… Parmi les êtres dont le hasard m'a fait le prisonnier – et encore ne faut-il pas mettre tout sur le compte du hasard – il pourrait y avoir un rôle utile à jouer. Ce serait de démasquer le péril couru par les régents du monde ; ce serait surtout d'y apporter un remède.

Sur cette réflexion, il s'enquit :

— Puis-je vous demander si ma présence auprès de vous vous semble être encore nécessaire ? Me permettrez-vous de rejoindre mes compagnons ?

— Ceci est malheureusement impossible, monsieur, répondit le Polaire avec urbanité. Nous avons des vues sur vous. Or, celles-ci s'opposent à ce que nous vous rendions la liberté.

— Du moins, laisserez-vous les miens libres de regagner les pays tempérés… la France ?

Le chef polaire réfléchit une seconde à peine.

— Soit ! déclara-t-il avec une nuance d'ironie dans la voix. Leur départ est sans inconvénient pour moi et les miens. D'autre part, je ne crains guère les bavardages inconsidérés auxquels ils pourront se livrer. *Il sera trop tard.* Toutefois, je mets une condition à leur départ. Ils devront quitter immédiatement notre domaine en se désintéressant totalement de votre sort.

— Pour obtenir cela d'eux, remarqua piteusement le Maître, il faudrait mon intervention personnelle.

— Je vais vous mettre à même d'agir au mieux de leur intérêt et selon la grandeur de vos sentiments.

Emmené dans une salle garnie de tous les appareils optiques, électriques et radiotélégraphiques que la science la plus avancée pût mettre à sa disposition, Oronius se convainquit que les Polaires n'ignoraient rien des secrets qu'il avait si péniblement arrachés à la Nature.

Mais, remettant à plus tard les réflexions qu'il pouvait faire à ce sujet, il songea à ne pas laisser deviner par les mandibulés l'étendue de ses propres connaissances et, feignant l'embarras, il sollicita du Polaire qui l'avait accompagné quelques explications sur l'usage et le maniement des appareils.

Celui qu'il se fit expliquer tout d'abord n'était ni plus ni moins que l'équivalent de son œil cyclopéen.

Il en demeura tout pantois, mais le mit en service sans tarder pour suivre les faits et gestes de Jean Chapuis, de Cyprienne et de leurs compagnons, qu'il retrouva dans le jardin affolant. Usant ensuite d'un transmetteur de signaux lumineux, il put les faire sortir et les guider vers l'*Alcyon* ; ce fut alors qu'il leur envoya ce message qui devait les décider au départ.

CHAPITRE XV
À MOI !... HANTZEN ! YOGHA !

Satisfait de sa docilité, le Polaire Supérieur avait laissé son prisonnier libre d'errer à sa guise dans l'étage de la tour qu'il lui avait assigné comme résidence. Il l'autorisa également à se promener dans certaines parties des jardins, tout en lui fixant des limites qu'il ne devait point dépasser.

Notre savant, est-il nécessaire d'en faire l'aveu, entendait bien ne pas respecter cette dernière consigne.

Il avait peu à peu, et sans en avoir l'air, dénombré et catalogué les forces dont disposaient ses geôliers en leurs mystérieuses usines ; il était lui-même à même d'en utiliser quelques-unes selon ses besoins, et notamment pour communiquer avec les siens. Cependant, il ne montrait aucune hâte, car il ne voulait mettre en œuvre cette première – et peut-être unique – communication qu'à bon escient et seulement quand il aurait surpris ce qu'il appelait « le secret du Pôle ».

Au fond, pour lui, ce secret était celui de la comédie, car il s'agissait d'une sorte d'invasion de la terre ; il n'en doutait plus maintenant.

De toute évidence, les Polaires, arrivés au plus haut degré de civilisation que le monde eût encore connu, se préparaient à revendiquer la première place et à reléguer l'humanité au second rang.

Dans l'esprit d'Oronius, un seul point restait imprécis ; – or, ce point avait une importance capitale ! – Qu'emploieraient et que prépareraient présentement les factieux désireux de reprendre aux hommes la maîtrise du monde ?

Il avait l'intuition que certaines usines, dans lesquelles il ne réunissait pas à pénétrer, étaient destinées à provoquer des cataclysmes mondiaux à la faveur desquels les Polaires devaient compter pouvoir exécuter plus aisément leurs desseins.

Il soupçonnait aussi vaguement la mise sur pied, en grand secret, d'une armée très particulière ; nombreuse ? sans doute... Difficile à repousser ? probablement... Très meurtrière ? à coup sûr ! Mais de quels soldats se composerait-elle ? C'était là ce qu'il fallait savoir et aussi quel serait le plan de campagne. Alors, seulement, Oronius pourrait risquer le tout pour le tout et tenter de mettre ses semblables sur leurs gardes par l'intermédiaire de Cyprienne et de Jean Chapuis.

Il surveillait, en un coin retiré des jardins, un enclos qui lui semblait particulièrement suspect. Il ne pouvait se tenir de rôder autour, mais sans parvenir à jeter un coup d'œil à l'intérieur.

Le mur entourant cet enclos s'élevait à une grande hauteur et dérobait aux regards ce qui s'y tramait ou s'y fabriquait. Cependant, il était facile d'apercevoir la partie supérieure et les terrasses des constructions qu'il enfermait.

D'autre part, lorsqu'il réussissait à côtoyer cette enceinte, Oronius ne pouvait manquer d'être intrigué par les gémissements de souffrance qui parvenaient à ses oreilles. On eût dit que derrière les murailles des *humains* souffraient et se plaignaient.

Des humains ? Y avait-il donc d'autres humains qu'Oronius en ce séjour ? En ce cas, que faisait-on d'eux et à quelles tortures les soumettait-on pour leur arracher des plaintes aussi douloureuses ?

Et, chaque jour, les gémissements se renouvelaient. Les bourreaux étaient-ils donc inlassables ? Pourquoi cet acharnement ? Et pourquoi ce raffinement de cruauté ?

Apitoyé, et en même temps inquiet, le prisonnier semi-libre ne cessait de guetter de loin en loin les environs du sombre enclos des lamentations. Il espérait que quelque indice finirait par lui en livrer le secret.

Il fut tout d'abord considérablement déçu, car sa faction toujours prolongée et renouvelée à différentes heures ne lui livrait jamais rien. Ou bien il jouait de malchance, ou bien il fallait conclure que la porte, d'ailleurs invisible, de cette prison où l'on torturait était autant dire condamnée.

Les misérables qui s'y trouvaient enfermés, sous la garde d'impitoyables tourmenteurs, n'avaient-ils donc aucune communication avec le monde extérieur ? Étaient-ils, comme au temps jadis les assistés par contrainte des léproseries, destinés à une séquestration perpétuelle, dont la mort seule les pouvait délivrer ?

En cette hypothèse même, ne fallait-il pas qu'une porte se fût ouverte pour leur livrer passage à leur arrivée ?

Soudain, Oronius pensa aux tours sans portes, dont le mystère lui était à présent expliqué par la nature même des indigènes polaires. Il savait que ceux-ci, utilisant les ailes dont la Nature les avait pourvus, ne marchaient qu'à l'intérieur de leurs demeures. Dès qu'ils sortaient, ils empruntaient la voie des airs et se risquaient rarement sur le sol entre leur point de départ et leur point d'arrivée. Pour cette raison, on n'accédait à la tour que par la terrasse supérieure.

— Et dire que mon Parisien Victor traite son Paname de pur nid d'oiseaux ! sourit-il. Ah ! les Polaires n'auraient point de peine à rendre des points à nos libellules !

Il se toucha le front, pensant tout à coup qu'il en devait être de même pour l'enclos que pour les tours. Aussi se mit-il à surveiller les terrasses des constructions apparaissant au-dessus des murs.

Bien lui en prit. À diverses reprises, il put observer l'arrivée d'aéroplanes de grand parcours, qui descendaient du plafond de brume et s'abattaient sur les terrasses. Ces avions étaient montés par des Polaires qui en débarquaient de véritables cargaisons de singes.

— Oh ! oh ! pensa-t-il ébahi. Nos insectes s'humanisent-ils en démontant, pour se les greffer, quelques parties de ces animaux, comme le faisait autrefois le docteur Voronoff, inventeur des glandes de Jouvence ?

Mais le lendemain même du jour où il avait observé ces arrivées, Oronius fit une seconde découverte : il assista cette fois à un départ ; les mêmes animaux qu'on avait amenés étaient réembarqués et emportés vers l'inconnu.

Étaient-ce bien les mêmes ? Le Maître en douta de suite. Ou, en tout cas, il dut conclure que, dans l'intervalle de la nuit, ils avaient subi une importante transformation, car leur aspect s'était profondément modifié.

Les singes débarqués de l'aéroplane se montraient turbulents, bruyants et rageurs. Ils étaient attachés et les insectes qui les amenaient ne pouvaient s'en faire obéir qu'en les châtiant rudement. Bref, à part la malice, ils étaient à peine supérieurs aux autres animaux.

Il en allait tout autrement au départ. Alors, plus de chaînes, plus de coups, plus de tapage. Les singes reparaissaient libres et taciturnes, dolents et presque graves. Il y avait en eux une dignité nouvelle, dont ils semblaient avoir pris conscience. L'expression de leurs yeux et leur attitude avaient changé. Ils s'embarquaient d'eux-mêmes et sans que leurs gardiens eussent à intervenir.

Oronius demeura stupéfait.

Le travail intense de sa pensée lui fit aussitôt entrevoir une partie de la vérité. Il s'expliquait les cris, les arrivées et les départs.

L'enclos était bien véritablement un lieu de torture. On y soumettait les singes amenés à des expériences et à des opérations qui les transformaient dans un sens très différent de celui pratiqué par le docteur Voronoff… dans un sens cérébral et non glandulaire.

Mais dans quel but ? Et que faisait-on, par la suite, des animaux ainsi transformés ? Vers quelle destinée nouvelle les mystérieux aéroplanes les emportaient-ils ?

Dans un éclair de cette lucidité particulière qui est l'apanage du génie, le Maître trouva la réponse :

— Parbleu ! c'est là leur armée ! s'exclama-t-il. Ce sont des soldats qu'ils se fabriquent pour envahir le monde ! Contre l'humanité, ils vont dresser les animaux affranchis par eux… Je vois… Je vois…

Il entrevoyait, en effet, des choses redoutables. Et, comme Jean Chapuis, il s'effarait devant cette perspective de cauchemar.

C'était vraiment une idée infernale qu'avaient eue les insectes supérieurs.

Mais comment leur était-elle venue ?

Il y avait encore beaucoup de choses qu'Oronius souhaitait apprendre.

Plus que jamais, il était prêt à tout risquer pour pénétrer dans le mystérieux enclos des transformations.

Il n'y serait cependant point parvenu si le hasard – en ce cas spécial, vraiment providentiel, – ne lui eût fait découvrir, dans les laboratoires qu'il traversait librement, une cuve de la substance qui donnait l'invisibilité.

Comme Archimède, il n'avait plus qu'à s'écrier :

— J'ai trouvé !

Cette fois, il tenait l'infaillible moyen.

Il suffisait de prendre *un bain d'invisibilité*, et pour cela de se plonger tout entier dans la cuve.

Oronius s'y décida instantanément. L'effet qu'il avait déjà expérimenté sur une de ses mains, fut immédiat. Tout son corps disparut à ses propres regards ; cela lui produisit même une impression bizarre d'être tout à coup devenu invisible jusque pour lui-même.

Il se sentait, mais ne se voyait plus ; il faisait des gestes et n'en apercevait point le sens ni la portée.

Sa matérialité semblait n'être plus qu'une illusion que le témoignage de ses yeux ne pouvait plus confirmer.

Il ne s'amusa d'ailleurs pas longtemps au petit jeu de surveiller ses nouvelles impressions. Il savait cette invisibilité éphémère : elle ne durerait que quelques heures ; ce temps écoulé, sous peine de redevenir perceptible, il lui faudrait retourner à la cuve et renouveler le bain. Comme ce retour à l'invisimmersion pouvait n'être pas immédiatement possible, les instants étaient précieux et il importait de ne pas les gaspiller.

Le Maître, certain de n'être point vu, se dirigea donc vers l'enclos.

Un instant, il eut du regret de n'avoir pu trouver, avec l'invisibilité, une petite paire d'ailes de Polaire, car il lui restait à franchir le mur.

Tandis qu'il le longeait, en quête d'un endroit propice à l'escalade, il entendit soudain *derrière*, c'est-à-dire à l'intérieur de l'enclos, des voix prononçant des phrases dans sa propre langue maternelle.

On parlait français !…

À vrai dire, ce n'était pas là un fait extraordinaire, puisque le vieux chef polaire avec lequel il avait eu sa première entrevue avait fait preuve d'un polyglottisme presque universel et l'avait entretenu avec la facilité et le purisme bon enfant qui firent la réputation des Lavedan, des Strowski, des Batilliat.

Mais si la conversation que surprenait Oronius avait été tenue entre quelques insectes géants, il aurait été plus logique qu'elle eût lieu en leur idiome particulier.

Or il en était autrement, il fallait donc supposer qu'un au moins des interlocuteurs était un *homme*.

Un homme – un autre homme que le sauveur de Paris à l'intérieur du mystérieux enclos ! Cela valait la peine d'être éclairci.

Le Maître prêta une oreille attentive.

Et voici ce qu'il entendit :

— Vos élèves font merveille, disait une première voix, en laquelle Oronius reconnut celle du chef des insectes supérieurs. J'ai reçu les meilleures nouvelles de leur zèle. Leur besogne se poursuit activement et fait boule de neige. Ils ont déjà jeté le trouble parmi les grandes nations. Bientôt, grâce aux singes-chirurgiens, un nombre suffisant d'animaux sera humanisé et nous pourrons passer à la définitive offensive.

— J'ai simplement tenu ma promesse, répondit une autre voix, qui fit tressaillir le père de Cyprienne. Madame et moi sommes prêts à tout pour nous montrer alliés fidèles et nous rendre dignes de votre amitié.

Fébrilement, oubliant toute prudence, Oronius, ayant cueilli une feuille d'arbuste, aussi dure et tranchante qu'un instrument d'acier, s'était mis à écorcher le mur, fait d'une sorte de pâte à la vérité peu solide. Ayant constaté la friabilité de cette matière, il insista, creusa, et il eut tôt fait d'ouvrir une sorte de fenêtre par laquelle il put glisser un regard indiscret.

Tout de suite, il découvrit trois silhouettes.

La première, comme il s'y attendait, était celle du chef suprême des Polaires.

Mais les deux autres le firent se rejeter en arrière, puis s'éloigner rapidement.

C'étaient Hantzen et Yogha, les irréconciliables ennemis du Maître.

*** ***

Vivants encore ? Et présents au Pôle, en train certainement d'y poursuivre leur œuvre de haine ? Décidément la fatalité s'en mêlait !…

Hantzen et Yogha connaissaient-ils donc la présence d'Oronius parmi les Polaires ? Était-ce en suivant ses traces et celles de l'*Alcyon-Car* qu'ils étaient eux-mêmes parvenus au Pôle austral ?

Non pas…

Ils pouvaient, à la vérité, supposer que l'avion de leur ennemi avait été anéanti avec ses passagers par la solidification de l'air[1]. C'était ce but qu'ils avaient souhaité atteindre quand ils avaient eu recours à cette manœuvre catastrophique.

Mais il n'était pas étonnant qu'eux-mêmes y eussent survécu, puisqu'elle était leur œuvre. Ils avaient pris naturellement leurs précautions.

Enfermés tous deux dans une alvéole isolante et insensible aux pressions extérieures, ils avaient, comme l'*Alcyon*, été projetés dans les airs, lors de la dislocation explosive de la masse d'air soli-

---

1 Voir *Le Réveil de l'Atlantide*.

126

difiée. Et, voyageant sur les mêmes courants, comme l'*Alcyon*, ils étaient retombés… au Pôle.

Seulement, le Destin les avait fait choir exactement sur la plateforme de l'une des tours, de sorte qu'ils s'étaient trouvés immédiatement au pouvoir des Polaires.

Cette situation n'était pas pour embarrasser une personne aussi habile que Yogha. La diplomatie de Hantzen aurait été un peu lourde et maladroite. Mais la machiavélique Hindoue, qui savait lire dans les cerveaux et connaissait *le langage universel de la pensée*, n'avait eu aucune peine à gagner les bonnes grâces des Polaires et à pénétrer leurs projets.

Elle n'en était pas à une trahison près. Sans hésiter, jouant le tout pour le tout, elle leur avait proposé son alliance et celle de Hantzen. L'un et l'autre se déclaraient prêts à mettre leur science et leur pouvoir au service des rivaux des hommes et à les aider à arracher le sceptre que détenaient les humains.

Après un interrogatoire serré, qui avait permis aux Polaires de se rendre compte de la valeur de l'aide qui leur était offerte, le traité avait été conclu.

Et c'était ainsi que Hantzen, installé dans un laboratoire mis à sa disposition, avait pu entreprendre la transformation du règne animal.

*** ***

Ce ne fut qu'après s'être éloigné du dangereux enclos qu'Oronius s'aperçut de la cessation de son invisibilité. L'effet protecteur du bain avait dû prendre fin tandis qu'il plongeait ses regards anxieux dans l'enceinte interdite.

C'était là un fâcheux contre-temps ; car il se pouvait qu'il eût été aperçu.

L'avait-il été ?

Il ne voulut point s'en préoccuper ; ou plutôt, s'il admit cette éventualité, ce fut pour en déduire qu'il devait agir au plus vite et avant qu'on n'eût le temps de contrarier son dessein.

Il en avait appris suffisamment. Il estimait qu'il était grand temps de rentrer en communication avec les hommes, en envoyant à Jean Chapuis le message promis.

Tout était prêt à cet effet.

Les jours précédents, profitant de la liberté qui lui était laissée, il avait utilisé les sources électro-magnétiques des Polaires pour constituer cette précieuse *voûte conductrice du son* qui allait lui permettre de converser avec son élève et de le prévenir du danger imminent.

On devine avec quel émoi les hôtes du Palais-Laboratoire reçurent et entendirent jusqu'au bout les détails de cette impressionnante communication.

Lorsque le Maître eut cessé de parler, après quelques exclamations apeurées, avidement ils l'interrogèrent. Que devaient-ils faire pour combattre la terrible invasion ?

— Les animaux recérébrés ne sont que l'avant-garde, répondit Oronius. S'il n'y avait qu'eux, je crois que le genre humain l'emporterait finalement… Mais il y a ces effrayants Polaires, dont l'intelligence dépasse celle de la moyenne de nos contemporains. C'est contre ceux-là qu'il est urgent d'aviser.

— Que faire, Maître ?

— Moi seul et sur place pourrais organiser cette défense. Il faudrait donc que je vous rejoigne sans tarder. Voici donc ce que je compte faire. Je vais…

Sa phrase fut interrompue soudain.

— À moi ! l'entendit-on crier d'une voix forte. Les voici… Ils accourent… Hantzen… Yogha…

Puis ce fut le silence – un terrible silence… La voûte magnétique venait d'être détruite, laissant la famille du Maître dans la plus cruelle incertitude.

Désormais, rien ne répondait à leurs appels désespérés. Et, chose affreuse, il leur semblait voir se jouer l'épilogue du drame qui se dénouait à des milliers de lieues…

CHAPITRE XVI
À LA NICHE !

Les suppositions désolées de Cyprienne et de Jean Chapuis ne s'étaient égarées que sur un point.

Si les Polaires visaient à un but de domination par l'emploi de moyens difficilement admissibles, du moins ne pouvaient-ils être accusés d'avoir détruit la *voûte-téléphone* et interrompu la communication.

L'auteur de cette « coupure », c'était Oronius en personne…

D'ailleurs, pour accomplir ce geste désespéré, il n'avait même pas attendu d'être appréhendé. Délibérément, dès que, de loin, il avait vu accourir vers lui ceux dont il devinait les intentions hostiles, il avait dispersé les courants constitutifs de la voûte et brouillé les appareils émetteurs.

Pour quelle raison ?…

Lui-même s'en était expliqué brièvement en criant à ses êtres chers – sa fille, son élève, ses dévoués serviteurs – comme une suprême mise en garde, les noms abhorrés de leurs persécuteurs.

Hantzen !… Yogha !…

Car Oronius venait de les apercevoir, se dissimulant entre les insectes géants qui se précipitaient vers lui.

Or, il redoutait encore plus l'esprit pervers de l'Hindoue et de son acolyte que la colère des rivaux des hommes.

Ces derniers n'allaient s'en prendre qu'au genre humain. Atteints de la même phobie, Hantzen et Yogha haïssaient en outre et spécialement la famille d'Oronius.

Ils venaient de le prouver une fois de plus en lançant les Polaires aux trousses du Maître.

Car c'était à eux, il n'y avait pas à en douter, qu'Oronius devait d'être surpris. Yogha l'avait aperçu et reconnu par le trou du mur, juste à l'instant où son invisibilité cessait d'être parfaite.

Sa haine en éveil n'avait même pas pris le temps de s'étonner.

De suite, elle avait agi et dénoncé la présence du Maître.

D'ailleurs l'apparition d'Oronius n'avait pas été pour elle une surprise. Elle s'attendait à le rencontrer. Certaines allusions des

Polaires sur le passage de l'*Alcyon* à travers leur domaine, puis le récit de la capture d'un des passagers lui avaient fait soupçonner la vérité. Comme Hantzen et comme elle, Oronius et les siens pouvaient avoir échappé aux conséquences de la solidification de l'air.

Elle et son complice étaient donc pareillement sur leurs gardes. Aussi, dès qu'ils eurent découvert et signalé la curiosité d'Oronius, ils engagèrent leur allié à le faire chercher. Quelques questions insidieuses leur ayant fait connaître de quelle liberté de faveur le Maître avait jusqu'alors bénéficié, ils n'eurent aucune peine à faire admettre au chef des Polaires l'imprudence d'une semblable magnanimité.

— Vous ne connaissez pas ce personnage ! affirmèrent les deux aventuriers. Votre confiance en lui nous en fournit la preuve. Si vous aviez déjà eu des rapports avec lui, avertis par sa fourberie, vous vous seriez méfiés. Sous ses dehors paisibles, c'est le plus rusé et le plus inventif de vos ennemis. Il ne cherche qu'une occasion de mettre à mal votre œuvre, soyez-en certain, et il y parviendra, nous pouvons vous l'affirmer, si vous lui en laissez le temps. Son but a tout d'abord été d'endormir votre vigilance, en vous laissant croire qu'il était inoffensif. Mais, à vos dépens peut-être, vous apprendrez à le mieux connaître : c'est le *Maître des Hommes*. En ce moment, il est possible… il est certain, devrions-nous dire… qu'en secret… chez vous et contre vous, il machine quelque perfidie. Hâtez-vous de le faire rechercher et de vous assurer de sa personne ! Dans une heure, il serait trop tard.

Le Polaire suprême avait suivi ce conseil et prescrit des battues immédiates. Tous les insectes, alertés, se mirent à fouiller les moindres recoins de leur domaine.

Oronius ne pouvait donc manquer d'être rapidement découvert. Le hasard voulut qu'il le fût par la bande que dirigeait en personne le chef des insectes et à laquelle Hantzen et Yogha s'étaient joints.

Il n'en fallut pas plus pour alarmer notre savant et le décider à supprimer sans coup férir toute possibilité de communication entre les siens et les deux traîtres à l'Humanité.

Dans la *voûte-téléphone*, les Polaires n'eussent vu sans doute qu'un moyen d'épier ce qui se passait sur les terres lointaines encore soumises à la domination barbare des créatures au corps trop mal protégé, puisqu'elles étaient obligées de se vêtir. Les paroles imprudentes que leur inquiétude pouvait suggérer à Jean ou à Cyprienne ne les auraient point intéressés.

Il n'en devait pas être de même avec l'Hindoue et son complice. Avertis de la présence des deux jeunes gens à l'autre bout de l'arc magnétique, ils n'auraient pas manqué d'utiliser contre eux l'invention d'Oronius.

Heureusement, comme nous le savons, cette ressource, ils n'allaient point pouvoir en faire usage : l'œuvre était détruite. Et ils ne pourraient jamais soupçonner l'occupation à laquelle se livrait le Maître, à leur arrivée.

Déjà, celui-ci était appréhendé par quelques insectes. Il n'opposa d'ailleurs aucune résistance.

À quoi bon ? L'issue de l'aventure ne lui semblait pas douteuse. Pris à l'improviste, et n'ayant avec lui aucune de ses armes, toute sa science n'aurait pu lui permettre de tenir en échec la Société des Polaires.

Le mieux était donc de se résigner à l'inévitable.

Et pourtant, en quelles mains tombait-il ! Tout son stoïcisme allait-il suffire à lui faire accepter cette misérable situation ? Car cette fois, ce n'était plus seulement la volonté du Polaire suprême qui allait décider de son sort. Une autre influence néfaste entrait en jeu ; et elle était particulièrement malveillante, car c'était celle des vaincus de l'Everest, celle des morts-vivants du *Snaky*[1]. En résumé, c'était celle de l'Hindoue Yogha et de Otto Hantzen, le poussah.

Ils intervinrent aussitôt.

— Quels gardiens allez-vous donner à ce dangereux conspirateur ? demanda la première avec une doucereuse hypocrisie. Si vous voulez m'en croire, il en faudrait qui le connaissent bien pour ne pas se laisser prendre à ses ruses. Confiez-le-nous. Nous nous chargerons de le réduire à l'impuissance.

Le Polaire suprême répondit à cette requête par un geste d'acquiescement insouciant :

— Soit ! Puisque vous semblez tenir à remplir ces fonctions de geôlier, je consens à le mettre sous votre garde. Il va vous être livré ! Vous répondrez dorénavant de ses actes... sur votre vie !

---

1   Voir *Le Réveil de l'Atlantide*.

Ce n'était peut-être pas tout à fait la carte blanche qu'avaient escomptée les associés. Ils demeuraient responsables d'Oronius vis-à-vis des Polaires, cela signifiait qu'on pouvait leur demander compte de ce qu'ils en auraient fait. Ils ne pouvaient donc pas le supprimer. Pour beaucoup de diplomatie... piètre résultat.

Néanmoins, Yogha se contenta de cet incomplet avantage. Au bout du compte, le savant serait un peu à sa merci. Oronius entre ses mains, c'était déjà la possibilité de satisfaire sa haine par mille petites vexations.

— Nous nous en chargeons, dit-elle avec assurance.

Et elle fit signe aux Polaires qui s'étaient emparés du Maître de la suivre avec leur prisonnier.

Précédé de ses nouveaux maîtres, le père de Cyprienne se vit ramené vers l'enclos des lamentations, dans lequel il pénétra par un passage tubulaire que toutes ses investigations n'avaient pu découvrir.

Mais on ne s'y arrêta point. Visiblement, en ce qui concernait la transformation intellectuelle des animaux, le rôle de Hantzen était fini. Cette partie du programme ne devait pas être poussée plus loin, puisqu'il ne s'était agi que de constituer et de lancer contre l'humanité une avant-garde. Elle était uniquement destinée à recevoir le premier choc de réaction défensive et à épuiser la combativité de la race « peau-tendre ». Il ne pouvait entrer dans les calculs des insectes d'affranchir la totalité du règne animal. C'eût été compromettre leur domination future.

Laissant donc les bâtiments qui avaient abrité les exploits chirurgicaux de l'inventeur du *Sphérus*, l'escorte d'Oronius se dirigea vers le bord de la mer et s'arrêta sur un plateau assez vaste qui la dominait en corniche.

Un bizarre chantier s'y trouvait installé.

Le Maître n'eut pas tout d'abord le loisir de l'examiner.

Car il lui fallait auparavant subir l'arrogante joie de ses ennemis. Ceux-ci s'approchèrent de lui afin de jouir de leur triomphe.

— Ainsi donc, éternel et tout-puissant Oronius, te voilà à notre merci ? ricana le gros homme, dont l'énorme bedaine fluait au-dessus de sa ceinture, comme le fait le flot montant à l'assaut du rivage.

— Tu t'es laissé prendre au trébuchet avec l'imbécile oisiveté du plus vulgaire des étourneaux ! appuya le soprano de Yogha. Feignant la perplexité, mais avec une intention de raillerie insultante, Hantzen reprit, s'adressant à l'Hindoue :

— Dites-moi, belle amie, n'avons-nous pas été excessivement imprudents en sollicitant la garde de ce génie ? Est-il de ceux que de faibles chaînes peuvent retenir ? En existera-t-il d'assez solides pour lui ? C'est pour le moins un quart-de-dieu, si nous en croyons des louanges dont le Monde nous a abasourdis à son propos. Avec quel métal suffisamment précieux peut-on bien oser enchaîner un quart-de-dieu ? Il lui suffira d'en formuler le souhait pour voir ses entraves tomber d'elles-mêmes et très respectueusement à ses pieds.

— Bah ! répondit Yogha, plus méprisante encore, sa réputation a été bien surfaite. Il est un peu de la catégorie des prestidigitateurs et des tricheurs de casino : s'il veut opérer avec succès, il lui faut avoir les mains libres, une scène obscure et des gogos de spectateurs abominablement myopes. Autrement, ses merveilleuses facultés font piteuse figure et perdent leur pouvoir. Mettons-lui une bonne paire de menottes et, vous le verrez, ce puffiste se tiendra tranquille ; il ne tentent pas de nous émerveiller par le moindre simulacre de miracle.

— Y pensez-vous, Yogha ? Ce ne sera pas suffisant. Il ne faut pas donner au lascar ses coudées franches, le laisser aller et venir. Il finirait par nous jouer la fille de l'air.

— Nous ne le perdrons pas de vue, n'est-ce pas. Et puis, si vous y tenez, il est facile de l'enchaîner complètement, en prenant la précaution de ne rien laisser à sa portée.

Cet avis ayant prévalu, Oronius, dûment enchaîné par une quintuple chaîne qui enserra ses poignets, ses chevilles et son cou se vit assigner pour logement une niche en bois, en tout semblable à celles dont on faisait encore usage pour la gente canine.

C'étaient de bien mélancoliques journées en perspective et la condamnation à une méditation quasi perpétuelle.

— Quel souvenir ! pensa Oronius en secouant ses maillons ; n'ai-je pas vu quelque chose de semblable il y a longtemps… longtemps… Eh oui, c'était à l'époque où l'on faisait du film dramatique : Joubé dans la niche de Médor… Lagardère se déguisant en bossu pour démasquer une certaine fripouille... Mais il n'était pas enchaîné, lui... Aurai-je sa chance et pourrai-je, en fin de compte, mettre mon pied sur la tête de cette vipère, sur le ventre de son constrictor ?

Immobilisé dans cette niche par la longueur restreinte de ses chaînes, le Maître ne devait avoir pour toute distraction que la contemplation du paysage disposé en face.

Et ce serait toujours le même.

— Te voilà devenu chien de garde !... Tire-toi de là si tu le peux avant que nous ayons le temps de nous occuper définitivement de toi, ricana Yogha. Autrement, nous proclamerons la faillite de ton prétendu génie et tu deviendras pour le monde un objet de dérision.

— Il fera néanmoins recette avant peu, riposta Hantzen. Je sais un jour prochain où il lui sera donné de s'exhiber une fois encore et de connaître les joies du *triomphe*... Ce triomphe, il est vrai, sera le nôtre et celui de nos alliés, célébré à la manière romaine. Ce vaincu y figurera derrière notre char... Ce sera sa dernière parade officielle...

Sans les écouter, Oronius eut soudain un autre rappel : Un jour, à une époque beaucoup moins lointaine que celle de son récent souvenir, n'avait-il pas envoyé à la niche Jarrousse-Bambo, l'homme transformé en singe ?... Juste retour des choses d'ici-bas, c'est lui qu'on y envoyait à présent... Et comment !...

— Puis nous l'expédierons dans l'autre monde, lui et les siens, sans tambour ni trompettes, conclut Yogha. La fin est proche pour les arrogants humains qui n'ont pas su nous comprendre et ont refusé de nous honorer. Demain, asservi par nos puissants alliés, l'homme reprendra sa vraie place... – la tienne – à la niche !

— Nous seuls serons à l'honneur !

— Parce que nous aurons été à la peine. Remettons-nous à l'œuvre, vaillant Hantzen ! Le dénouement est proche.

CHAPITRE XVII
LA CHEVELURE DE FLAMMES

Ayant ainsi jeté leur venin, les deux misérables s'éloignèrent, laissant à Oronius tout loisir de méditer leurs dernières paroles.

Après sa réflexion séculairement rétrospective, il venait de reprendre tout son sérieux. Il avait d'ailleurs sous les yeux de quoi exercer sa sagacité.

À quelle besogne, à quels singuliers préparatifs se livrait-on sur ce coin de terre polaire ? Y exécutait-on des travaux de défense ou d'attaque ?

Il y régnait une activité fiévreuse. Les travaux dirigés par Hantzen paraissaient être de deux sortes : travaux d'excavation et d'extraction tout d'abord ; travaux d'amoncellement ensuite.

Dirigées et surveillées par des équipes de Polaires, de puissantes machines fouillaient l'intérieur du sol, dans lequel plusieurs puits de mine avaient été forés. Des chapelets de bennes en remontaient sans cesse une poudre violette qu'ils déversaient en la répartissant sur une vaste circonférence.

Et, peu à peu, une colossale montagne artificielle, formant couronne, se haussait autour de la frelonnière active.

En raison des formidables moyens que la science mettait au service des Polaires, ce travail avançait avec une rapidité vertigineuse. Oronius voyait la montagne croître à vue d'œil, comme si elle s'était lentement soulevée en sortant du sol.

Il avait beau se creuser la cervelle, il ne pouvait deviner le pourquoi de ce travail.

Néanmoins, il devait être assez promptement fixé par l'expérience. Des signes évidents l'en avertissaient déjà.

C'étaient d'abord certains aménagements auxquels faisaient procéder son hippopotamesque compétiteur en science et la princesse hindoue, devenue son ennemie jurée depuis le jour où elle avait appris les fiançailles de Cyprienne avec Jean Chapuis qu'elle eût voulu séduire. Profitant des excavations creusées, tous deux faisaient construire et meubler des abris souterrains. Ils y faisaient accumuler des réserves d'approvisionnements de toute nature, et aussi des appareils et tout le matériel nécessaire pour créer et utiliser les énergies électriques, radio-actives et magnétiques.

Ces souterrains possédaient, à la surface du sol, une entrée unique, qui pouvait être hermétiquement fermée par une double porte, formant au besoin cloison étanche.

Quelques bribes de conversation parvenues aux oreilles du Maître lui avaient fait pressentir la destination de ces abris.

— Voilà notre *maison d'hivernage* terminée, disait Hantzen. Il faut bien prévoir ici quelques bouleversements, et notamment *la disparition du jour et de la chaleur*. Or, nous ne pourrons rejoindre les autres là-bas qu'après le résultat définitivement acquis.

— Évidemment, approuvait Yogha. Le refuge est prêt, c'est une excellente précaution. Cependant, au cas où le froid viendrait nous surprendre si brusquement qu'il nous mettrait dans l'impossibilité de gagner notre abri, ne pourrions-nous nous protéger d'une façon moins aléatoire ? Il ne faut pas qu'il nous tue !

— J'ai aussi prévu cela, lui assura le gros homme. Voici des combinaisons radio-thermiques que nous allons pouvoir revêtir dès maintenant.

Désignant Oronius d'un imperceptible coup d'œil, l'Hindoue conseilla :

— Ayez soin de l'en pourvoir également. Il serait regrettable de le voir nous échapper...

— Quelle sollicitude pour sa précieuse santé, chère amie !

Elle haussa les épaules :

— Où allez-vous prendre des mots aussi insipides ? Ce n'est point sollicitude. D'ailleurs, pourrais-je être sensible à la façon de vos femmes d'Europe ? Non ! Tout se réduit à ceci : Je ne veux pas qu'il meure encore. Et en voici la raison : *Je le réserve pour une fin moins banale !*

Ces paroles auraient certainement fait frémir un homme d'une autre trempe qu'Oronius.

Il les accueillit sans sourciller et ne daigna même pas questionner quand, selon les indications de Yogha, ses geôliers l'affublèrent de la combinaison radio-thermique.

Il ne retenait qu'une seule phrase : celle qu'avait prononcée Yogha en s'éloignant :

— Tout est prêt. *C'est pour aujourd'hui.*

Parlant ainsi, elle tenait les yeux fixés sur un point de la terre polaire.

D'instinct, le Maître porta ses yeux dans la direction qu'avait paru désigner le regard de la belle goule.

Il découvrit alors dans le ciel une multitude de points noirs qui s'élevaient et s'enfuyaient vers les limites de l'horizon.

Cela ressemblait à un départ d'hirondelles. On eût pu se figurer que des milliers d'oiseaux s'envolaient simultanément.

Seulement ces oiseaux étaient d'une taille très au-dessus de la normale.

Le regard aigu d'Oronius ne tarda pas à les identifier.

C'étaient les Polaires. Ils prenaient leur vol.

— Ils partent ! songea le Maître en tressaillant. Ils se rendent sur les lieux où déjà opèrent leurs avant-gardes sacrifiées. Ils vont livrer aux hommes le combat suprême… Ce démon a raison : ce doit être pour aujourd'hui. Hélas ! dira-t-on ce soir : « *Finis Galliæ !* » ? Verra-t-on la race humaine, et particulièrement la nôtre, détrônée par des insectes ?

Il soupira. Le savant s'éclipsait devant le père.

— Que vont devenir mes pauvres enfants ?

Tristement, il reporta ses regards autour de lui. Les derniers rangs de l'armée ailée venaient de disparaître à l'horizon. Il ne restait plus sur le sol polaire que les quelques insectes demeurés avec Hantzen et Yogha. Les travaux avaient pris fin.

D'un mouvement plus automatique que réfléchi, il se tourna encore vers la montagne de poudre violette. Une prescience lui disait qu'elle allait jouer un rôle dans la production des événements attendus.

Effectivement, mais sans qu'aucun bruit se fût fait entendre, le sommet tout à coup se couronna de flammes d'un mauve pâle qui allèrent en se fonçant jusqu'à passer au violet franc…

À un signal de Yogha, Hantzen venait d'appuyer sur un bouton électrique relié à un faisceau de fils de cuivre, qui s'enfonçaient dans la base de la montagne.

L'embrasement du sommet fut complet en un instant ; toute sa surface était devenue incandescente et dégageait les flammes qu'Oronius venait d'apercevoir.

Violettes à la racine, elles devenaient pourpres à quelques centimètres du brasier : elles se courbaient alors et s'allongeaient en se décolorant. Ah ! quel fantastique spectacle ! Leurs langues continues dépassaient maintenant le rebord de la montagne ; elles filaient toutes selon une direction horizontale, s'étirant en longues lignes blanches qui s'en allaient rejoindre l'horizon.

Elles ressemblaient ainsi à une chevelure de comète, mais de comète fixe sur laquelle aurait soufflé un vent violent. Oronius put remarquer qu'elles suivaient *une direction inverse à celle de la rotation terrestre.*

Il put également noter, au bout d'un temps assez bref, que la montagne brûlait, en se consumant selon une progression régulière. Il évalua qu'au bout de la première heure, son volume avait diminué du douzième.

Tout d'abord, aucun autre phénomène ne parut accompagner cette combustion. Les heures succédèrent aux heures sans amener rien de notable en dehors de la diminution régulière de la montagne.

À la sixième heure, la combustion en avait dévoré la moitié.

À la onzième, un craquement sourd et prolongé fit tressaillir le sol.

Comme ce tremblement souterrain avait fait glisser du côté d'Oronius un peu de la poudre restante, il en profita pour en saisir une poignée, qu'il cacha dans une de ses poches…

Peu après, – ce fut aux environs de la douzième heure et les dernières flammes violettes agonisaient, prêtes à s'éteindre, – il remarqua qu'un étrange balancement agitait le sol sur lequel il reposait.

Tirant sur sa chaîne, il parvint à sortir de sa niche, suffisamment pour jeter aux environs un regard circulaire.

Alors une exclamation lui échappa.

La mer qui, tout à l'heure, ne baignait que trois des faces du plateau, l'environnait maintenant de toutes parts.

De promontoire qu'il était, ce plateau venait de se transformer en île détachée du continent polaire.

Et cette île, entraînée à la dérive comme un monstrueux iceberg s'avançait vers les ténèbres de la mer glaciale…

Le balancement s'accentuait… le froid aussi ! Car cette terre libérée, cette île en marche s'éloignait du régime des nuées protectrices.

Était-ce seulement la houle qui secouait ainsi la formidable masse ? Cela ne semblait pas possible.

Il y avait certainement une autre cause.

Or, avant que le Maître, attaché à en deviner la raison, eût pu formuler la moindre hypothèse, l'île entière, soulevée par un suprême tressaillement, piqua brusquement du nez en avant, bascula et se retourna, précipitant dans les flots tout ce qui se trouvait à sa surface…

CHAPITRE XVIII
LE SOLEIL NE S'EST PAS LEVÉ

Consultant son chronographe, Flossonore constata :

— La dixième heure post-solaire ne va pas tarder à sonner.

Cela correspondait à peu près à ce qu'on désignait, aux époques périmées, par ces mots : six heures du matin.

La nuit s'achevait donc ; tout au moins ce qui se nommait autrefois la nuit et s'appelait encore ainsi pour les agglomérations rurales et les campagnes.

En ce qui concernait Paris et toutes les villes de quelque importance, ce vocable avait naturellement perdu son ancienne signification depuis que, pour assurer la continuation des activités, la lumière artificielle du *solarium* avait été chargée de suppléer aux rayons solaires, durant les heures nocturnes.

Un tel bouleversement dans la manière de vivre avait naturellement été accompagné d'une réforme complète du calendrier. Seule, l'année solaire avait subsisté ; mais elle se divisait non plus en mois, mais en treize *révolutions lunaires*, – délices des fatidistes habitués à considérer le nombre treize comme porte-chance… deuil des autres ! – qui comprenaient chacun vingt-huit rotations. Celles-ci, toujours subdivisées en vingt-quatre heures, étaient scindées en deux parties inégales, de longueur variable selon les saisons, et qu'on baptisait, d'après la nature de l'éclairage qu'elles recevaient : *jour solaire* ou jour réel, et *jour post-solaire* ou artificiel.

Cette distinction, il va sans dire, était toute théorique et uniquement utile aux services d'éclairage. Quant au commun des mortels, il ne distinguait, dans chaque *rotation*, que la succession des heures de labeur et des *heures d'agrément*. La monotonie de cette succession sempiternelle de vingt-huit rotations n'était elle-même coupée que par les *jours de liesse*, qui équivalaient aux anciens dimanches mais ne correspondaient pas aux mêmes pour tous. Ils étaient personnels et adaptables à l'individu, de façon que jamais aucune branche d'activité ne chômât complètement, – ce qui eût privé ceux dont c'était le tour de repos du bénéfice d'un plaisir ou de la satisfaction d'un besoin.

Il est à rappeler qu'on n'avait pas à tenir compte du besoin de sommeil, cette fâcheuse obligation – véritable dîme prélevée sur la vie effective – ayant été supprimée et remplacée par un bref passage dans les chambres de délassement.

Flossonore venait précisément de s'y soumettre à l'action bienfaisante des radiations. Il en sortait délassé et comme rajeuni.

Or, véritablement, il en avait eu besoin, car il était en ce moment le plus surmené des Présidents du Conseil. On n'avait jamais vu un chef de gouvernement accablé de tant de soucis simultanés.

Depuis l'alerte de la Fauverie et le début de la révolte des animaux, il n'avait plus goûté un instant de répit.

C'était d'ailleurs en vain qu'il s'agitait et tentait de diriger les événements trop rapides. En réalité, il se voyait débordé et porté par eux, faute d'y comprendre quelque chose.

Justement, durant la *rotation* précédente, il avait reçu une communication de Jean Chapuis.

Le jeune ingénieur, encore tout ému de la conversation qu'il venait d'avoir avec le Maître, par le moyen de la voûte magnétique, n'avait pas cru devoir garder pour lui les renseignements reçus. Faisant trêve à son inquiétude au sujet du grand savant, il avertissait le Président du Conseil.

Selon lui, les confidences d'Oronius éclaircissaient l'énigme de la révolte des bêtes. Cela devenait simple : tout d'abord, la transformation et la fuite des animaux de la Fauverie avaient certainement été préparées et exécutées par des envoyés des Polaires, vraisemblablement par quelques-uns de ces singes-chirurgiens que confectionnait l'abominable Hantzen.

Mais Flossonore, important personnage politique, dont toute l'expérience et la culture scientifique tenaient aisément dans le double soufflet d'un portefeuille de maroquin, n'avait pu trouver cette explication aussi simple que le prétendait le fiancé de Cyprienne.

Des bêtes humanisées ! Des intelligences fabriquées de toutes pièces ! Des hausses cérébrales capables de porter les créatures inférieures au niveau humain ! Était-ce imaginable ? Était-ce compréhensible ?

Les commentaires techniques communiqués par le jeune homme avaient achevé de l'ahurir et de le dérouter.

C'était la *méthode Otto Hantzen*, reconstituée et dévoilée par la méditation d'Oronius, qui, assurait Jean Chapuis, avait causé tout le mal.

Et voici en quoi consistait cette méthode :

En premier lieu, il fallait se bien persuader d'une chose : c'est que la pensée, et ce que nous appelons l'*intelligence*, préexistent chez l'animal tout aussi certainement que dans l'enfant.

À l'état plus ou moins embryonnaire, plus ou moins rudimentaire, le même mécanisme intellectuel, *prêt à être développé*, se retrouve en tous les êtres *et peut-être aussi dans les choses*.

D'où vient, dès lors, que cette intelligence, latente chez tous, s'éveille seulement chez l'homme ? D'où vient qu'elle demeure inerte, confuse, vague, chez l'animal, et ne se manifeste, à son profit, que sous forme d'*instinct* ?

C'est qu'il existe, chez l'homme, ataviquement perfectionné et prêt à fonctionner dès le premier âge, deux centres importants : celui de la *mémoire*, bibliothèque cataloguée de toutes les impressions, et celui de la *conscience*, qui les juge.

Or, ces centres, Hantzen était parvenu à les créer en tout animal : celui de la conscience par le réveil, l'excitation et la culture d'un équivalent embryonnaire de la glande pinéale qu'il rattachait à tous les centres nerveux ; et celui de la mémoire par le développement artificiel de la partie correspondante du cerveau des bêtes.

Il avait pu communiquer l'étincelle à des foyers préparés, mais veufs d'allume-feu.

Le résultat couronnait son œuvre : il avait réussi ; il avait su doter les animaux opérés – jusqu'alors uniquement pourvus d'enregistreurs et de réflexes automatiques indépendants – d'un organe coordinateur qui recueillait l'ensemble des sensations, les reliait et les confrontait.

En entendant cette explication, Flossonore avait porté ses mains à son propre crâne, prêt à éclater. Avec une certaine humilité, il pensa à cette minute que l'intervention du magicien Hantzen n'eût peut-être pas été inutile pour augmenter la lucidité assimilatrice de ses propres méninges.

Déjà Jean Chapuis lui portait un dernier coup. Il lui annonçait froidement que cette transformation intellectuelle de quelques milliers d'animaux n'était d'ailleurs qu'un incident insignifiant par rapport à ce qui devait suivre.

Il y avait trop longtemps qu'hommes et animaux se connaissaient pour qu'ils ne parvinssent pas à s'entendre si on les avait laissés en tête-à-tête.

Une assemblée inter-générique de parlementaires eût donc eu la plus grande chance de préparer un armistice et une entente finale, s'il n'y avait pas eu à compter avec un tiers malintentionné.

Et le jeune ingénieur annonça la prochaine, l'imminente intervention de ces insectes géants et fabuleux installés au Pôle antarctique et qu'Oronius appelait les *rivaux des hommes*.

D'après le Maître, il les dépeignit et dénonça leur projet de conquête.

C'était à une tentative d'asservissement de la race humaine qu'il fallait parer. Dans quelques jours, – ou dans quelques heures, – l'invasion se déclencherait. Il faudrait alors vaincre ou disparaître.

Flossonore était averti. Il n'avait qu'à prendre ses dispositions.

— Il en a de bonnes ! gémit le politicien en recevant la claque de cette conclusion ironique, qui clôturait la communication de Jean Chapuis. Que pouvons-nous faire ?... À moins de tendre un immense filet au-dessus de l'Europe, quelque chose comme une moustiquaire myriamétrique, je ne vois pas trop comment nous aurions chance de nous opposer à cette invasion de vos pharamineux insectes !...

Faute de mieux, il s'accrocha à cette idée, par lui jugée lumineuse. Aussi, durant plusieurs heures, s'obstinant à assimiler aux invasions de sauterelles le fléau dont l'humanité était menacée, il consulta des techniciens sur les divers procédés de défense usités en pareil cas.

— Puisqu'il s'agit d'insectes, fussent-ils géants, il suffira d'amplifier le système proportionnellement à leur taille, répétait-il. C'est une question de diagramme.

Or, tandis que les techniciens rédigeaient fébrilement des rapports, les heures s'écoulaient et le chef du gouvernement ne prenait point de décision, n'ordonnait aucune mesure de défense.

C'était ainsi qu'il avait laissé venir cette dixième heure post-solaire, laquelle allait, étant la dernière, faire succéder le véritable jour à la clarté artificielle du solarium.

Dans tous les postes d'éclairage, les préposés, fidèles observateurs de la consigne, attendaient, l'œil fixé sur le chronographe, l'instant d'interrompre le courant.

Habituellement, ce changement de mode d'éclairage passait inaperçu. Soleil et solarium donnaient exactement la même intensité lumineuse, la même qualité de jour. Sans transition, les citoyens passaient de l'un à l'autre et nul n'y voyait que du feu.

Mais, ce matin-là, il n'en alla pas de même.

Brusquement, à l'heure officielle où le soleil devait reprendre son rôle, tout s'éteignit...

Et, pour la première fois depuis des années, Paris se trouva brutalement plongé dans les ténèbres.

Phaéton n'avait pas attelé ses coursiers, ni sorti son char éclatant...

Le soleil ne s'était pas levé...

CHAPITRE XIX
LA NUIT SUR LE MONDE

— Troun de l'air ! jura Flossonore, Marseillais de Marseille, on doit le deviner, retrouvant soudain, dans son désarroi, avec l'accent de sa ville natale, le juron qui avait gonflé sa première culotte.

Les nécessités politiques le lui avaient fait quelque peu délaisser.

Il se précipita sur le mégatéléphone, dans le but de « secouer un peu les puces à ces messieurs du service d'éclairage ».

Car sa première pensée fut que les gaillards s'étaient trompés d'heure et que leurs chronographes avançaient.

Mais le sien n'était-il pas dans le même cas ? Et la coïncidence était-elle admissible ?

Des chronographes magnétiques dont la marche était réglée par le mouvement même de la rotation du globe ! L'archiprécision !

Troublé par cette considération, car elle lui faisait mesurer l'impossibilité d'une erreur, il alla examiner de plus près son « sablier » vingt-et-unième siècle.

Et il poussa un véritable hurlement de stupeur.

Le chronographe inderéglable s'était arrêté.

C'était là un fait inouï, invraisemblable tout autant que l'hypothèse d'un retard dans l'apparition du disque solaire.

En effet, on était fort loin du temps des horloges boiteuses et irrégulières qu'il fallait surveiller, remonter, régler.

Le chronographe magnétique ne se remontait pas, ne se rectifiait pas, ne s'arrêtait jamais. Son mouvement était la reproduction fidèle de celui du globe terrestre tournant sur lui-même. C'était la rotation terrestre qui le faisait fonctionner.

Alors ?... Comment expliquer cet arrêt, ce détraquement subit de l'indicateur horaire du Président du Conseil ?

Affolé, il cria dans le mégatéléphone :

— Qu'arrive-t-il ?... Quelle heure est-il ?... Rallumez !... Rallumez donc, viedaze ! Je suis sans lumière !

La même réponse lui parvint par toutes les bouches de ses écouteurs :

— Nous aussi !... Et nous n'avons plus l'heure !

Ainsi clamaient les voix inquiètes des Excellences, collègues de Flossonore.

Une subite impression de froid obligea ce dernier à sonner un officieux pour réclamer à la fois un surcroît de vêtements et la mise en action des moyens de chauffage.

Avec une stupeur nouvelle, il apprit qu'un détraquement complet de la température interrompait tous les services et jetait la perturbation dans l'existence parisienne.

Dès lors, des nouvelles aussi stupéfiantes qu'alarmantes se succédèrent sans interruption : une vague de froid glacial qui croissait d'instant en instant s'abattait sur la capitale. On ne pouvait songer à remettre en action les phares du solarium, car toute l'énergie disponible devait être consacrée sans retard à sauver les Parisiens de la mort par congélation. Avant tout, il fallait parer au plus pressé ; ce premier danger conjuré, on verrait, avec les moyens réduits dont on disposait, à éclairer la situation.

Paris demeura donc dans l'ombre.

Car le fait invraisemblable fut confirmé : *le jour n'avait pas paru ; le disque solaire, pour la première fois infidèle, ne s'était pas montré au-dessus de l'horizon.*

Et le sans-fil donna une information encore plus stupéfiante : *le soleil était resté de l'autre côté de la terre. Il continuait à éclairer l'antipode de Paris !*

Du coup, ce fut l'affolement parmi le monde savant. On commenta cette violation du rythme millénaire ; on commenta l'arrêt des chronographes ; on rapprocha le tout de ce refroidissement intense et subit de l'atmosphère, qui menaçait de s'aggraver si l'astre ne reparaissait pas.

Puis, on regarda le ciel – le ciel nocturne que Paris revoyait après plusieurs années d'oubli.

Les observatoires le fouillèrent pendant des heures et des heures.

Et alors, ils communiquèrent au monde ce fantastique renseignement, confirmé par tous les calculs :

La terre ne tourne plus sur elle-même ; la terre s'est arrêtée dans l'espace !…

À l'audition de cet affreux communiqué, le genre humain perdit la tête. Tous et toutes. Ceux qui, de ce côté du globe, étaient condamnés à une nuit perpétuelle, et les autres, plus favorisés, qui allaient pouvoir contempler jour et nuit un soleil immobile, déversant impitoyablement ses rayons, dont aucune interruption n'atténuerait le réchauffement.

Le froid d'une part, de l'autre la chaleur.

Il était facile de prévoir les conséquences désastreuses d'un pareil état de choses. Périr gelé ou cuit : les humains n'auraient à la longue que cette alternative.

Pour le moment, en ce qui concernait l'Europe et particulièrement Paris, les inconvénients de cet inexplicable arrêt n'allaient pas tarder à apparaître ; la consternation régna.

Le gel s'aggravant, il avait fallu se calfeutrer dans les appartements et vivre chichement sur les maigres provisions existant ; on pouvait à peine se risquer dans les rues glaciales et enténébrées. La mort y guettait à chaque pas les infortunés mal entraînés à cette température polaire. Toute vie s'était arrêtée. On se mouvait à peine ; on grelottait en pleine obscurité, et cette ombre trop réelle qui environnait les Parisiens était en même temps l'image fidèle de celle où se débattait le gouvernement, racorni, dans sa détresse. Au propre et au figuré, le citoyen Flossonore et ses collègues avaient cessé d'y voir clair.

Atterrés, il attendaient les événements sans rien tenter pour les prévenir ; ils se berçaient seulement du vague et fol espoir que ce cataclysme imprévu suspendait la menace d'invasion et que les fameux insectes n'oseraient attaquer par cette température mortelle et au milieu de ces ténèbres.

La pensée n'était venue à personne qu'au contraire, ce qui arrivait pouvait favoriser les projets des rivaux des hommes.

Mais le monde ne devait apprendre que par la suite ce détail décourageant : la nuit et le froid avaient été provoqués par les Polaires. Ils avaient conçu cela, ils avaient réalisé cela, avec l'aide de Yogha et de Hantzen : l'arrêt de la rotation terrestre, plongeant dans les ténèbres une partie du globe et paralysant par conséquent la défense des hommes.

En pleine ombre, les Polaires comptaient s'abattre sur Paris, Londres, Madrid, Rome… en somme sur les principales villes de France et d'Europe, afin de s'en emparer et de détruire toute possibilité de réaction… C'était là leur secret !

Comment avaient-ils pu réaliser cette audacieuse conception ?

Il y avait maintes difficultés à vaincre, outre la presque impossibilité initiale d'agir, de la terre, sur le mouvement terrestre pour le suspendre. À supposer résolue cette première partie du problème et découverte la force capable d'interrompre la rotation, il restait ce danger : immobiliser la Terre, c'était faire passer un corps en mouvement de la vitesse acquise à la vitesse zéro. Or, pour notre globe, cette vitesse était fantastique, *telle que le brusque arrêt de sa rotation devait provoquer la désagrégation et la mort de tous ses êtres animés.*

Pour obvier à ce danger, il fallait donc procéder à un *ralentissement progressif* de façon que le passage d'une vitesse à une autre ne pût causer aucun ébranlement mortel dans les organismes des êtres.

Otto Hantzen et les Polaires avaient calculé que vingt-quatre heures suffiraient à passer sans danger du mouvement de rotation à l'immobilité absolue du globe. Il importait pour cela que le freinage, s'accentuant de façon continue, permît à la vitesse de diminuer graduellement de seconde en seconde.

Vingt-quatre heures, en effet, représentent quarante-trois mille deux cents secondes ; et l'organisme humain peut supporter, sans trouble, une diminution de vitesse de plusieurs dizaines de kilomètres à la seconde. Si bas qu'on fixât ce dernier chiffre, cela laissait une marge suffisante pour la réalisation du projet.

Mais le ralentisseur ?

C'étaient les Polaires qui en étaient les « inventeurs ». Ils savaient que leur sous-sol contenait, entre autres matières intéressantes, une poudre violette, facile à extraire et dont la combustion dégageait des courants de sens unique et de force connue.

Ces courants gazeux, lancés à la surface d'un corps, finissaient par l'entourer complètement d'une sorte d'enveloppe poisseuse, non adhérente, mais douée d'un mouvement de sens déterminé et qui usait par frottement celui dont pouvait être animé ce corps enrobé par elle. Il fallait simplement que la direction choisie pour le dégagement des courants fût antagoniste de celle du mouvement du corps.

Le frein, c'était donc la poudre violette, constituant la montagne artificielle qu'avait vu élever Oronius.

Ceci expliquait pourquoi les flammes s'allongeaient dans un sens contraire à celui de la rotation terrestre. Tout avait été combiné et disposé pour qu'il en fût ainsi.

Et les Polaires avaient arrêté la rotation terrestre !…

Suspendue plutôt.

L'effet neutralisateur ne devait, naturellement, avoir qu'une durée limitée : mais cette durée était suffisante pour la bonne conduite de l'entreprise préparée.

On objectera peut-être qu'étant limitée à la moitié du globe, l'opération ne pouvait donner aux insectes l'empire du monde et que, s'ils subjuguaient l'Europe, l'Amérique, par exemple, échapperait à leur action.

Eh bien, comme ils devaient s'en vanter plus tard, après leur première victoire, rien, semble-t-il, ne devait leur être plus aisé que de récidiver, en suspendant de nouveau, et par une manœuvre semblable, la rotation terrestre, de façon à plonger tour à tour dans les ténèbres et le froid l'Amérique, l'Asie, et successivement les autres parties du monde.

Ils surprendraient Pékin et New-York sans plus de difficultés qu'ils n'en devaient avoir à surprendre Paris.

En tout cas, c'était un fait acquis : la première partie de l'expérience avait réussi. La terre était arrêtée ! L'Europe, enténébrée et livrée à une nuit glaciale que ses habitants pouvaient croire définitive, était à la merci des Polaires.

Lorsqu'une de leurs armées descendit sur la capitale des États-Unis d'Europe, terrorisée et transie, elle ne rencontra aucune résistance.

Les Parisiens engourdis virent tout à coup leurs demeures envahies par des êtres si étranges qu'ils crurent à un cauchemar.

Ce cauchemar ne se dissipa point lorsque le soleil reparut, après une éclipse de plusieurs semaines.

L'Europe entière était au pouvoir des Polaires : les armes avaient été détruites et les humains, dépossédés, erraient en troupeaux lamentables, apeurés, harcelés par des gardiens impitoyables.

Partout, dans les palais, dans les usines, dans les ministères, les insectes géants s'étaient substitués à l'homme.

La défaite paraissait complète, écrasante. À l'invasion, rapidement conduite et consolidée, allait succéder le plus humiliant des esclavages.

L'humanité abordait la période de déchéance.

Son règne semblait fini.

Mais pourquoi n'avait-elle pas réagi ? Pourquoi ses conducteurs, ses entraîneurs avaient-ils été au-dessous de leur tâche ?

Qu'avait fait, par exemple, le Ministre des Voies Aériennes, Son Excellence Flossonore, durant la nuit mémorable où les Polaires avaient envahi la Présidence du Conseil ?

C'était simple : à la vue des affreuses silhouettes ailées et sombres, à la vue de ces impénétrables faces, si différentes du souriant visage de sa mégalophoniste, Son Excellence avait pris la fuite.

Bardé de matelas et de couvertures, transformé en noyau de pêche dans un édredon, l'homme politique n'avait pas hésité à se jeter du haut d'une fenêtre sur le pavé de la rue – chute dont il était, du reste, sorti indemne.

Et comme ses vainqueurs n'avaient pas daigné le poursuivre – certains qu'ils étaient de le reprendre tôt ou tard – il avait pu se relever et, sous la piqûre du froid, se mettre à courir éperdument.

Ce n'était pas au hasard.

Dans sa terreur, dans son désarroi, une idée était venue à cet homme ingénieux. Il s'était dit – bien tard, vraiment ! – qu'un seul point de Paris paraissait susceptible de favoriser une défense peut-être triomphante.

Il s'était dit encore qu'il n'y avait, en l'absence d'Oronius, qu'un groupe d'humains capables d'organiser cette défense-là.

Et voilà pourquoi il courait, en grelottant, vers le Palais-Laboratoire, où étaient réunies toutes les forces que la Science peut mettre à la disposition des hommes et où il devait également trouver cet énergique savant et ses aides : Jean Chapuis, Victor Laridon et master Julep, nègre panaché.

Animés par Cyprienne Oronius, digne fille de son père, encouragés par les dévouements de Turlurette et Mandarinette, ces disciples du puissant Maître n'étaient-ils pas de taille à réaliser des prodiges et à disputer aux rivaux des hommes la possession de Paris ?

Flossonore en était persuadé. Ce fut d'ailleurs la seule pensée de génie qui lui vint dans tout le cours de son existence.

Le malheur, nous l'avons dit, était qu'elle arrivait trop tard…

Lorsque le Ministre, essoufflé, eut enfin gagné Belleville et se pré-cipita, un glaçon suspendu à chaque poil de barbe, dans l'atrium du palais, il tomba – devinez dans qui ? – au milieu d'une bande d'insectes géants !

Flossonore poussa un hurlement de désespoir. La demeure d'Oro-nius avait été investie par l'ennemi. Les horribles frelons occupaient militairement le Palais-Laboratoire.

Quel avait été le sort de la fille, du disciple et des serviteurs du Maître ?

Nul n'aurait pu le dire. Les uns et les autres s'étaient mystérieuse-ment éclipsés avant l'arrivée des insectes.

Et l'*Alcyon-Car* n'était plus là.

CHAPITRE XX
L'ÎLE EN MARCHE

À la surface des océans, au milieu d'une nuit dont la noirceur d'encre paraissait s'étendre sur le monde entier, une île flottait.

Cette île, formée du fragment détaché du continent polaire et jouet sans réaction possible des courants marins, s'en allait à la dé-rive, *tête en bas*.

Comment un pareil accident avait-il pu se produire ? Quel était la cause de cet arrachement d'un promontoire continental, devenu îlot par le fait même de sa séparation d'avec la terre, et pourquoi ce sol détaché, s'étant mis à flotter, avait-il basculé si malencontreuse-ment, son envers devenant sa surface, et réciproquement ?

Ces renversements arrivent aux icebergs, lorsque la glace de leur partie immergée, ayant fondu, provoque un déplacement de leur centre de gravité. La partie émergée, devenue alors la plus lourde, est tout à coup entraînée dans un mouvement de bascule, tant par son propre poids que par l'affaiblissement du contrepoids qui cesse de l'équilibrer. Sur cette rupture des forces opposées qui se sont déplacées, elle bascule, plonge et disparaît dans les flots, tandis que la partie jusqu'alors immergée prend sa place.

Ainsi en était-il arrivé au fragment polaire, et pour une raison analogue.

Fouillé et évidé par les extracteurs de la poudre violette, son sous-sol avait peu à peu perdu la majeure partie du poids qui correspondait à son volume.

En même temps, les fouilles imprudentes et mal dirigées créaient entre la presqu'île et la partie solide de la terre antarctique un vide ne laissant subsister que de rares et faibles attaches. Le moindre choc devait donc les rompre. Or, l'action des courants émis du sommet de la montagne en feu ayant préparé la rupture, celle-ci se produisit à l'heure même où la nuit scientifique s'étendait sur l'Europe.

Libérée et entraînée par les courants, l'île culbuta et se retourna comme une barque privée de quille et ayant un faux bord.

Ruisselante encore, la surface émergée était déserte et nue.

Aucune trace de vie n'y existait. C'était le plus désolant des spectacles.

Tout ce qui vivait, tout ce qui animait l'ancienne surface, à présent immergée, avait naturellement disparu sous les flots.

Aucun cri... aucune plainte... Le silence... un silence de mort.

Tout avait donc péri... Hantzen, Yogha, les quelques Polaires demeurés avec les aventuriers...

Et Oronius, – Oronius précipité dans la mer avec ses chaînes, dans sa niche !...

Pourtant, dansant sur les vagues à la façon d'un bouchon, quelque chose surnageait, suivait la course de l'île, s'en rapprochait...

Qui ne se souvient de s'être arrêté devant la reproduction de ce chef-d'œuvre réaliste propagée par la Société Protectrice des animaux : dans le courant tumultueux d'une inondation, troncs d'arbres, meules et troupeaux sont emportés à la dérive ; mais un seul sujet retient le regard, celui d'une niche voguant avec, sur son toit, une famille de petits chiens au-dessus desquels la mère-chienne hurle, appelant au secours.

Eh bien, le bouchon, l'atome, c'était précisément la niche dans laquelle Yogha avait emprisonné Oronius. Elle s'était transformée en barque et flottait, maintenant à la surface le Maître enchaîné.

L'eau glaciale et mordante, activée par le cuisant couteau de l'air, avait trempé le père de Cyprienne. Mais, grâce à sa combinaison radio-thermique, il ne souffrait pas et conservait une température normale.

Se servant de ses bras comme de rames, il travaillait à atteindre l'île.

Il parvint enfin à y aborder, au bout de plusieurs heures de travail et se hissa péniblement à sa surface, tirant après lui sa lourde maisonnette.

Épuisé, il s'endormit…

Sa situation n'était vraiment pas brillante et il serait assez tôt au réveil de l'envisager.

Seul et dénué de tout à la surface d'un îlot aride, qui l'emportait dans la nuit et vers l'inconnu, il ne pouvait se faire illusion.

C'était un simple répit à lui accordé par le Destin.

Il n'avait même pas la liberté de ses mouvements…

Et pourtant, quand il se réveilla, après un repos réconfortant, son premier mouvement fut un mouvement de joie.

Il était débarrassé de l'Hindoue et d'Otto.

Sans eux, qu'étaient ses chaînes ? Il cessait de les sentir, certain de pouvoir s'en délivrer avant peu.

Assis sur le seuil de sa niche tutélaire, il s'occupa patiemment à user ses chaînes en les frottant contre les aspérités du sol.

Qu'aurait-il pu entreprendre de mieux pour tromper l'ennui des heures mornes ? Au milieu de ces ténèbres, elles allaient être longues et devraient lui paraître interminables.

Pourtant, la puissance de méditation du Maître était telle qu'il travailla machinalement sans paraître s'apercevoir de la fuite du temps.

Tout en continuant d'user ses fers, il occupait son esprit à rechercher la solution de divers problèmes. La situation en comportait plus d'un. Comment n'aurait-il pas remarqué la prolongation anormale de cette nuit ? Elle ne pouvait plus être la nuit polaire.

Depuis longtemps, il le savait, son îlot baladeur devait avoir dépassé la zone des mers glaciales. Le ciel étoilé au-dessus de sa tête l'avait renseigné ; de plus la direction des courants sous-marins était cataloguée dans la bibliothèque vivante que constituait sa tête.

Il avait pu calculer mentalement, et la vitesse de marche de son original *îlot-ship*, et la route suivie. Malgré le froid persistant actuellement, il savait voguer en plein Atlantique, au long de l'Afrique et remontant vers le Nord.

Dès lors, pourquoi le froid et la nuit continuaient-ils ? Pourquoi, dans le ciel les étoiles demeuraient-elles immobiles *et pareillement la lune ?*

C'était cette dernière remarque qui lui avait fourni le mot de l'énigme. Il comprit quelle avait été l'œuvre des Polaires, l'action de la poudre violette.

— Ils ont enchaîné la Terre, comme moi… *mieux que moi !* s'écria-t-il avec admiration.

Il ajouta :

— Ce doit être pour favoriser leur plan d'attaque. Qu'en dois-je conclure ? Ceci : cet arrêt, puisque arrêt il y a, ne saurait être que momentané.

Il attendit, prêt à saluer la réapparition du soleil et oubliant, dans cet espoir, les tortures de la faim, dont il commençait à se ressentir.

Aussi, lorsque, conformément à son hypothèse, l'astre glorieux commença à monter de nouveau au-dessus de l'horizon, le Maître salua-t-il d'un joyeux hourra la remise en marche du vieil état de choses.

Il se leva… Ses chaînes usées tombèrent. Il était libre de marcher, libre d'agir.

Or, pour un homme de sa trempe et doué de ses connaissances, en n'importe quelle situation, cette liberté, c'était la certitude de trouver le remède et de vivre.

Avec l'enthousiasme d'un nouveau propriétaire, il abandonna son « chalet » et fit le tour du domaine ; ce fut vite fait ; le fragment de Pôle retourné, transformé en île flottante, était d'une superficie peu considérable.

— N'importe ! pensa Oronius, réjoui et décidé à trouver tout parfait. Cela me suffira. En faut-il plus pour un homme seul ?

Comme il achevait ces mots, il lui sembla sentir sous ses pieds un léger frémissement du sol.

— Bast ! murmura-t-il ; c'est l'effet de la houle qui agite l'île trop légère. Décidément, la croûte de ma bouée de sauvetage est inconsistante.

Mais, s'étant reculé de quelques pas, il cessa de sentir ce frémissement et dut alors se rendre compte qu'il était tout local.

De loin, d'un œil soupçonneux, il se mit à observer l'endroit où s'était fait sentir la secousse.

De légers mais perceptibles mouvements agitaient le sol ; on eût juré qu'une bête enfouie cherchait à se dégager.

Bientôt, ces mouvements s'accentuèrent ; de la terre et des pierres furent rejetées avec force ; un trou se creusa, s'élargit et montra l'orifice d'un puits...

Alors, se haussant sur les margelles de ce puits, Oronius, stupéfait, vit apparaître les visages ironiques de Hantzen et de Yogha.

— Ah ! ah ! ricana le premier en soufflant, on avait déjà brisé ses chaînes !... On se croyait maître de la situation !

Oronius venait de comprendre la raison de cette indésirable invasion.

Le sauvetage de ces ennemis exécrés, dont il s'était cru délivré, n'avait au fond rien que de fort naturel.

Au moment où s'était produit le retournement de l'île, précipitant dans la mer tous les êtres animés de la surface, la belle Hindoue et son complice devaient avoir déjà cherché au sein de leur abri souterrain, un refuge contre le froid universel déchaîné par eux-mêmes.

Surpris par l'invasion des eaux et ainsi avertis du danger couru, ils n'avaient eu qu'à provoquer aussitôt la fermeture hermétique de leur abri. À cet égard, on s'en souvient, toutes leurs dispositions étaient prises à l'avance ; ils s'étaient assuré une fermeture d'une étanchéité absolue.

Ils en avaient donc été quittes pour un bouleversement complet de leur refuge dont le plancher était devenu le plafond et réciproquement. Mais, une fois tout remis en ordre, ils y avaient vécu fort confortablement, en attendant le retour du soleil, seul capable de rendre habitable le nouveau sol de l'île.

Et pour accéder à ce dernier, il leur avait suffi de percer une cheminée et de tailler quelques degrés.

Cette besogne accomplie, ils avaient pu sortir, à leur heure.

Atterré, Oronius se retrouvait à la merci de ses deux adversaires, pourvus de tous les moyens d'action. Quelle résistance pouvait-il leur opposer ? Il se laissa ré-enchaîner, cette fois à un solide bloc de rocher et si étroitement qu'il ne devait plus lui être possible d'user ses fers.

Après quoi, Hantzen et Yogha, jugeant qu'ils avaient suffisamment pris l'air, réintégrèrent leur home souterrain.

— Notre île nous traîne droit vers Gibraltar, constata le poussah avec satisfaction et en narguant Oronius. Avant peu, nous rentrerons dont en contact avec nos alliés les insectes, devenus les maîtres du monde. Nous arriverons certainement à temps pour participer aux fêtes destinées à célébrer leur triomphe. Ne l'oublions pas, ce vieux fou y a sa place marquée entre sa fille et son disciple, qu'on a dû capturer.

Ayant enfoncé cette flèche empoisonnée dans le cœur d'Oronius, ils redescendirent et refermèrent la trappe.

La surface de l'îlot désert n'offrait pas assez de charme pour qu'ils y demeurassent et, d'autre part, il était bien inutile de surveiller le prisonnier. Seuls au milieu de l'océan, ils n'avaient pas à craindre qu'on le leur enlevât ou qu'il tentât de s'enfuir.

Ils s'étaient d'ailleurs bien gardés de lui donner le moindre synthétique nutritif ; ils savouraient au contraire avec une joie cruelle la pensée qu'il souffrait les tortures de la faim.

Et de temps à autre, ils soulevaient la trappe pour lancer au Maître quelque sarcasme, se repaître du spectacle de ses traits pâlis et amaigris par les privations.

— Il faut le laisser aller à l'extrême limite avant de le sustenter, avait charitablement proposé la féroce Yogha. Nous lui donnerons alors juste la dose suffisante pour le remonter un peu… et nous recommencerons à l'affamer. De cette façon, nous lui procurerons le plaisir de mourir comme il a vécu… éternellement.

Otto Hantzen avait applaudi à cet aimable programme ; l'hippopotamesque personnage estimait la faim le roi des supplices.

Tous deux avaient sujet d'être de bonne humeur, puisque leur voyage marchait à souhait. Déjà les côtes d'Espagne étaient en vue et ils pouvaient prévoir qu'avant peu d'heures leur odyssée flottante aurait pris fin.

Une dernière fois, ils décidèrent de remonter à la surface pour railler encore Oronius, en lui détaillant les affres du sort réservé à lui et aux siens.

Mais au moment où leurs têtes émergeaient ensemble de la trappe, ils poussèrent un cri de stupeur et de fureur.

Oronius n'était plus là. Ses chaînes, une seconde fois brisées, gisaient sur le sol, près du rocher.

Qu'avait-il pu devenir ? S'était-il donc précipité dans les flots, préférant la mort à la perspective de servir de jouet à ses deux tortionnaires ?

Déconcertés et perplexes, la féroce coccinelle et le repoussant pachyderme promenèrent leurs regards autour d'eux, ne sachant que penser. Soudain, une véritable expression de terreur se peignit sur leurs traits.

L'île flottante avait changé de direction.

Inexplicablement, ayant rebroussé chemin, elle s'éloignait maintenant des côtes entrevues à l'horizon.

Entraînée par une force magique, elle remontait maintenant le courant auquel, jusqu'alors, elle s'était abandonnée.

Pâles d'angoisse, Hantzen et Yogha, la gorge contractée, ne pouvaient prononcer une syllabe ; ils regardaient la surface des flots que l'île fendait avec l'extraordinaire rapidité d'un cruiser, laissant derrière elle un abondant sillage d'écume.

Quel moteur infernal l'emportait ainsi ?

Et vers quoi ?…

CHAPITRE XXI
LE REMORQUEUR FANTÔME

Les deux alliés des Polaires, retrouvant enfin la parole, se perdirent en conjectures. Ils étaient surtout frappés de la coïncidence existant entre la disparition de leur prisonnier et cet étonnant changement de route.

Pouvait-on induire de cette simultanéité que l'un était la conséquence de l'autre ? Oronius avait-il à la fois découvert le moyen de leur échapper et de leur imposer un itinéraire de son choix ?

Ce renversement des rôles paraissait bien improbable… Il aurait fallu un secours inadmissible pour permettre au Maître de le réaliser. Et pourtant le gros savant et sa psychique amie se demandaient si l'intervention d'Oronius n'était pas la seule explication possible de leur mésaventure.

Savait-on jamais s'il n'avait pas quelque force inconnue en réserve ? Si une aide extérieure ne lui avait pas été apportée ?

En tout cas, un fait était certain : Hantzen et Yogha ne tenaient plus leur ennemi ; au contraire, ils semblaient être à sa merci, puisque dirigés, contre leur gré, vers une destination qui pouvait ne pas leur convenir.

— À vrai dire, émit Hantzen dans l'intention de rassurer sa compagne, peut-être avons-nous donné dans un autre courant plus fort et de sens contraire. Il a pu nous saisir au passage et nous porter en plein dans son tracé.

— Croyez-vous ? Existe-t-il des courants animés d'une pareille vitesse ? D'ailleurs, notre course, remarquez-le, est absolument rectiligne. On se figurerait, vraiment, que nous sommes tirés par un câble… Enfin, cela n'expliquerait pas la fuite d'Oronius.

— Qu'il ait brisé ses fers en dépit de toutes les précautions prises, ce n'est point une merveille dont nous devions nous étonner. Nous avons eu tort de le laisser sans surveillance… Ceci posé, il existe à sa disparition une explication : il a pu, au moment de notre changement de route, se jeter à la mer et se laisser emporter vers la terre par le déplacement d'eau que nous abandonnions. C'était une chance à courir ; nous n'étions pas à vingt kilomètres des côtes.

Yogha hocha la tête.

— Oui, approuva-t-elle pensivement. Les choses ont pu se passer ainsi… Et il faut le souhaiter.

Un éclat de rire moqueur lui répondit.

Elle sursauta et Hantzen verdit de terreur.

Cet éclat de rire sortait des flots !

Et presque aussitôt une voix, montant des profondeurs de l'abîme sous-marin, les apostropha.

La voix… la propre voix d'Oronius !

— Ne te berce pas de ce fol espoir, suave Yogha ! raillait le Maître. Tu te ferais de ta situation actuelle et de celle de ton encombrant compagnon une idée complètement fausse. La vérité, la voici : je suis parfaitement libre et bien vivant. Quant à vous, vous êtes en mon pouvoir... Eh ! oui, délicieuse Yogha ! Si surprenant que puisse te paraître ce renversement de fortune, il en est ainsi : l'inconstant destin vous a joué ce tour d'intervertir les rôles et de faire du pauvre prisonnier l'insolent et tout-puissant geôlier. À mon tour de vous emmener vers les joies de la captivité. Je ne vous attacherai pas derrière un char de triomphe, car je n'ai pas l'esprit d'imitation ; mais je m'efforcerai, cette fois, de vous mettre dans l'impossibilité de me fausser compagnie et de recommencer à nuire.

Atterrés, les misérables écoutaient à peine ce persiflage.

L'un et l'autre se creusaient la tête pour comprendre.

Certes, ils ne pouvaient douter des paroles triomphantes d'Oronius. Ils voyaient bien que celui-ci n'était plus à la surface de l'île. Cependant, ils l'entendaient. Sa voix vibrait avec une calme assurance, et elle sortait des flots !

C'était donc qu'il ne se vantait pas. Sa situation présente faisait de lui le maître de leur destin.

Quel sortilège avait-il pu employer ? Où était-il, en réalité ? D'où leur parlait-il ? Et comment parvenait-il à diriger la marche de l'île à cette foudroyante allure ?

Machinalement, Yogha s'avança vers le bord de « l'île en marche » et, sans s'émouvoir du bouillonnement que produisait sa proue, écrasant l'eau à la façon d'un chaland, elle fixa la bleutée profondeur de l'océan comme pour lui demander l'explication du mystère.

Et soudain, son doigt se tendit ; elle poussa un cri que répéta aussitôt Hantzen.

Sous la transparence du voile d'outremer, l'un et l'autre apercevaient, filant entre deux eaux, un corps effilé, allongé... La coque d'un sous-marin !

Une haussière tendue le rattachait à l'île.

— L'*Alcyon-Car* ! gronda l'Hindoue.

— Oui, suffoqua Hantzen après l'avoir identifié ; c'est bien l'*Alcyon-Car* !...

*** ***

Après l'inquiétante interruption de la communication faite par Oronius à sa fille et à son disciple, ceux-ci, on le devine, n'étaient pas restés inactifs. Étant donné les dernières paroles du Maître et la terrible situation dans laquelle les siens le savaient, toutes les craintes étaient légitimes. Jean et Cyprienne pouvaient se demander ce qu'il adviendrait de lui et comment les Polaires puniraient sa curiosité.

La présence des deux animateurs misanthropes du *Sphérus* et du *Snaky* et le rôle qu'ils jouaient auprès des rivaux des hommes n'étaient pas pour rassurer les fidèles du Maître. Cela représentait un surcroît de danger.

Une conclusion s'imposait : Oronius avait besoin d'aide. À tout risque, il fallait se porter en hâte à son secours, si l'on voulait conserver quelque espoir de le tirer d'affaire.

Jean Chapuis réunit donc sans tarder une sorte de conseil de guerre en même temps que de famille ; ce conseil se composait non seulement de Cyprienne, sa fiancée, mais aussi de leurs dévoués serviteurs, parmi lesquels l'ingénieux mécano Laridon tenait une place de choix.

Il était juste qu'on les consultât puisque, certainement, ils allaient tous demander à participer à l'expédition.

Cependant, avant de décider quoi que ce fût, Jean Chapuis s'était cru obligé de déférer au désir du Maître. Aussi, toute affaire cessante, avait-il été prévenir le Président Flossonore du danger qui menaçait le monde.

Cet avertissement, on l'a vu, devait demeurer bien inopérant. L'évènement laissait le gouvernement absolument désemparé ; et la nuit s'éternisant sur l'Europe allait d'ailleurs ruiner les dernières possibilités de défense.

L'ingénieur, heureusement, ne s'était pas laissé surprendre par l'arrêt de la rotation terrestre. Quand ce phénomène se produisit, l'*Alcyon* était déjà en route, tous les serviteurs ayant joint leur voix à celle de Cyprienne pour réclamer un départ brusqué.

On verrait bien, une fois de retour sur le territoire du jardin affolant et des tours babéliques sans portes, ce qu'il serait possible d'entreprendre dans l'intérêt du Maître.

Eh bien, à leur profond désespoir, ces braves cœurs devaient trouver désert l'étonnant empire polaire. Un linceul de glace et de ténèbres pesait sur l'immense cirque naguère en pleine activité printanière, et sur l'œuvre abandonnée des insectes géants ; les tours avaient interrompu leur stupéfiant travail : elles n'envoyaient plus au sol privilégié la bienfaisante chaleur des radiations solaires reconstituées.

Une angoisse affreuse étreignit tous nos aériens globe-trotters à la vue de cette terre déserte, que l'*Alcyon* parcourait en vain. Ils n'y apercevaient aucune trace d'Oronius : et, d'ailleurs, ils pouvaient le constater, la vie y était redevenue impossible.

Une angoissante question se posait : que s'était-il passé ? Que fallait-il conclure de la disparition des Polaires et de l'abandon de leur œuvre ?

Cela signifiait-il un cataclysme destructeur ou simplement un exode accompli sans esprit de retour ?

À la réflexion, cette dernière hypothèse fut accueillie par Jean Chapuis comme paraissant la plus vraisemblable. Cette émigration en masse était la conséquence logique des préparatifs qu'il connaissait par la communication d'Oronius.

Et, dès lors, il n'était plus sans espoir ; les conquérants avaient dû emmener avec eux leur prisonnier.

Consultés, les passagers de l'*Alcyon* estimèrent qu'on n'avait plus rien à faire au Pôle. C'était en Europe qu'il fallait désormais chercher le Maître.

Ils allaient donc reprendre le chemin du retour quand, en accomplissant un dernier vol d'exploration au-dessus du Pôle déserté, ils découvrirent la cassure de la presqu'île, ainsi qu'un sillage d'une luminosité violette qui s'étendait à la surface des flots pendant des milles et des milles.

C'était la trace laissée par l'île et par l'amas de cendres provenant de la combustion de la montagne de poudre violette.

Intrigué et pressentant qu'il devait y avoir, au bout de cette piste, des déductions intéressantes à noter, Jean Chapuis avait décidé de la suivre.

Par le fait, elle le conduisit directement à l'île flottante. Quand il la découvrit de loin, le soleil brillait de nouveau sur toutes les faces successives de la Terre remise en marche.

Pensant que l'approche de l'*Alcyon* serait infailliblement remarquée s'il continuait sa route aérienne, le jeune ingénieur fit opérer la transformation de l'appareil en sous-marin. Les différentes transformations de l'*Alcyon*, on ne l'a pas oublié, pouvaient s'effectuer presque instantanément. L'opération accomplie, et le sous-marin mis en demi-plongée, nos amis pouvaient s'approcher sans donner l'éveil à un ennemi possible.

Pour observer l'île, n'avait-on pas un périscope perfectionné, invention d'Oronius lui-même ? Cet admirable instrument fit merveille, puis qu'il permit à Jean et à Cyprienne de découvrir le Maître enchaîné au rocher – tel Prométhée, sans aigle rongeur – et rêvant mélancoliquement devant la mer.

Nul gardien n'était en vue. Oronius paraissait abandonné dans cette triste situation sur l'îlot flottant qui l'emportait.

Que ce fût là l'apparence ou la réalité, l'ingénieur ne pouvait hésiter sur la conduite à tenir. Faisant aussitôt émerger son submersible, il ouvrit le capot et sauta lui-même à terre pour courir délivrer Oronius.

À la vue de l'appareil, dans lequel il ne pouvait méconnaître son œuvre, les yeux du Maître brillèrent de joie. Mais il n'omit pas de faire immédiatement un signe recommandant le silence et la prudence. Averti de la sorte qu'en dépit de l'apparence, l'îlot n'était pas désert et que des ennemis se cachaient dans ses flancs, Jean Chapuis s'approcha silencieusement et, sans prononcer une parole, détacha, au moyen du thermo-cautère radio-actif, les entraves de l'illustre patient.

Deux minutes plus tard, fugitif et sauveteur étaient en sûreté à bord de l'*Alcyon* submersible, qui s'enfonçait aussitôt dans les flots.

Cyprienne s'était jetée sur son père et l'embrassait avec transport. Sa tendresse, inconsciemment égoïste, accaparait le Maître et ne songeait pas à permettre à Jean, à Laridon et aux autres serviteurs de témoigner à leur tour au prisonnier délivré la joie qu'ils avaient de le revoir.

Oronius, plein de précautions, dut dénouer lui-même l'étreinte de sa fille.

— Laisse-moi au moins remercier ce brave Jean et ses collaborateurs, dit-il. En ai-je des amis sournois ? Vous avais-je appelés ? Enfin, pour une fois, mes chers amis, votre désobéissance est, sans conteste, une action méritoire. Je dois confesser que votre aide est arrivée à propos. Sans votre venue, j'aurais eu la plus grande peine à me tirer des griffes de Hantzen et de Yogha. À parler franc, je crois même qu'ils auraient eu ma peau… C'eût été un record, incontestablement.

— Hantzen et Yogha sont donc là ? s'écria l'ingénieur, dont les yeux jetèrent un éclair.

— Ils sont là… dans un souterrain creusé sous le sol de l'île, répondit Oronius, avec un sourire malicieux.

— Or donc, ils sont à nous ! proclama Jean Chapuis.

Le Maître se frotta les mains.

— Ce sera bien leur tour, avoua-t-il. Je ne serai pas fâché de leur rendre leur gracieuseté… Mais laisse-moi faire et n'interromps pas trop vite leur rêve de victoire. Au réveil, la surprise n'en sera que mieux appréciée… Il suffit de les empêcher de poursuivre leur course vers leurs alliés.

— Que voulez-vous faire, Maître ?

— Tout simplement prendre l'île à la remorque de l'Alcyon. Un de nos filins d'acier fera l'affaire. Et en route pour l'Amérique, où nous avons chance de rencontrer encore des hommes libres et capables de se défendre contre l'invasion des insectes polaires. À l'heure qu'il est, ces audacieux mandibulés sont certainement maîtres de Paris et de l'Europe… Il va donc falloir non seulement les leur reprendre, mais auparavant défendre le reste du monde contre une extension de leur invasion. Ce ne sera pas une petite affaire !

Son entourage pouvait avoir confiance en l'avenir : Oronius était libre.

Désormais, les Polaires allaient se heurter à une contre-offensive dirigée par le seul adversaire qui fût de taille à leur disputer le sceptre du monde.

Déjà, n'emportait-on pas, pris au piège sur cette île que l'avion-sous-marin emmenait à la remorque, les deux principaux fauteurs de la surprise menée à bien par les rivaux des hommes, les irréconciliables ennemis d'Oronius ?

*** ***

Poussant des exclamations de rage, Yogha et Hantzen venaient d'identifier l'*Alcyon*, dans le sous-marin remorqueur. Maintenant, tout leur était expliqué.

Dans leur consternation, ils se précipitèrent au fond de leur souterrain et s'y enfermèrent.

À l'aide de son périscope, Oronius n'avait rien perdu de cette scène semi-comique que venait de clôturer une retraite en désordre.

Il ne put s'empêcher de rire. Quoi ? Hantzen et l'Hindoue s'imaginaient-ils pouvoir tenir dans leur souterrain ? Quels imbéciles ! Quand cela conviendrait au Maître, ils y seraient cueillis bon gré mal gré.

— Qu'ils se terrent pour l'instant ! dit-il. Nous ne saurions où les fourrer à bord. Mieux vaut donc les laisser terminer le voyage dans ce *carcere* flottant. Nous les en extrairons quand il sera temps.

La traversée continua donc, l'*Alcyon* traînant derrière lui l'île flottante, Dorn, sans attrait, des deux seigneurs de la dévastation.

Enfin, on parvint en vue de la côte américaine. Là, Oronius décida qu'était venu le moment de réaliser la prise de corps des insulaires involontaires.

On ne pouvait songer, en effet, à faire pénétrer l'île dans un port. Il fallait donc introduire l'indésirable couple dans le sous-marin et abandonner aux courants le fragment de terre polaire.

Tout de suite, Laridon s'offrit à aller chercher « madame Yogha et herr Hantzen », affirmant qu'il se chargeait de leur faire entendre raison. Ce devait être pour lui une vraie partie de plaisir.

Oronius ne consentit pas à autoriser cette imprudence ; il se méfiait des personnages et les jugeait fort capables d'avoir combiné quelque traquenard où viendraient tomber ceux qui chercheraient à leur mettre la main au collet.

— Pas de ça, jeune présomptueux ! décida-t-il fort sagement. Ils pourraient avoir la joie de te mettre à mal. Sans doute, toute tentative de résistance de leur part est d'avance vouée au plus complet échec et je possède mille moyens de les obliger à se rendre. Mais, encore une fois, nous ne devons pas nous exposer à leurs coups. Il y a à bord des gendarmes beaucoup plus qualifiés pour procéder à cette arrestation.

— Des brasse-carré ? s'effara le mécano.

— Oui, mon bonhomme : ce sont mes automates.

Oronius entendait parler des fameux automates de fer, doués par lui du prodigieux mécanisme sensible au fluide cérébral et qui constituaient de véritables types d'hommes artificiels.

Ces hommes-machines étaient invulnérables et le pis qui pouvait leur arriver était qu'on les détériorât quelque peu. Or, en pareil cas, le mal pouvait aisément être réparé, puisque leur créateur se chargeait de les remettre en état.

Trois des automates furent donc munis du cerveau artificiel et envoyés sur l'île avec mission de ramener l'Hindoue et son associé.

L'*Alcyon*, que Jean Chapuis avait remis en surface, attendit, prêt à embarquer les prisonniers et leur escorte.

Oronius surveillait la progression des événements, que les autres passagers s'apprêtaient à contempler en curieux.

Les trois automates se dirigèrent vers l'orifice du puits qui servait d'entrée au souterrain. Mais aussitôt ils firent signe. Cette entrée était barricadée.

Oronius ne s'était donc pas trompé en supposant Yogha et Hantzen capables de n'être pas disposés à se rendre.

CHAPITRE XXII
LE VOLEUR DE FEMME

À vrai dire, cette manifestation apparaissait comme un pur enfantillage. En dépit des moyens de défense qui pouvaient être accumulés dans le souterrain, le sort des deux complices était réglé d'avance. Ils seraient pris.

Sur un geste d'Oronius, les automates, bientôt renforcés de trois autres, se mirent en devoir de démolir la barricade.

Puis, un à un, ils s'engouffrèrent dans le souterrain.

Aucun bruit de lutte ne parvint aux oreilles du Maître.

Et, contrairement à ses prévisions, il attendit vainement la venue du signal qui devait lui annoncer que ses automates se heurtaient à une résistance ou tombaient dans un piège.

Au bout d'un temps assez long, nécessité par une visite minutieuse du repaire, un des automates reparut et transmit par signes un message que le Maître interpréta aussitôt :

— Ils n'y sont pas.

Oronius crut d'abord avoir mal compris. N'ayant pas cessé de surveiller l'île, il était absolument certain de l'impossibilité où s'était trouvé le couple d'en sortir.

Sans doute ses automates ne les avaient-ils pas découverts parce qu'ils s'étaient tapis dans quelque cachette secrète ?

Mais il se rappela à propos de l'*enduit invisibilisant* employé par les Polaires et il se demanda si ses adversaires n'en avaient pas fait usage, d'abord pour se dérober aux recherches, puis pour guetter quelque occasion de s'échapper.

C'était possible ! En ce dernier cas, l'occasion espérée ne pouvait s'être encore présentée, puisque l'île flottait toujours à bonne distance de la terre et qu'aucune embarcation ne l'avait approchée.

— Nous allons les retrouver… même s'ils se sont fantômatisés, sourit Oronius.

Aussi, appelant à la rescousse Victor Laridon et son nègre, il entreprit de diriger lui-même la perquisition nouvelle qu'exécutaient les automates.

En arrière de ses chercheurs et de lui-même, il avait pris soin de faire barrer l'entrée par un filet d'acier. Tous les gens de la troupe, reliés par un second filet, complétaient, sans solution de continuité, l'obstruction de la galerie. Le Maître était donc bien certain de refouler devant lui, à mesure qu'on avançait, tous les corps, même invisibles, qui ne pouvaient passer à travers les mailles.

Par ce procédé, il fut facile de se convaincre que ni Hantzen ni Yogha ne se trouvaient dans les salles qui furent successivement explorées. Cette conviction fut acquise quand, en réduisant progressivement l'espace qu'enfermait le filet, on se fut assuré que cet espace ne renfermait aucune forme sensible au toucher.

D'ailleurs, au cours de la perquisition, Oronius ne découvrit nulle part trace de la substance.

Une dernière cave se présenta, en apparence vide comme les autres.

Au milieu se trouvait une trappe ouverte ; par l'ouverture, on apercevait la mer.

Longuement, Oronius la considéra en secouant la tête. Il se refusait à admettre ce que semblait formellement indiquer cette mise en scène : à savoir que, par là, ses ennemis s'étaient évadés – en plongeant dans les flots, sous l'île.

Mais cette évidence ne parvint pas à convaincre le Maître. Il se trouvait dans l'état d'esprit de l'Hindoue et de son compagnon, quand ceux-ci avaient constaté sa propre disparition.

Et il se répétait, comme eux :

— Ils n'ont pu se jeter à la mer… Il est impossible qu'ils aient préféré la mort certaine à une captivité dont ils pouvaient encore avoir l'espoir d'échapper…

*** ***

Ce plongeon désespéré, les deux fugitifs l'avaient pourtant exécuté.

Oronius s'en fût moins étonné s'il s'était souvenu qu'une fois déjà Hantzen et Yogha lui avaient échappé par cette voie[1]. N'étaient-ils pas des *amphibies artificiels*, depuis que Hantzen s'était fait greffer par Yogha, et avait lui-même introduit dans le thorax de sa complice des poumons de *ceratodus* ? Aptes à mener pendant un temps assez long l'existence des poissons, ils avaient donc pu recourir sans danger à ce moyen de fuite.

À cette heure, s'abandonnant au courant qui les emportait loin de l'*Alcyon*, tous deux filaient entre deux eaux. Le courant du Gulf-Stream les ramenait vers les côtes d'Europe et vers la vengeance.

— Patience ! avait murmuré Yogha en se laissant couler dans l'Océan. Ne chante pas encore victoire, trop confiant Oronius ! Bientôt, tu auras de nos nouvelles !

*** ***

---

1 *Le Réveil de l'Atlantide (Les Mystères de Demain).*

166

Se perdant en conjectures et impuissant à trouver une explication satisfaisante, le Maître avait dû tout au moins s'incliner devant le fait : ses ex-prisonniers, morts ou vifs, n'étaient plus en son pouvoir.

Il ne lui restait donc plus qu'à abandonner l'île et à aborder la terre américaine. Il se résigna à commander cette manœuvre. L'*Alcyon*, sous sa forme la plus rapide, reprit sa course.

L'atterrissage et la descente se firent joyeusement. Oronius abordait plein d'espoir ce pays énergique, où il comptait trouver de fermes appuis et toutes facilités pour les préparatifs de l'expédition qu'il voulait entreprendre.

Pourtant, tenant à ce que son arrivée en Amérique demeurât secrète, il avait choisi, pour « assolir », la solitude d'une vaste plaine de l'Illinois.

C'était là qu'il comptait faire édifier par ses automates, et avec l'aide de machines toutes-puissantes qu'il avait le don de créer, un laboratoire secret.

Il avait pris terre le premier, afin de reconnaître la disposition des lieux. Julep et Laridon le suivirent, puis Jean Chapuis.

— Admirable ! s'exclama le jeune ingénieur en examinant le paysage. Nous serons ici à merveille. Venez voir, Cyprienne.

— Me voilà, répondit la jeune fille, de l'intérieur de l'avion.

Elle s'apprêtait à sauter à son tour sur le sol, quand…

… Au moment de s'avancer sur la passerelle extérieure, elle se rappela avoir oublié dans la cabine un petit sac renfermant de menus objets de toilette. Poussant Turlurette vers la porte de sortie, elle revint en hâte vers la chambrette qu'elle venait à peine de quitter.

Turlurette sortit la première et parut sur le pont volant au moment même où Cyprienne venait de s'annoncer. Cet incident, dû au hasard, devait avoir d'imprévues conséquences, notamment pour la mutine fiancée du mécano.

Car, au moment où elle s'apprêtait à franchir la planche étroite et flexible, un fluide compact, lourd et brutal s'abattit sur elle du haut du ciel. Il lui sembla qu'elle culbutait entre des pattes préhensibles et était emportée par un être ailé et invisible.

— Au secours !… À moi ! cria-t-elle affolée.

Déjà son ravisseur disparaissait au milieu d'un nuage. De sorte que, au moment où ses cris firent se lever les têtes de Laridon et des compagnons d'Oronius, ceux-ci ne découvrirent plus personne.

Mais, ils en eurent comme le pressentiment, Turlurette venait d'être enlevée par un des insectes géants.

Et ils en conclurent que c'était sur l'ordre de la fatale et impunissable Hindoue.

*** ***

Leur supposition se trouvait être juste.

S'étant réfugié derrière l'écran des nuées, très vite, le ravisseur était redevenu visible pour sa victime. Turlurette, à demi morte d'effroi, avait pu reconnaître un insecte géant tout semblable à celui dont Victor avait failli s'emparer, au Pôle.

Ce phénoménal représentant d'une civilisation animale, trop tard connue, l'emportait à travers les airs volant très haut, de manière à n'être pas aperçu en cas de poursuite.

Tandis que ses vastes ailes rapidement agitées les soutenaient tous deux, lui et sa proie, de ses bras, il pressait cette dernière sur son dur corselet et ne donnait aucune marque de fatigue.

Il traversa l'Atlantique à une allure que les plus rapides des modernes machines volantes n'avaient jamais pu atteindre.

Pour soutenir, étant chargé, cette vitesse extravagante, et voler tout d'une traite entre le nouveau et l'ancien monde, il fallait qu'il fût de fer.

Moins résistante et d'ailleurs épuisée par sa terreur, trop compréhensible, la petite Parisienne, bien qu'elle n'eût personnellement aucun effort à faire, avait perdu connaissance dès le commencement du voyage. Et elle ne rouvrit les yeux qu'à l'arrivée, quand le vol vertigineux se ralentit.

Elle ne sut donc pas combien de temps le Polaire avait mis pour accomplir cette fantastique randonnée. Mais ce temps ne devait pas dépasser quarante heures.

Sur le littoral de Bretagne, en un point sans doute fixé à l'avance, l'insecte prit pied avec sa proie.

Aussitôt, une altière silhouette féminine s'avança vers eux.

Yogha !

— Tu as réussi ? demanda-t-elle vivement.

Et comme son envoyé, d'un geste non dépourvu d'orgueil, montrait Turlurette, l'Hindoue, l'ayant dévisagée, poussa cette exclamation de dépit :

— Messager stupide… tu t'es trompé ! Ce n'est pas là la fille d'Oronius !

L'erreur s'expliquait. Ne connaissant pas de vue celle qu'il avait eu mission de ramener, le messager s'était laissé abuser par les paroles de Cyprienne. Et quand Turlurette s'était présentée à la place de sa jeune maîtresse, il l'avait saisie, pensant emporter la fiancée de Jean Chapuis.

Grâce à ce hasard, Cyprienne échappait à sa jalouse ennemie. Mais Turlurette payait de sa liberté le salut de sa jeune maîtresse.

D'abord furieuse, Yogha ne tarda pas à se résigner.

— Il n'y a pas à tenter un nouveau rapt, murmura-t-elle. À présent, ils sont certainement sur leurs gardes… Consolons-nous ; celle-ci ne me sera pas inutile. C'est l'appât, car, ou je me trompe fort, ou ces fous chercheront à la reprendre. Nous allons donc les voir avant peu venir se livrer eux-mêmes à nos coups. Conservons cette fille pour garnir mon émerillon… Nos requins s'y prendront !

Ayant dit, elle emmena Turlurette, plus morte que vive.

CHAPITRE XXIII
L'HOMME ÉCLIPSÉ

Turlurette était femme. Rien de ce qui touchait à la toilette féminine ne pouvait la laisser indifférente ; et aucune circonstance, si grave fût-elle, n'aurait pu l'empêcher d'attacher un intérêt capital à ce détail important entre tous : la toilette portée par une autre personne de son sexe.

Yogha, lui ayant passé autour du cou une sorte de licol, l'emmenait, en la tirant et la frappant, comme elle aurait pu le faire avec un animal rétif tenu en laisse.

Eh bien, la première réflexion de la jeune soubrette, ainsi battue et humiliée, ne fut pas de penser : « Comme cette femme est méchante ! », mais bien : « Comment est-elle fagotée ? Quel singulier costume ! »

Par le fait, sans doute dans l'intention de flatter ses alliés, la princesse hindoue s'était composé une silhouette qui s'efforçait de se rapprocher de celle des Polaires. Notamment, elle portait une combinaison de cuir bruni sous laquelle ne se devinait rien de sa gracieuse structure. Un casque de même matière, orné de deux gros yeux en émail, dissimulait les flots d'ébène de sa chevelure. En outre, elle s'était attaché dans le dos deux grandes ailes inutiles, puisqu'il lui était matériellement impossible d'en faire usage.

Mais, ainsi attifée, elle pouvait évoluer au milieu des insectes géants sans trop trancher sur eux, surtout sans risquer d'être prise pour une de ces créatures humaines vaincues, dont la condition présente était si misérable.

Au fond, la flatterie de Yogha était donc une simple précaution : elle voulait éviter que des Polaires mal avertis de sa personnalité ne lui infligeassent les traitements qu'ils réservaient aux hommes asservis.

Turlurette ne se rendit pas un compte fort exact de la ressemblance factice dont sa persécutrice s'assurait le bénéfice. Elle estima simplement son costume tout à fait « infect » et elle fit une moue dédaigneuse.

Puis elle en détourna ses yeux malicieux et s'inquiéta du nouvel et singulier aspect que présentaient les villages et campagnes de France que Yogha lui faisait traverser.

Comme l'aspect du monde avait changé ! Mal renseignée par les discrètes allusions d'Oronius aux grandes modifications qui avaient dû s'opérer dans leur patrie, elle ne s'attendait guère à un pareil bouleversement des coutumes établies. La nouvelle condition des humains qu'elle rencontrait la suffoquait.

Rêvait-elle ! Ce n'était que dans les cauchemars qu'on pouvait voir des hommes, molestés par des bêtes, obéir aux coups de fouet. Un tel spectacle apparaissait pourtant à la jeune Turlurette.

— C'est le comble de l'incohérence et de la stupidité ! pensa-t-elle.

Or, pour elle-même, elle s'en avisa tout à coup, cette transformation baroque était bien la réalité. Elle en ressentit une grande

amertume. N'était-elle pas conduite en laisse et fouaillée mécham-
ment par une lanière qui, soulevant son « catocana », laissait des
traces sur sa chair ? Elle eut envie de se rebeller !

Sans doute aussi cette même envie démangeait les infortunés
compatriotes rencontrés en état de servitude.

Il y avait vraiment de quoi ressentir une grande indignation.
Partout, ces affreuses créatures (qu'en elle-même Turlurette persis-
tait à appeler des bêtes) avaient pris la place des hommes, s'étaient
installées dans les demeures, commandaient dans les usines et
dans les fermes, dirigeaient les travaux, se faisaient servir.

Qu'étaient devenus les représentants de la race de Dieu ? De
simples bêtes de somme, des animaux dressés à coups de fouet et
qu'on employait uniquement à des besognes dégradantes.

Dans les champs, des paysans, accouplés par le front avec les liens
du joug, tiraient la herse ou la charrue, sous la menace de l'aiguillon ; d'autres cinglés de coups s'épuisaient à entraîner les lourds
véhicules auxquels leurs bourreaux les avaient attelés. Il y avait
l'homme-bœuf, l'homme-cheval et l'homme-chien. Partout des
colliers, des laisses et des muselières, partout la schlague domptant
les révoltes de l'orgueil. Et force était bien alors à ces malheureux
de reconnaître que, sans la supériorité physique, aucune autre supériorité ne compte. L'intelligence ne domine qu'à condition de
pouvoir s'imposer par la précision de ses armes ou la force de ses
poings.

Heureusement, la nourriture carnée n'était plus de mode, car on
aurait pu voir, peut-être, les boucheries bovines, ovines ou hippo-
phagiques transformées en étaux anthropophagiques.

La domination des insectes ne remontait pas à plus de quelques
semaines, et déjà le plus abject des esclavages avait imposé à
l'homme son sceau d'avilissement. L'aspect humain s'était modifié,
s'était bestialisé. Le fier regard devenait sournois et craintif, n'osait
plus fixer la créature hideuse mais formidable installée à sa place
de « maître ».

Ce qui ajoutait à leur condition misérable et achevait leur déchéance, c'était l'aspect sale, déguenillé, hirsute qu'ils avaient tous.
Beaucoup étaient sans vêtement.

Leurs tyrans avaient naturellement interrompu toutes les industries utiles à la seule race humaine ; ils prétendaient, en propriétaires soucieux de leur intérêt, monopoliser à leur profit toute la puissance de labeur des serfs. Ceux-ci n'avaient donc plus licence de travailler pour satisfaire à leurs propres besoins. Les nouveaux maîtres entendaient ne pourvoir qu'à un seul : la nourriture synthétique. Pour le reste, ils voulaient ignorer que leurs esclaves avaient été des créatures pensantes et cultivées, habituées aux soins du corps et de l'esprit.

Non renouvelés et soumis à la rapide usure des rudes besognes, les vêtements de tous, hommes et femmes, étaient vite devenus d'horribles loques, qui ne cachaient même plus les corps, couverts de plaies et de crasse ; coiffures et chaussures avaient disparu. Enfin, les Polaires ne laissaient ni le loisir ni la latitude de se laver, de se raser ou de se couper les cheveux. Ils avaient confisqué les instruments nécessaires à ces différents soins et condamné l'homme à ne plus corriger la nature, en civilisant sa physionomie. La barbe poussait donc emmêlée et broussailleuse, encrassée de poussière, feutrée, chargée de vermine. La « plique » sévissait. Quant aux cheveux, ils devenaient si abondants qu'un homme pouvait être pris pour une femme, et réciproquement.

Ainsi, peu à peu, par le simple effet de cet odieux esclavage, l'humanité, tout au moins dans son aspect, rétrogradait vers sa première époque. Dans les grandes villes et particulièrement à Paris, la situation n'était guère meilleure.

Amenée par Yogha dans la capitale et enfermée en lieu sûr, Turlurette avait eu sous les yeux le même triste spectacle. Plus triste, s'il est possible, eu égard au cadre.

Comment, par exemple, aurait-elle pu soupçonner ou reconnaître le brillant Ministre Flossonore dans ce lamentable esclave, anthropomorphe baveux, qui suivait son maître comme une ombre, obéissait à ses ordres brefs, courait et faisait le beau comme un caniche, portait les objets encombrants ou allait chercher avec zèle ceux qu'on lui indiquait ?

Par le fait, cet ex-gouvernant n'était plus qu'un caniche docile, attentif à plaire à son patron polaire et désireux surtout d'éviter le cinglement du fouet.

Modeste ambition ! Cet homme n'avait-il pas rêvé de laisser un nom dans l'histoire ? Et puis, quel supplice pour l'orateur intarissable que devoir s'abstenir de toute parole ! Car les insectes usurpateurs, non seulement prétendaient reléguer au second rang les hommes vaincus et leur arracher toutes les supériorités, mais encore ils avaient manifesté la volonté de leur faire perdre l'habitude de parler.

Sans doute était-ce là une marque de supériorité intellectuelle qu'il leur était désagréable de constater. Ils ne voulaient pas que, sur ce point, l'esclave demeurât leur égal.

Les syndicats ouvriers, les cégétistes de toutes nuances avaient enfin vu luire le régime égalitaire tant souhaité. Le même travail pour tous, la même absence de salaires, la grève impossible. Les coups de tampons avaient été substitués à la paie ; on leur en servait avec largesse et sans compter. La bienheureuse institution du bolchevisme ? Jeu d'enfant, auprès des conquêtes modernes… L'âge d'or, je vous dis !…

Mais revenons à Flossonore. Ce bavard devait donc se taire et garder pour soi l'océan toujours grossissant de ses amères réflexions… Dur tourment !

Tandis qu'il précédait son maître – lequel avait la manie de se faire accompagner par lui comme par un chien – il devait ruminer son humiliation et rêver à d'imprécises revanches.

En dessous, il considérait avec haine l'insecte supérieur, prodigue de férule, et il enrageait de n'avoir plus le pouvoir de lui résister.

— Avec quel plaisir je le remettrais à sa place ! songeait-il. Quelle outrecuidance ! Quelle insupportable prétention ! Est-ce qu'il se figure qu'avec ses ailes et cette carapace qui l'enferme, il peut remplacer la noble silhouette d'un Président du Conseil ? Il aura beau faire, ce ne sera toujours qu'un extrait de larve… Une larve grossie !… Ah ! comme je voudrais voir quelqu'un le lui faire sentir et rabaisser son irritant orgueil !…

Comme il murmurait ces mots, en évitant de regarder son bourreau, par crainte de lui laisser deviner ses pensées et de recevoir de lui un coup de lanière, il entendit un grondement de bête irritée.

S'étant retourné, il demeura béant devant cette manifestation incompréhensible :

Une main, suspendue dans l'air, giflait le Polaire avec une inlas-

173

sable ardeur.

CHAPITRE XXIV
LA MAIN VIVANTE

Une main !... Rien qu'une main de femme qui semblait n'être atta-chée à aucun corps !...

C'était vraiment un spectacle inimaginable – plus qu'effrayant !

Elle voltigeait, s'envolait, redescendait avec rapidité, s'abattant sur la face de cuir et échappant toujours aux gestes du Polaire furieux, qui cherchait à la saisir.

Vains efforts. La main paraissait voir et comprendre ; *on l'eût dite douée d'intelligence* aussi bien que de mouvement. Elle agissait *tout comme si un bras et des nerfs l'eussent reliée à un cerveau.* Bref, toute seule dans l'air, elle se comportait comme si elle avait appartenu à un corps possédant d'excellents yeux, en même temps qu'une ap-préciable agilité...

Victime de cette agression d'un genre si peu commun, le Polaire avait tout d'abord été déconcerté et un peu effrayé. Mais il appar-tenait à une race d'une intelligence décidément supérieure. Or, la véritable intelligence ne se laisse pas aisément dominer par la peur, même lorsqu'elle se trouve en présence de l'incompréhensible.

Le fantastique, elle le sait, n'est jamais qu'apparence ; il existe à tout phénomène une explication naturelle, même quand cette ex-plication échappe au premier examen.

Au lieu de s'enfuir, comme l'eût fait un homme dans son cas, c'est assez probable, l'insecte géant se donna aussitôt comme but de capturer cette main insolente, afin d'examiner comment elle était faite et s'il ne trouverait pas en elle l'explication de sa folle énergie.

Mais la main ne se laissait pas prendre et voltigeait autour de lui, jamais à sa portée. Ses attaques foudroyantes avaient toujours lieu à l'improviste et avec une rapidité telle que l'insecte, si agile qu'il se révélât, n'arrivait à la parade qu'après réception claquante et bien sentie de l'inévitable gifle.

Les calottes succédaient aux soufflets et la terrible main poursui-vait sa danse enragée devant le visage sombre et devant les yeux à facettes polyédriques ; on aurait dit qu'elle narguait la victime de cette un peu sévère mystification.

À la fin, le Polaire finit par perdre son sang-froid ; ce n'était pas de la peur, mais c'était de l'exaspération. Il avait ouvert ses grandes ailes et poursuivait la main. Celle-ci s'enfuyait devant lui, légère et moqueuse.

Flossonore, lui, s'amusait vraiment. Il donnait même licence à son rire présidentiel, dégommé, de réapparaître.

Il avait d'autant moins à se gêner que, pour l'instant, son maître ne s'occupait guère de lui et s'éloignait, sans regarder de son côté.

L'insecte s'était lancé à la poursuite de la main et zigzaguait à sa suite, tantôt dans les airs, quand elle s'élevait, tantôt sur le sol quand elle semblait vouloir s'y poser.

Il ne s'occupait même pas de savoir dans quelle direction elle l'entraînait. Pourtant, c'était maintenant hors de Paris et dans une parfaite solitude. Comme témoin de cette tragi-comédie, il n'y avait plus que Flossonore qui se réjouissant dans son cœur, avait suivi pour ne rien perdre du spectacle.

D'ailleurs, ce personnage peu sagace ne s'était même pas demandé quelle était cette main mystérieuse, ni comment pouvait s'expliquer cette fantasmagorique apparition. Elle s'attaquait à son persécuteur, donc il y avait de la joie à prendre… bagasse !

Il négligeait de se dire qu'elle pouvait appartenir à un ami – à un allié.

Car, enfin, il aurait bien dû voir *que c'était une main humaine.*

Mais si, jusqu'alors, ce solennel étourneau n'avait considéré que le côté plaisant et vengeur de l'aventure, il allait tout de même se sentir estomaqué.

Car le badinage anodin de la main prit tout à coup un autre aspect. Du haut des airs Flossonore, stupéfait, vit tomber une corde. La main, avec adresse, l'attrapa au vol.

Aussitôt, manœuvrant cette corde avec l'habileté d'un péon lanceur de lasso, elle la fit tournoyer et la jeta autour des épaules du Polaire, qu'elle ceintura d'un nœud coulant.

Contre une aussi étrange attaque, l'insecte ne pouvait réellement qu'esquisser une défense impuissante. Il souffla, par habitude, un jet de chloroforme ; ce fut de sa part un pur réflexe, car il devait être certain d'avance que la main – sans narines ! – n'en serait nullement incommodée.

D'autre part, il eut beau se démener furieusement, ses quatre poignards ne parvinrent pas à le protéger contre l'étreinte du lasso, dont la main, par secousses, resserrait le nœud.

Bientôt, étranglé par cette corde qui lui serrait le cou et les bras, les ailes et les jambes prises, immobilisées, l'insecte géant roula sur le sol et y demeura, écumant et rugissant de fureur.

Victorieuse, la main l'avait empoigné par sa poche à chloroforme et en obstruait l'orifice, de manière à l'empêcher de s'en servir à nouveau.

Contre qui ? Pourquoi cette précaution ?

Flossonore, de plus en plus ahuri, n'allait pas tarder à le savoir. Car voici que descendit du ciel un avion, dont sortit un homme au visage recouvert du masque respiratoire.

Il souleva, *aidé par la main*, le corps garrotté de l'insecte et l'emporta dans son appareil.

Cela fait, après un petit bonjour ironique, à la stupéfaction de Flossonore, il cria :

— À bientôt !… On vous tirera de là !

Et l'*Alcyon-Car* remonta dans la nue, emportant l'insecte prisonnier, entre Oronius et le mécano Laridon.

Il disparut aux yeux de Flossonore, médusé.

*** ***

C'était une idée du Maître.

Depuis son atterrissage en Amérique, il était obsédé par le regret de n'avoir pas à sa disposition un spécimen vivant des insectes supersavants.

— Pour combattre un ennemi, il faut le connaître, disait-il judicieusement. Or, j'ignore tout de la constitution physique de ces gaillards-là. Qui sait ? Si je pouvais en disséquer un, je trouverais peut-être dans son organisme le point faible qui nous permettrait de prendre la revanche des hommes.

— Allons en cueillir un, proposa crânement Victor Laridon. En même temps, nous ramènerons Turlurette !

Ce garçon-là ne doutait de rien… Il avait ses raisons personnelles de souhaiter un voyage en Europe. Ne venait-il pas d'en faire l'aveu, par sa proposition ?

Mais Oronius hocha la tête. L'expédition n'était pas aussi simple que le mécano semblait le croire.

En ce qui concernait Turlurette, le Maître pressentait qu'elle devait être l'objet d'une surveillance toute particulière et que Yogha ne la retenait que pour servir de miroir.

Il était au moins inutile d'aller donner dans ce piège sans aucune chance de succès.

D'autre part, la capture d'un insecte, étant donné l'indiscutable supériorité physique de la race, paraissait être une autre impossibilité.

Comment éviter le chloroforme ou l'action des poignards ? Comment espérer terrasser un de ces spécimens dont la force devait être herculéenne ? Un homme n'y réussirait pas.

Il aurait fallu pouvoir agir par surprise.

Était-ce possible ?

— Oui ! C'est possible ! cria tout à coup et fort joyeusement le père de Cyprienne. Que faut-il pour réussir ? Un complice, un allié insaisissable et qui puisse passer partout. Son volume devra être aussi minime que possible ; par contre, il faut qu'il ait la force, la souplesse, l'agilité et l'intelligence… J'ai cela dans mes bagages !

Et, se frottant les mains, il ajouta, en clignant malicieusement de l'œil :

— Je vais leur envoyer *la main d'Atlantéa.*

Il parlait de cette femme étrange et préhistorique, véritable démon incarné, dont l'esprit malfaisant avait failli rendre fatale l'exploration d'Atlantide, ressurgie des eaux à la suite d'un cataclysme[1].

Pour rendre inoffensive cette infernale Atlantéa, Oronius avait dû se résoudre à la couper en morceaux. Chacun de ces morceaux, grâce à certains procédés scientifiques découverts par lui, continuaient à vivre, d'une vie intégrale et séparée.

---

1 *Le Réveil de l'Atlantide.*

C'était dans ce trésor anatomique que le Maître s'avisait tout à coup de puiser.

Il expliqua aussitôt à ses auditeurs émerveillés les possibilités que lui offrait *la main vivante de la reine d'Atlantide*.

— Chaque fragment vit de façon autonome, comme le corps entier, révéla-t-il. À l'état ordinaire, cette vie est latente, analogue à celle d'une créature endormie. Mais si, usant d'un appareil que j'ai imaginé et que je nomme le radiateur cérébral, je lance à travers l'espace et dans la direction d'un des fragments un courant animateur, ce fragment rentre en possession des mouvements et actions qui lui sont propres. Dès cet instant il peut se comporter comme s'il était toujours relié au corps dont il a été détaché. Il peut agir : marcher si c'est un pied… appréhender, frapper, écrire, si c'est une main… Mais, en tout, il exécutera la volonté de l'opérateur qui manœuvrera le radiateur. Et cette influence pourra s'exercer à distance.

— Chouette ! clama Laridon enthousiasmé. Vous dégotez toujours des trucs épatants, m'sieu Oronius. Pour lors on pourrait comme ça avoir une main qui se balade dans le beau monde, ouvre les lourdes, fouille les profondes des balochards et vous rapporte ce qu'elle chaparderait ?

— On le pourrait ! Je vais t'en fournir sans tarder la preuve, affirma Oronius. Car je te choisis pour m'accompagner dans le raid que je médite.

— Épatant !… Ben ! votre système ferait rudement l'affaire des monte-en-l'air ! Y pourraient turbiner au premier, qu'est près du ciel, en faisant leur manille chez le bistrot du coin… S'il y avait encore des bistrots ?

— Oui… mais je compte l'appliquer à un but beaucoup plus moral… et seulement pour m'emparer d'un Polaire.

— Est-ce que, par la même occase, on ne pourrait pas s'emparer aussi de ma Turlurette ?

Le refus péremptoire d'Oronius fit comprendre au mécano que ce n'était pas le moment d'insister.

— Pas cette fois, répliqua le Maître. Ce serait compromettre notre expédition. Or, j'ai besoin d'aller vite… Console-toi cependant. Si nous réussissons dans mon entreprise, je serai bientôt à même non seulement de reprendre aux Polaires la soubrette de ma fille, mais même de délivrer l'humanité.

Il escomptait l'aide américaine, certain qu'elle ne lui ferait pas défaut s'il pouvait présenter un plan comportant de sérieuses chances de succès.

Or ce plan, seule une étude attentive de la constitution des mystérieux insectes pouvait le lui suggérer.

Et, comme il venait de l'expliquer, *la main vivante d'Atlantéa* allait lui permettre de réaliser l'indispensable capture. Elle constituait l'instrument rêvé, l'instrument doué de mouvement propre et susceptible d'agir à distance de celui dont la volonté le guiderait.

Non seulement cette main détachée, et évoluant sans être accompagnée du corps, pouvait se glisser partout sans attirer l'attention, mais encore, au moment choisi où elle se montrerait, son apparition déconcertante ne pourrait manquer de provoquer une stupeur tout à fait favorable à la réussite du plan.

Emportant donc cette main et le *radiateur cérébral* qui la complétait et en permettait l'emploi, Oronius prit place dans l'*Alcyon*, que devait piloter Laridon.

Il laissait dans la solitude de la prairie américaine sa fille et ses serviteurs, sous la garde de Jean Chapuis.

Pendant sa très courte absence, les automates de fer devaient poursuivre leur tâche de construction et d'aménagement du laboratoire.

Le mécano, en dépit des dispositions mélancoliques qui le transformaient depuis l'enlèvement de sa bonne amie, partait assez volontiers.

Il ne manifesta que par quelques soupirs son regret d'avoir vu repousser sa proposition de délivrance immédiate de la soubrette. Oronius ne pouvait douter qu'elle l'intéressât plus que l'humanité tout entière. Il s'attendait donc à des instances auxquelles, d'ailleurs, il était décidé à opposer un refus inébranlable.

Il n'en fut rien.

Apparemment, maître Laridon s'était résigné à servir la cause de l'intérêt général avant celle de Turlurette. Ou bien il avait compris, connaissant l'entêtement du Maître, que vraiment « il n'y avait rien à faire ».

En tout cas, il ne bouda point et parut s'intéresser vivement aux préparatifs du savant.

La main et le radiateur cérébral retinrent particulièrement son attention. Il ne perdit pas un des gestes d'Oronius, tandis que celui-ci procédait à l'installation de l'appareil, et il sollicita sans cesse de nouveaux détails touchant le maniement et le fonctionnement.

Le père de Cyprienne trouvait tout naturel qu'on voulût comprendre et s'instruire. Il répondit donc, selon sa coutume, avec une parfaite bonne grâce et une patience inlassable.

— Tu en sais maintenant autant que moi, mon camarade, conclut-il. Aussi, à présent que tu possèdes la théorie sur le bout du doigt, nous allons passer à la pratique.

La pratique, c'était la capture du Polaire imprudent, attiré par les agaceries de la main vivante.

Du haut de l'avion et grâce à l'œil cyclopéen, le mécano put suivre toute la manœuvre.

Et quand il vit le prisonnier réduit à l'impuissance et étendu sur le plancher de l'avion, il ne put se tenir de caresser furtivement l'intelligente main qui venait d'opérer cette importante capture.

— Pour sûr que c'est un truc espatrouillant ! murmura-t-il à voix basse. Qu'est-ce qu'il veut de plus, m'sieu Oronius ? Et qu'est-ce qu'il attend ? Si j'avais ça à ma disposition, moi, je me chargerais bien d'embêter les Polaires !… La v'là, la vraie insecticide !…

Le brave mécano exagérait un peu.

Une seule main – fût-elle celle d'Atlanta, ne pouvait suffire à l'œuvre de délivrance. Pour débarrasser le monde de la nuée d'insectes géants qui l'avaient saisi à la gorge, il fallait davantage.

C'était du moins ce que pensait Oronius. C'est pourquoi il avait hâte d'étendre le sujet capturé sur une table d'opération.

Pour le salut de l'humanité, on peut bien se faire vivisectionniste !…

CHAPITRE XXV
OÙ VICTOR LARIDON S'ÉMEUT

Sur l'insecte vivant, Oronius opérait !

Évidemment, ce seul champ d'examen limitait fort l'étendue de son expérience, et il ne pouvait prétendre surprendre ainsi la totalité des secrets de la constitution du Polaire ; mais, d'autre part, il ne voulait pas anéantir son spécimen sans absolue nécessité.

Il sentait bien que c'eût été commettre une sorte d'assassinat. Le souvenir de la merveilleuse intelligence de l'être bizarre s'imposait à lui. Il avait là le vrai rival de l'homme et, en même temps, le possesseur d'une pensée trop proche de la nôtre pour que le savant n'eût pas l'impression d'opérer son semblable.

Laridon suivait les expériences avec la même curiosité passionnée dont il avait témoigné à l'égard de la main vivante.

Il avait pourtant ses idées personnelles sur la façon dont il convenait de poursuivre ce genre d'études.

— Si qu'on voulait me le confier en caboche à caboche pendant trois quarts de plombe, je me chargerais bien de guigner ce qu'il a dans le bid ! grommelait-il entre ses dents. Il n'est pas à la redresse, m'sieu Oronius. C'est pas comme ça qu'il le fera jaspiner… Et puis, il oublie de lui poser la question la plus intéressante.

Quelle pouvait être cette question ? C'était là le secret du brave mécano ; il le gardait pour lui.

Il faut bien le dire : les expériences d'Oronius n'aboutissaient pas.

Il avait beau scruter son sujet et l'examiner autant que faire se pouvait, tant à l'extérieur qu'à l'intérieur, il avait beau, se servant des merveilleux anesthésiques découverts par lui, le démonter pièce à pièce et le soumettre à l'indiscrétion du microscope, il ne découvrait pas le point vulnérable – le talon d'Achille – qui eût permis l'espoir d'annihiler par grandes masses la force de résistance et la combativité des Polaires.

Et pourtant, un tel ennemi ne pouvait être affronté avec quelque chance de succès qu'à la condition de le mettre au préalable dans l'incapacité de se défendre.

Ce devait être là le but des recherches entreprises. Il faut bien reconnaître qu'elles n'en approchaient pas.

Victor Laridon s'impatientait.

Il s'impatientait non point parce qu'il éprouvait une hâte particulière à voir l'humanité et plus particulièrement l'Europe délivrée de la menace ou de la tyrannie des Polaires, mais parce que l'insuccès du vivisecteur paraissait retarder d'autant le moment où l'on pourrait songer à la pauvre Turlurette.

— Faudra qu'Bibi s'en mêle ! ronchonnait l'amoureux.

L'occasion tant espérée d'entrer en scène ne se présentait pas. Il le guettait pourtant avec une constance louable et assurément digne d'être récompensée.

Le Maître ne pouvait s'éloigner un instant du laboratoire dans lequel il opérait sans qu'immédiatement le mécano s'empressât de venir rôder dans les environs.

Mais, « la barbe ! » – selon sa propre expression, – toujours il se cassait le nez contre la porte soigneusement close. Le Maître se défiait des collaborateurs improvisés et tenait à mettre son sujet à l'abri des essais malencontreux.

Un jour, pourtant, le savant eut une distraction : en s'éloignant, s'il ferma bien la porte à clé, ce fut en oubliant cette clé dans la serrure.

Nous laissons aux savants à qui il n'est jamais arrivé de commettre la même bévue le soin de lui jeter la première pierre !…

Laridon était à son poste de veille… Son cerveau peu compliqué le mettait à l'abri de pareille inadvertance. Il vit la clé… et s'en servit.

Dix secondes après la sortie du père de Cyprienne, le mécano s'était donc glissé dans le laboratoire et en avait soigneusement refermé la porte sur lui.

*** ***

L'absence d'Oronius ne se prolongea pas au delà d'une heure. Mais quel spectacle l'attendait quand il rentra !…

Le laboratoire était sens dessus dessous et l'insecte géant, délivré de ses liens, gisait sur le plancher en fort piteux état. Il ne donnait plus signe de vie.

Un seul coup d'œil suffit au Maître pour constater que son patient avait subi plusieurs mutilations : épars autour de lui, les quatre poignards naturels attachés à ses membres, ses ailes et l'appareil vaporisateur de chloroforme avaient été retranchés de son corps.

Quelle main cruelle en même temps que destructrice avait pu commettre ces dégâts ?

Ce n'était que trop visible.

À quelques pas de l'insecte mutilé, Victor Laridon, l'œil brillant et l'air guilleret, chantonnait, confortablement assis dans le fauteuil opératoire.

Il avait vraiment singulière mine, le Parigot, et ne paraissait pas être dans son état normal.

Oronius ne lui accorda qu'une attention fort restreinte.

Toute sa sollicitude et toute sa colère allaient à son sujet.

Poussant un cri d'indignation et de désespoir, il se jeta sur le corps inanimé, pour le rappeler à la vie, si c'était encore en son pouvoir.

Un examen superficiel le rassura : le Polaire respirait encore. Il était simplement plongé dans certain état comateux qu'aux siècles précédents on considérait comme la caractéristique du dernier stade de l'ivresse.

Une odeur particulière flottait dans l'air. Tout en intriguant Oronius, la reconnaissance de ce parfum le mit sur la voie.

Reniflant, il tourna son regard vers une des armoires dans lesquelles était ordinairement enfermée une collection de ces capiteux liquides appelés vins, dont l'usage s'était perdu.

L'armoire béait, grande ouverte, et plusieurs bouteilles débouchées gisaient aux alentours du fauteuil occupé par Laridon.

Des bouchons, casqués d'étain doré, voisinaient avec elles et permettaient d'identifier le liquide qu'elles avaient contenu.

C'était du *champagne*, extra dry et centenaire, de la célèbre cuvée Maurice Renard.

Un peu rasséréné, – car ce qu'il entrevoyait était infiniment moins tragique que ce qu'il avait craint tout d'abord, – le Maître jeta au mécano un regard soupçonneux.

— Qu'as-tu fait ? gronda-t-il. Avec quelle permission te trouves-tu ici ?

— Avec celle de mézigue ! répondit Laridon d'un petit ton dégagé.

Une pareille attitude révolta le Maître. Cette manière canaille et impénitente prouvait, clair comme le jour, que le fiancé de Turlurette avait perdu la tête.

En temps ordinaire, en effet, c'était un serviteur fort respectueux et particulièrement envers son « grand daron ».

Le mécano poursuivit en désignant d'un mouvement de tête l'insecte inanimé :

— Vous en faites pas pour ce loustic-là, m'sieu Oronius. Ça lui passera avant que ça me reprenne… Je lui ai un peu abîmé le portrait. Mais fallait ça, rapport qu'il aurait pu griffer, ou cracher son sale truc à faire pioncer les frères, ou bien encore se carapater. S'pas, je ne savais pas que le picton lui produirait c't effet d'évanouillement. Alors on a pris ses précautions : on avait à causer… Mais vous bilez en rien… J'ai découpé l'olibrius comme vous aviez fait d'Atlantéa. C'est du pareil au même. Les abatis sont bons… toujours là et intacts… Y aura qu'à les lui rafistoler si ça vous chante.

— Pourquoi as-tu fait ça ? questionna Oronius, en considérant d'un air rêveur le Polaire ivre-mort.

— Ben ! j'viens-t'y pas de vous le dire ? Me fallait tirer les vers du blair au coco… Alors, comme il s'obstinait à la fermer, malgré toutes mes aimableries, m'a fallu trouver le moyen d'moyenner.

— Qu'avais-tu à lui demander ?

Le mécano prit un air de dignité offensée :

— Ça, patron, c'est des affaires entre zigs. Si on m'a fait des confidences en famille, s'pas, je serais rien mufle de vous les refiler. J'suis bon type… mais faut pas me demander d'être casserole. Ça non ! faut pas !

Il se mit à larmoyer, sans apparence de motif.

Le savant l'examinait et, de plus en plus, à constater son état inaccoutumé, il se persuadait de ceci :

— Le champagne, cause évidente du triste état de mon sujet, n'a certainement pas agi que sur lui.

Maître Laridon en avait dû prendre sa bonne part. Or, – malgré sa fameuse expédition au *Bar des Rêves*, avec Jarrousse[1] – comme il n'avait pas l'habitude de boire du vin, de même que ceux de son époque, l'effet avait été immédiat… et désastreux.

— Rapporte-moi comment les choses se sont passées… et aussi comment pareille idée t'est venue, pria Oronius avec patience, en s'installant dans un fauteuil, entre le mécano et l'insecte.

À présent, Laridon considérait mélancoliquement sa victime.

---

1 *Les Fiancés de l'An 2000 (Les Mystères de Demain)*.

— Aussi, pourquoi qu'il était si teigne ? murmura-t-il en manière d'excuse. Je m'étais présenté bien poliment et j'avais essayé de le captiver par les sentiments… Des nèfles ! C'maniaque-là était buté… Alors, j'ai pensé à votre armoire et à ces vieilles bouteilles qui, à ce qu'on raconte, déliaient autrefois la langue des rigolos. Faut toujours y revenir. Je me suis donc inculqué dans le ciboulot : si je payais un glass ou deux à cet esportman, y deviendrait peut-être plus baveux… Je connais votre cœur, m'sieu Oronius. Si je vous avais demandé le pive, on se serait entendu sans boucan, surtout en considération du motif que j'dois me cadenasser dans l'bec. Alors, sachant ça, je m'ai permis de puiser dans votre caranta. C'est pas pour dire, le jus s'y embêtait. C'est pas une cave convenable… Vrai, les bouchons ont riboulbinqué joyeusement quand j'ai rendu la liberté à la mousse ! C'est rien de le dire ! Si vous aviez entendu ; vous auriez compris que le coco épileptique demande à être bu. En le gardant, vous le détourniez de sa destination morale, ce qui n'est pas rupin de la part d'un homme de raisonnement comme vous… N'en parlons plus. J'ai réparé. J'vous pardonne… Seulement, mon olibrius n'a pas voulu pomper. J'avais beau lui offrir ça avec le sourire et trinquer, et m'humecter la dalle en disant : « Donnez-vous la peine d'entrer !… », pour l'encourager, il ne voulait rien savoir, le busard… Moi j'aime pas qu'on soye sans usage. Et puis, faut le dire aussi, votre sacré petit jinglard commençait à me chatouiller les nénés. J'ai commencé par râler ; et puis, je me suis mis à éplucher le frère… à l'effeuiller comme une marguerite, si vous préférez… Parlera !… Parlera pas !… Il n'a pas parlé. Je me suis arrêté aux ailes, vu qu'il était buté et qu'il n'y avait rien à faire. V'là la cause du dommage… Mais j'me suis pas tenu pour battu. Victor Laridon a de la sorbonne. Ah ! ça ! on ne peut pas le lui refuser !

Il s'interrompit, jeta un triomphant regard à Oronius et, se penchant vers lui, poursuivit confidentiellement :

— Quoi donc que vous auriez fait à ma place, patron ?… Moi, je suis revenu au champagne. Et j'ai dit : « Tu ne veux pas pinter ? Tu pinteras tout de même ! Ce que tu ne veux pas absorber par le goulot, tu l'aspireras par l'os à moelle ! » J'ai fait bouillir la vinasse et j'ai forcé le vieux frère à tenir son blair au-dessus des vapeurs… Ah ! je vous garantis que ça n'a pas traîné ! En un rien de temps il était paf ! J'en ai fait ce que j'ai voulu !

— Vraiment ? fit le Maître, tout à coup intéressé.

Il n'avait plus du tout l'air d'être fâché contre Laridon, ni de blâmer ses procédés d'investigation.

Ravi d'être écouté avec autant d'attention, celui-ci se donna sur la cuisse une tape joyeuse et cria :

— J'l'ai eu et re-eu ! qu'j'vous dis ; avec votre extra-drille !… C'est des zigs à qui il n'en faut pas des tas. Le picolo leur tape sur le bobéchon que c'en est marrant. *On dirait que ça leur engourdit un tiroir du ciboulot.* La direction, quoi ! Alors tout le reste entre en danse. Ollé ! Ollé ! Chahut ! C'est vilant, quoi !… *Et rien n'obéit plus aux commandes.* Puis, tout d'un coup, hop ! l'objet tourne de l'œil et s'endort. Le canon ne le réveillerait pas. Vous pouvez le tourner et le retourner. C'est à vous… Heureusement qu'avant de me claquer comme ça dans les pinces, mon rigolo avait jaspiné. J'l'ai eu que j'vous r'dis !

— Qu'as-tu appris ? demande Oronius préoccupé.

— Tout ! riposta Laridon, manquant de réserve et s'en repentant aussitôt.

En effet, avec un visible désir de changer la conversation, il s'enquit :

— Alors, m'sieu Oronius, vous ne m'en voulez pas trop, rapport à ce que j'ai fait de votre bonhomme ?

— Pas le moins du monde, répondit le Maître en haussant les épaules. Tu t'es livré à une expérience, n'est-ce pas ? À une expérience d'un genre particulier et dont je n'aurais pas eu l'idée… Je ne puis pas t'en tenir rigueur… Vraiment non !

Son ton bizarre laissa le mécano incertain des véritables sentiments du Maître.

Oronius était-il content ou fâché ? Laridon n'y voyait plus assez clair pour discerner cela. Il constatait seulement que le Maître considérait l'insecte, ivre-mort, avec une insistance préoccupée.

Le mécano se leva. Il était un peu vacillant sur ses jambes et dut faire appel à toute sa dignité pour se tenir à peu près droit.

— Sacrée tisane à faux col ! pensait-il. Ça vous fiche la tremblotte dans les guiboles !… Par exemple, dans la caboche, c'est une autre affaire. Tout est d'aplomb ; plus d'aplomb que d'habitude, croirait-on même !

C'était assurément une très forte illusion ; mais on en conserve à tout âge et dans toute situation.

Fort de cette conviction qu'il pouvait tout se permettre, le mécano demanda imperturbablement :

— Eh bien, m'sieu Oronius, puisqu'vous admettez la qualité d'ma vivisection, je voudrais vous taper d'une faveur…

Le père de Cyprienne, manifestement préoccupé de se débarrasser du pauvre pochard, l'apostropha avec une certaine brusquerie :

— Tu ne manques pas de culot, mon garçon !… Ma parole, te figurerais-tu mériter des félicitations, par hasard ?… Une faveur ! Entendez-moi ça ! Mossieu réclame une faveur… pour avoir bu mon vin et s'être enivré… sans parler de mon Polaire qui est, de son fait, dans un bel état… Une faveur ! Satané loustic ! Mais je devrais te destituer, te casser aux gages, te…

— N'en jetez plus ! bégaya le mécano, assez déconfit. Si vous m'avez assez vu, je peux dévisser…

— C'est cela. Dévisse et va cuver ailleurs ta sale antiquité !

Victor Laridon esquissa un mouvement de retraite ; puis, se ravisant, il revint vers le Maître, en louvoyant un peu.

— C'était rapport à Turlurette, expliqua-t-il.

— Va au diable ! vociféra le savant perdant patience. On s'occupera d'elle à Pâques… ou à la Trinité ! Ça t'apprendra à boire !…

La figure du malheureux Parisien chavira :

— C'est pas votre dernier mot, m'sieu Oronius ?

— C'est le dernier !… Et je t'ordonne de me débarrasser le plancher… Oust !

— Bon !… Bon !… On vous obéit ! plaignit l'intempérant, renfrogné.

Et, au prix d'un sérieux effort, il parvint à sortir à peu près droit.

Alors, Oronius, agenouillé près de son Polaire, fit entendre un petit rire.

— Parbleu ! murmura-t-il. Ce pauvre garçon est à cent lieues de se douter de la portée exacte de son coup d'éclat… D'ailleurs mieux vaut qu'il en soit ainsi, pour le moment… Il serait trop fier !… Sacré Victor, va ! Même quand il fait des sottises, il trouve encore le moyen d'être utile !

CHAPITRE XXVI
LA FABRIQUE DE TEMPÊTES

Il se passait certainement quelque chose. Oronius devait préparer un grand coup. Jean Chapuis et Cyprienne l'auraient affirmé.

Ils connaissaient trop le Maître pour ne pas le deviner, pressentir une phase nouvelle. Actuellement ses airs mystérieux cachaient un projet dont l'exécution l'absorbait tout entier.

De plus en plus fréquemment, d'ailleurs, il se livrait, par sans-fil et par chiffre, à des conversations avec le gouvernement américain.

Ces longues et insaisissables propositions, âprement soutenues et discutées à distance, devaient certainement aboutir à un accord secret entre le Maître et les États-Unis d'Amérique.

De fait, quelques heures après le dernier entretien radio-téléphonique, des nuées d'aéroplanes amenaient au campement d'Oronius toute une armée de spécialistes. Et, comme par un coup de baguette magique, de formidables usines surgissaient de toutes parts dans l'immense prairie.

Quel plan avait donc exposé le Maître pour obtenir un concours si complet ? Et qu'allait-on manufacturer dans ces usines ?

À n'en pas douter, ce bouleversement devait avoir trait à l'inévitable croisade à entreprendre contre les Polaires. Le réputé sauveur de Paris avait certainement convaincu les Yankees de la nécessité où ils étaient mis d'agir sans retard, s'ils voulaient éviter le sort de l'Europe.

Avait-il donc échafaudé et arrêté le plan de sa contre-offensive ?

… La construction des usines étant achevée, celles-ci fonctionnaient déjà à plein rendement.

De fait, il n'y avait pas une heure à perdre. D'un instant à l'autre, les Polaires pouvaient se décider à parachever leur conquête du monde, en venant asservir les humains d'outre-Atlantique et Pacifique.

Trop intelligents pour se faire des illusions, ils devaient se préparer à étendre leur domination sur la totalité du globe, cette domination courant le risque de n'être que précaire, aussi longtemps qu'elle demeurerait partielle.

Il était même surprenant qu'aucune attaque de consolidation n'ait encore été déclenchée.

Heureusement, la race américaine a toujours su réaliser des prodiges et multiplier la main-d'œuvre pour supprimer la question de temps, elle est de celles qui brûlent les étapes et se plaisent à achever en quelques heures ce que d'autres eussent poursuivi, lentement, pendant des années. Le caractère ouvrier n'est point partout le même.

En moins d'une semaine, sous l'impulsion d'Oronius, le résultat cherché était obtenu. Rayonnant, le Maître pouvait enfin réunir sa famille pour lui donner le mot de l'énigme.

L'heure était venue de révéler ses projets.

— Mon cher Jean, débuta-t-il, et toi, ma gentille Cyprienne, vous attendez certainement de moi une justification de mon apparente inaction. Depuis plusieurs semaines, la race humaine est menacée de dépossession ; même, une partie de ses enfants a déjà été frappée de déchéance. Ne me devais-je pas à moi-même de relever le gant et de partir en guerre contre l'envahisseur ? La prudence la plus élémentaire me commandait de m'en mêler. Le fait d'avoir conclu une alliance avec nos pires et éternels ennemis, la perfide Yogha et l'obèse Otto Hantzen, désignait les Polaires à mon attention… Cette inaction apparente va cesser. Toutes mes mesures sont enfin prises et j'ai le plaisir de vous annoncer que les hostilités vont commencer, avec la coopération du gouvernement américain. Les troupes vont partir tantôt.

Malgré la confiance qu'il avait en la sagesse de son futur beau-père, Jean Chapuis laissa percer un étonnement inquiet.

— Les troupes ! s'exclama-t-il. Vous avez décidé les Américains à envoyer des troupes contre les Polaires. Ne craignez-vous pas qu'elles subissent le sort des forces européennes ?

Oronius sourit :

— Rassure-toi, mon petit. Celles que j'envoie ne connaîtront point d'échec. S'il y a choc, il sera tout au désavantage des insectes géants. En dépit de leur organisation exceptionnelle, qui semble les rendre physiquement invulnérables, ils ne pourront rien contre l'assaillant mobilisé par moi… Vous allez assister, ma fille et toi, au départ de mes bataillons… Venez !

Alors il emmena Cyprienne et l'ingénieur sur une petite éminence, non loin de laquelle s'élevait la rangée des usines.

Celles-ci, uniformément construites et disposées sur une seule ligne, ressemblaient à d'énormes réservoirs à gaz, renversés et allongés sur le sol.

Mais elles portaient, à chacune de leurs extrémités, un singulier dispositif ; c'était, à l'arrière, un gigantesque entonnoir qui tendait son orifice vers le ciel ; et, à l'avant, une sorte de soufflerie, formée d'un assemblage de tuyaux de fort calibre terminés par de vastes pavillons horizontalement orientés.

Chacune de ces bouches métalliques était fermée par une soupape hydro-pneumatique.

Au signal d'Oronius, toutes s'ouvrirent à la fois.

Jean et Cyprienne ne virent rien ; mais ils entendirent gronder un mugissement, fait de millions de vibrations.

Quelque chose d'invisible fusait-il des pavillons et traversait-il l'air ?

Oronius confirme le fait.

— *Ils partent !* annonça-t-il, mystérieusement. Les entendez-vous ?

— Je ne vois rien, balbutia l'ingénieur, intrigué. Le savant éclata de rire.

— Parbleu ! plaisanta-t-il. *C'est du vent. Rien de plus.* Ce soir, les météorologistes éprouveront un vif dépit. Ils n'auront pas prévu le foudroyant cyclone qui, partant d'ici, va balayer l'Europe !

— Un cyclone ?

— Eh oui ! tel qu'on n'en aura jamais vu de semblable. Pour le constituer, j'ai dû organiser une véritable rafle des remous d'air, courants et tourbillons qui agitent les hautes sphères. Ce sont ces forces éparses qu'il s'agissait de rassembler. Mes aspirateurs ont bien travaillé… et sans réclamer une hausse de salaires ni des primes…

Il désigna les entonnoirs qui hérissaient verticalement l'arrière du toit des usines.

— Tout passe là-dedans, expliqua-t-il. C'est un formidable courant d'air continu à direction automodifiable. Collectés par les aspirateurs, les tourbillons atmosphériques se fondent en un seul en traversant mes usines. Comprimés à l'extrême, ils en sortent avec une violence accrue qui en fait un véritable cyclone. C'est à la vitesse de mille mètres à la seconde qu'il se précipite vers l'Europe.

— Soit ! dit l'ingénieur, après avoir suivi attentivement l'explication. Vous avez préparé un joli grain et il va y avoir là-bas un véritable massacre de branches d'arbres, de palissades et de cheminées. Mais en quoi cela compromettra-t-il la domination des Polaires ? La bourrasque passée, ils répareront les dégâts. Et ce sera tout.

— Tu crois, bébé ? fit Oronius narquois. Tu fais bien peu de cas de mon cyclone ! Ce n'est pourtant pas un cyclone ordinaire, *puisqu'il a traversé mes usines.*

— Et alors ? fit Jean, comprenant que le Maître n'avait pas encore lâché l'essentiel.

— Alors, *il y a pris des façons particulières !* Mais je ne veux pas encore te donner la formule. Il faut attendre la confirmation de mes espérances. Sache seulement qu'il va y avoir là-bas de la besogne. *Ceux qui vont s'y rendre ne chômeront pas.* Nous filerons derrière eux. Tu pourras constater *de visu* l'œuvre réalisée. Va dire à Victor de préparer l'*Alcyon-Car*. Notre brave mécano ne sera pas fâché de cette promenade. Il doit languir d'aller retrouver Turlurette !

Pour une autre cause, Jean partageait déjà l'impatience de son mécanicien.

Il s'élança donc pour transmettre l'ordre.

Mais, quelques minutes plus tard, il revenait bouleversé et la figure longue d'une aune.

Le garage était vide… Victor Laridon s'était éloigné sans prévenir… en empruntant l'*Alcyon-Car* !

CHAPITRE XXVII
L'OBUS AUTOMOBILE

N'était-ce qu'une coïncidence ? Ou fallait-il croire que Laridon, si dévoué au Maître et à sa famille, avait pris la fuite avec l'*Alcyon* ?

Était-il possible qu'il se fût laissé aller à commettre pareille faute

– et cela à une heure particulièrement grave ?

C'était un impardonnable abandon de poste... presque une désertion.

Hélas ! les meilleurs ne sont pas assurés contre les coups de tête. C'était comme une folie qui avait passé dans celle du mécano.

Il avait d'autant moins résisté à la tentation qu'il ignorait encore les imminents projets d'Oronius.

S'il avait pu se douter que sa fugue risquait d'immobiliser le Maître et peut-être de compromettre le succès de la grande entreprise ; si surtout il avait connu le prochain départ et le *but*, certainement il aurait attendu.

Il ne se doutait pas... Il ne savait rien.

Dans l'intention de réserver à sa surprise toute son ampleur, Oronius avait trop bien gardé son secret. Le silence est parfois une faute. Celui du Maître avait eu le tort de laisser le pauvre Laridon sans défense contre les conseils de son désespoir, devenu trop grand à la suite de l'algarade du laboratoire.

Il y avait bien des jours que cela lui trottait en tête, trop de jours ! Il se désespérait du désintéressement apparent avec lequel on accueillait ses demandes de voler au secours de Turlurette.

Cet oubli supposé, rapproché des paroles du Maître – que, sous l'influence du champagne, l'amoureux avait prises trop au sérieux – lui avait ancré dans l'esprit la conviction qu'il était désormais le seul homme sur qui sa fiancée pouvait compter.

S'il ne la délivrait pas, personne ne la délivrerait.

Or, maître Laridon, présomptueux à l'excès, se croyait de taille à l'arracher tout seul aux Polaires.

Il réussirait... à condition, bien entendu, d'*emprunter* à Oronius le matériel nécessaire, comme il lui avait déjà emprunté son champagne.

Son plan mûrissait depuis quelques jours. Il lui était venu à l'esprit en assistant aux exploits de *la main vivante*.

Il s'était dit :

— Si je pouvais avoir cette maîtresse menotte à ma disposition pendant vingt-quatre heures seulement... avec le *radiateur cérébral* de m'sieu Oronius, sûr et certain, je ramènerais Turlurette !

Quand on ressasse à l'infini le pour et le contre d'un projet de ce genre, fatalement on en vient à décider.

— Et après tout, pourquoi ne tenterais-je pas la bricole ? Pas besoin de demander la perme. Faut tout prendre sous mon bonnet. À moi la pose ! Quand j'aurai réussi, on me félicitera. Aye donc ! L'*Alcyon*, Bibi le connaît. Je n'esquinterai pas le matériel… Alors, c'est pas un crime de m'en servir pour sauver ma poupée. Après, m'sieu Oronius pourra m'arroser d'bénédictions à la noix. J'encaisserai sans l'ouvrir. Turlurette sera là.

Il ne se débattit pas longtemps. Tout se réunissait pour le pousser à cet acte d'indiscipline. Le cœur, d'abord ; et puis aussi la passion de l'aventure. Il se voyait dirigeant la main et s'en servant pour affoler les Polaires.

— Et puis, barca ! Je décanille ! décida-t-il un beau soir.

Profitant de l'absence d'Oronius, occupé aux usines, et de la distraction de Jean, qui contait mille tendresses aux jolis yeux bleus de Cyprienne, il se glissa dans l'*Alcyon*, y porta la *main d'Atlantéa* et l'appareil animateur.

Puis il prit le départ.

Le bruit produit par les turbines aspiratrices couvrit les pétarades de son moteur. Il put disparaitre sans avoir été aperçu.

À bord du merveilleux et docile *Alcyon*, la traversée de l'Atlantique n'était qu'une promenade. Elle s'effectua aussi aisément que rapidement.

Quelques heures plus tard, Laridon, volant à considérable hauteur, arrivait au-dessus de Paris.

Grâce aux renseignements arrachés à l'ivresse du Polaire captif et tourmenté, il connaissait l'emplacement du bâtiment qui servait de cachot à Turlurette.

C'était dans le Palais Élyséen, attribué comme résidence à Hantzen et à Yogha par la reconnaissance des Polaires.

Ce palais, ancienne résidence des Présidents de la République Française, avait naturellement subi d'importantes transformations. Il ne ressemblait en rien au modeste édifice du siècle précédent. Comme les vingt-et-unième siècle roulaient peu, marchaient moins encore et ne se déplaçaient que par la voie des airs, les larges avenues étant inutilisées, les immenses jardins du Palais s'étaient augmentés d'une grande partie des anciens Champs-Élysées et la masse du bâtiment central se surmontait d'une vaste terrasse de près d'un kilomètre de longueur, formant cour d'atterrissage.

Laridon n'avait pas besoin de descendre pour observer ce qui se passait à l'intérieur de cette résidence. L'*œil cyclopéen* dont il avait eu soin de se munir allait lui faciliter ses investigations.

Mais dès qu'il s'en fut approché, il tressaillit.

— Oh ! oh ! murmura-t-il. Il était temps d'arriver !

Et, prenant la *main vivante*, placée à sa portée (ainsi que le *radiateur cérébral*), il la lança dans le vide.

— Va, petite patoche ! Fais ton office !

Doucement, doucement, comme soutenue par les couches d'air qu'elle traversait, la main mystérieuse se mit à descendre vers le sol…

*** ***

Sur la terrasse, un grand nombre de Polaires de distinction, sans doute les officiers supérieurs et les plus importants personnages de la race, étaient rassemblés autour de Yogha et de Hantzen.

Ceux-ci faisaient admirer à leurs visiteurs un obus d'un calibre inconnu et tel qu'aucun arsenal humain n'en avait encore possédé.

Ses dimensions n'étaient pas les seules singularités de cet engin.

Tout d'abord, il était disposé sur une sorte de support chargé de le maintenir dans une position inclinée. L'angle qu'il formait ainsi avec le plan horizontal devait avoir été calculé à l'avance ; car une aiguille, évoluant sur un demi-cercle gradué, en donnait la mesure et démontrait que le hasard n'était pour rien dans son inclinaison.

Sur l'extrémité de sa tête, cet obus gigantesque portait une hélice ; sous son culot, dans une cavité spéciale, était installé un moteur électrique et tout un mécanisme d'horlogerie.

Enfin, une ouverture pratiquée dans la paroi médiane de l'obus et que pouvait fermer une porte de fonte, laissait apercevoir l'intérieur, évidé.

Certainement, une ou deux personnes de taille ordinaire auraient tenu à l'aise dans cette « cabine ».

Avec orgueil, Hantzen faisait admirer aux insectes l'engin. Il était évidemment son œuvre. Complaisamment écouté par Yogha, il en détaillait les mérites :

— Cet obus, expliquait-il, peut faire exploser en un point déterminé du globe une charge de yoghite – explosif baptisé par Madame – équivalant à cent tonnes de mélinite. C'est vous dire qu'une ville entière pourrait être détruite par ma « cartouche »… Mais ne cherchez pas le canon susceptible d'en faire l'expédition vers le but choisi : mon obus est *automobile*. Il part de lui-même et sans qu'il soit besoin de brûler de la poudre propulsive pour assurer sa vitesse initiale. Il suffit de mettre l'hélice en mouvement et tout le mécanisme moteur, réglé d'avance, se déclenche. Mon engin s'envole dans les airs, décrivant une courbe mathématique dont le graphique peut être déterminé et tracé à l'avance avec une exactitude scrupuleuse, et va exploser au point précis que je lui ai assigné. N'est-ce pas gentillet ? Grâce à cette invention, plus de canons bruyants et faciles à repérer ; plus d'impedimenta d'aucune sorte. On choisit le but ; on règle le parcours et, au moment choisi, on expédie en toute sécurité son petit souvenir à l'ennemi qu'on souhaite atteindre. Aucune distance, aucune précaution ne le protégera.

Il s'interrompit ; deux insectes, qui, visiblement, venaient d'effectuer un long vol, s'abattaient sur la terrasse.

— Eh bien, leur demanda Yogha, dont le regard s'anima, avez-vous les renseignements ? Savez-vous ce qu'ils préparent ?

— Nous avons vu des usines colossales, madame, mais sans pouvoir nous rendre compte de ce qu'on y fabrique, répondit un des Polaires. Voici, très exactement relevés, le plan et la situation des usines et du campement d'Oronius.

L'Hindoue s'empara du document avec vivacité, y jeta un coup d'œil et le tendit à son complice.

— À merveille ! dit-elle. Quoi qu'ils préparent, nous allons y mettre bon ordre. Ils n'auront pas le temps de poursuivre l'exécution de leurs desseins.

Et, se retournant vers les Polaires, elle continua en montrant le projectile :

— N'est-ce pas une excellente occasion d'expérimenter le *su-*

per-obus ? Nous allons l'expédier à nos adversaires communs. Dans quelques minutes, l'illustre Oronius, sa sainte séquelle et son œuvre auront cessé d'exister et par conséquent de nous tenir sur le qui-vive.

Courbé sur l'engin, Otto Hantzen, après avoir consulté le plan, réglait soigneusement le mécanisme. Il fit pivoter le pied de l'obus, modifia la direction et l'inclinaison, tourna cinq aiguilles, en bloqua deux, remonta une demi-douzaine de ressorts et se releva satisfait.

— Tout est prêt, annonça-t-il. Il n'y a plus qu'à fermer et à appuyer sur ce bouton, marqué d'une abréviation du mot départ, et l'obus automobile s'élancera vers sa destination.

— Tout est *presque* prêt, rectifia doucement Yogha. Il manque encore quelque chose. L'oubliez-vous ?

— En effet, remarqua un des Polaires. Pourquoi cet obus reste-t-il ouvert ? Et pourquoi est-il creux et vide ? Que comptez-vous loger à l'intérieur ?

— Un supplément de charge, ricana la belle Hindoue.

— De quelle nature ?

— Vous allez voir.

Cette dernière réponse était sortie de la bouche lippue du poussah, car Yogha s'éloignait.

Elle revint, bientôt, poussant devant elle sa captive, Turlurette, dont les mains étaient liées derrière le dos.

— Voici la passagère ! dit-elle haineusement. Il est temps de la renvoyer à ses dignes compagnons. Elle partagera leur sort... Je puis même certifier qu'elle le leur apportera.

Et, s'amusant de la visible terreur de la pauvre soubrette, dont la tunique, déchirée par places, laissait voir, sur sa peau, les traces de coups récents, elle ajouta férocement :

— Comprends-tu, petite ? Tu vas voyager en compagnie de la mort... dans cet obus lesté d'un explosif. Nous te renvoyons à tes amis en compagnie de ce cadeau ; il éclatera parmi eux ; éparpillant dans les airs ton corps et le leur... Tu seras de la fête ! Réjouis-toi !

La fiancée de Laridon n'en avait guère envie ; elle tremblait de tous ses membres à la pensée du sort affreux qui menaçait et allait atteindre ses maîtres, ses protecteurs, ses amis… et Victor, hélas !

Mais ne lui avait-on pas réservé, à elle, le pire destin ? La mort surprendrait les autres, ils n'auraient vraisemblablement pas le temps de souffrir ni de s'effrayer. Tandis qu'elle allait, enfermée dans l'obus et lancée à travers l'espace, subir une première agonie.

Implacablement, Yogha la poussait vers l'engin ouvert. La pauvrette allait fermer les yeux, quand…

… Tout à coup, la pression des doigts de Yogha sur son épaule s'interrompit.

Le regard affolé, hurlant d'épouvante, l'Hindoue reculait, les yeux fixés sur *une main* qui voltigeait dans l'air, autour de sa tête.

Nerveusement, pressentant un danger inconnu, l'Hindoue atteignit dans ses vêtements un revolver, visa la main et fit deux fois feu, coup sur coup.

Hantzen terrifié et les insectes géants stupéfaits assistèrent, dans l'instant même, à ce spectacle étrange :

L'une après l'autre, *la main vivante* cueillit les balles au vol, sans paraître éprouver le moindre dommage ; et, comme en se jouant, elle les renvoya à Yogha, verte d'émoi.

Puis, brusquement, fondant sur l'Hindoue comme un oiseau de proie, *la main* lui arracha le revolver et se mit à tirer sur les spectateurs.

Il y eut une bousculade de panique. Les Polaires, impressionnés, s'écartaient et parcouraient la terrasse, en criant pour réclamer du renfort. Quelques-uns s'envolaient pour s'efforcer d'atteindre la main.

À quoi bon ? Celle-ci se faufilait au milieu de tout ce désordre et les insectes géants n'arrivaient qu'à s'entrechoquer et à se gêner les uns les autres.

Le plus grand désarroi régnait sur la terrasse. Autour de l'obus, c'était une bousculade incessante, qui ne permettait plus de rien distinguer de ce qui se passait.

Tout à coup, deux cris aigus, suivis d'un bruit sourd, percèrent le tumulte, tout un groupe de Polaires roula sur le sol, violemment heurtés par une masse qui passait au milieu d'eux. Ils se relevèrent plus ou moins contusionnés.

Et, quand le calme fut rétabli, quand on put se compter, il y eut lieu de constater des vides importants.

D'abord, la main ni Turlurette n'étaient plus là.

En second lieu, l'obus ? Où avait pu passer l'obus ?

Enfin, Otto Hantzen et Yogha avaient disparu !

La direction et l'inclinaison du support *étaient changées. L'obus automobile était parti dans le sens opposé à celui que lui avait assigné son inventeur.*

Comment s'était produite cette chasse simultanée ? Qui avait pu modifier le mécanisme du projectile volant ?

Les Polaires, confondus, ne tardèrent pas à le deviner.

Utilisant le désarroi, profitant du tumulte, la *main vivante* avait irrésistiblement saisi l'Hindoue et son complice et les avait basculés dans l'obus, *à la place de Turlurette.*

Puis, refermant l'engin et imprimant au pivot du support un demi-tour de conversion, elle avait pressé le bouton marqué D et provoqué le départ de l'obus.

Maintenant, l'engin meurtrier était en route.

Par exemple, il ne menaçait plus le camp d'Oronius…

Et c'étaient les implacables ennemis du savant qu'il emportait vers la mort, à la place de la dévouée soubrette de Cyprienne.

Comme la *main d'Atlantéa* avait bien travaillé, inspirée de haut par le brave Laridon !

Elle n'avait pas borné là son intervention.

Après s'être appliquée à faire échouer le plan des deux misérables, châtiés du même coup de l'avoir conçu, elle s'était emparée de Turlurette.

Et, la soutenant fortement, elle l'emportait… poursuivie par une douzaine d'insectes qui, des jardins, s'étaient aperçus du tour.

*** ***

Du haut de l'*Alcyon*, Victor Laridon suivait les événements.

Il s'applaudissait du succès de son entreprise hasardeuse, surtout téméraire. Pensez donc, lui, le mécano, il avait eu le toupet de se substituer au Maître pour faire travailler une portion de la reine d'Atlantide !

À présent, il n'avait plus qu'à cueillir les fruits de son audace victorieuse.

La main, ramenant Turlurette, accourait vers l'avion.

Elle avait une très suffisante avance sur ses poursuivants, et ceux-ci paraissaient n'avoir aucune chance de la rejoindre avant que le mécano l'eût recueillie à son bord.

Joyeusement, Victor manœuvra ses commandes et se rapprocha du sol.

Puis, tenant toujours le *radiateur cérébral*, qui lui avait permis de diriger à distance les actes de la main, il sortit de la cabine et s'avança vers l'escalier-passerelle, afin de recevoir sa douce Turlurette et la belle main libératrice.

L'une et l'autre n'étaient plus qu'à quelques pas.

Et déjà, Turlurette, apercevant et reconnaissant son amoureux, manifestait sa joie et sa tendre reconnaissance.

— Victor ! Mon Victor ! appelait-elle, en lui envoyant des baisers.

— Ma Turlurette ! répondait-il, riant d'un œil et pleurant de l'autre.

Le soleil resplendissait ; le ciel était pur et calme comme l'avenir des deux amoureux.

Ils en jugeaient ainsi, du moins.

Mais voici que, dans ce paisible azur, qu'aucun souffle d'air n'agitait, un brusque et violent coup de vent arriva soudain au galop, secouant l'*Alcyon* et précipitant sur le sol Laridon, qui lâcha le radiateur.

Aussitôt, *la main* s'arrêta et tomba flasque sur le sol.

Turlurette poussa un cri de détresse ; ses jambes fléchissantes refusaient de la porter plus loin ; à son tour, elle s'abattit sur les genoux.

Et derrière, les insectes géants bondissaient pour la saisir.

Éperdu, le mécano voulut se relever ; ramasser le radiateur-animateur et courir vers sa fiancée…

Par malheur, loin de se calmer, la bourrasque inopportune s'aggravait de plus en plus.

Rejeté sur terre, le mécano vit l'*Alcyon*, arraché du sol, s'envoler dans le ciel…

Il poussa un cri de désespoir…

Là-bas, à quelques pas de lui, les Polaires entouraient et saisissaient Turlurette reconquise, perdue pour Laridon.

Le malheureux échouait au port…

Si près de la victoire, croyant déjà la tenir, un caprice du vent lui enlevait à la fois sa puissance, son avion et sa fiancée, les laissant, elle et lui, à la merci des rivaux des hommes…

CHAPITRE XXVIII
LE CYCLONE ENIVRANT

« À la merci des rivaux des hommes ! ! ! » Cette désolante pensée traversa comme un éclair le cerveau du mécano.

C'en était assez pour lui broyer le cœur et le réduire au désespoir. Grinçant des dents, il s'apprêtait à fournir une défense acharnée.

Il aurait désiré être tué en se débattant ; mais, à cause de la poche à chloroforme, il ne lui paraissait pas bien certain que les choses pussent se terminer aussi simplement.

D'ailleurs, cette contention cérébrale, il n'eut pas à la prolonger longtemps ; car la scène ne tourna point comme il l'imaginait ; et il cessa presque instantanément d'avoir une vision nette de ce qui se passait autour de lui.

Les images ne lui parvenaient plus que confuses et brouillées, comme s'il avait été sur le point de perdre connaissance.

Dans l'espace, une inimaginable tempête s'était déchaînée et faisait rage ; entouré de tourbillons, Laridon ressentit tout à coup une surexcitation générale. Ses artères battaient avec force ; ses tempes bourdonnaient, il lui semblait que tout tournait autour de lui. En même temps, à chaque nouvelle bouffée d'air absorbée par son appareil respiratoire, une odeur bizarre pénétrait en lui.

— Vl'à qu'on m'embaume ! songea-t-il. J'suis *de cujus*.

Son crâne s'emplissait de fumée ; il y voyait trouble. À peu de chose près, ses sensations rappelaient, mais singulièrement amplifiées, ce qu'il avait éprouvé déjà en deux circonstances ; la première, lorsqu'on l'avait grisé de vapeurs d'alcool, la seconde lorsqu'il s'était enivré avec du champagne.

— C'est drôle ! grogna-t-il égayé ! J'suis mort et j'me cocarde ! Dans c'monde ou dans l'autre, c'est donc du pareil au même !

Il oubliait Turlurette ; il oubliait la situation ; il ne savait plus bien où il était…

— L'autre bord, n'est-ce pas ? c'est des pays mal connus !

Il ne s'étonnait de rien ; même pas de ne pas voir les Polaires accourir et s'emparer de lui. Il les avait oubliés, eux aussi. Ses pensées ne roulaient plus qu'autour de deux groupes d'impressions, qui lui paraissaient aussi incohérentes les uns que les autres : il avait envie de chanter et sa langue était lourde et comme paralysée dans sa bouche pâteuse ; il avait envie de danser et ses jambes étaient de plomb.

— Lâche donc mes pattes, la camuse ! J'savais pas qu'on s'gondolait tant chez toi !

Son état physique le rendait incapable de réaliser ses désirs. Sa pensée seule lui paraissait être pimpante et légère.

Cela ne dura pas longtemps ; peu à peu, une envahissante torpeur fit place à cette excitation, et Laridon, couché sur le sol, se laissa aller à une somnolence indifférente.

Son sommeil était traversé d'étranges cauchemars.

Tout à coup, il lui parut que le ciel – le ciel ! on en voit donc un second quand on est dans le premier ? – se peuplait d'aéroplanes. Cette vision se rattachait sans doute inconsciemment à la préoccupation que lui avait causée la perte de l'*Alcyon*.

Mais ces aéroplanes déversaient sur le sol des humains masqués, ainsi que des soldats qui vont braver les gaz asphyxiants.

En suivant – ou en croyant suivre des yeux – les évolutions de ces hommes, Laridon s'aperçut que le terrain environnant était jonché de Polaires inertes, étendus comme lui à même le sol.

C'était d'abord le groupe des poursuivants de la jeune soubrette. Ils étaient tombés en tas à la place même où ils s'apprêtaient à la saisir.

Puis, il y en avait d'autres, beaucoup d'autres, tombés de tous côtés et dont les aviateurs masqués s'approchaient tour à tour.

Et Laridon, stupéfait, constatait qu'on coupait les ailes, les aiguillons-poignards et le chloroformisateur de chacun de ces insectes endormis.

Absolument comme lui-même l'avait fait peu de jours auparavant au sujet enivré d'Oronius !…

— C'est core plus fort qu'l'œil cyclopéen ! D'ici j' vois qu'on m'ratisse mon brevet !

Après cette opération, les insectes mutilés étaient jetés pêle-mêle, comme des paquets, à l'intérieur des avions, qui s'éloignaient aussitôt remplis.

— Ça, c't idiot ! À quoi qu'ça rime ?

Dégoûté, le mécano se retourna en fermant les yeux afin de ne plus voir.

Cette fois, il s'endormit pour de bon.

Quand il se réveilla – longtemps ! bien longtemps après – le champ au milieu duquel il était couché était vide : aéroplanes, aviateurs-mutilateurs et Polaires avaient disparu.

Laridon était seul.

— C'était bien un rêve ! murmura-t-il en se frottant les yeux. Parbleu ! Ai-je eu la trouille ?… Pourquoi ai-je piqué mon chien, et qui qui m'a mis dans l'ciboulot c't embrouillamini ?

Il renifla : l'odeur de champagne avait disparu de l'atmosphère ; l'air était pur et rafraîchissait le cerveau du mécano.

Pourtant, sa « cabèche », il le comprenait bien, restait embrumée et douloureuse. Bref, il éprouvait toutes les impressions d'un ivrogne à son réveil.

— C'est un peu fort ! s'exclama-t-il en se dressant sur son séant.

Puis, une autre préoccupation se mêla à son étonnement.

— Avec tout ça, qu'ont-ils fait de Turlurette ? C'est drôle qu'on m'ait laissé là ! On aurait pourtant dû me z'yeuter… J'suis pas une fourmi !

Soucieux et chancelant, il parvint à se remettre sur ses pieds et promena ses regards autour de lui.

Un appel l'émut, au point de le faire tressaillir de la tête aux pieds.

— Victor !

Portant vivement ses regards du côté d'où il arrivait, il aperçut, sous un arbre, une forme mouvante.

Turlurette !... C'était Turlurette vivante et libre... Turlurette qu'aucun danger ne paraissait plus menacer.

Comme son amoureux, elle semblait sortir à peine d'un profond sommeil et s'étirait gracieusement en frottant ses jolis yeux.

Aussi vite que pouvaient le porter ses jambes, encore hésitantes, Victor Laridon se précipita vers sa dulcinée.

— Ma petite caille ! Mon trognon ! Mon bigoudi sucré ! s'exclama-t-il, en entourant la jeune fille de ses bras avec une tendresse exubérante. Ce n'est donc pas vrai ce que j'ai rêvé ? Ces scarabées à deux pattes ne te poursuivaient donc pas ? Tu leur as échappé ? Ah ! c'que t'es mimi avec ta liquette loqueteuse !... Ils ne t'ont pas reprise ?

Sous le flot de cette exubérance, la soubrette secouait la tête en rougissant :

— Je ne sais pas ; je ne me rappelle rien... ni ce qui est vrai... ni ce qu'il faut croire, dit-elle. J'ai cru voir tant de choses et subir tant d'aventures ! J'ai eu de si effrayants cauchemars !

— Comme moi, ma bichette !

Brusquement, Turlurette saisit à deux mains la tête du mécano et l'embrassa follement à plusieurs reprises.

— Il n'y a qu'une chose qui soit sûre et c'est la seule importante ! déclara-t-elle. Nous sommes réunis... nous nous aimons... Le reste !...

D'une chiquenaude méprisante, elle indiqua le peu de cas que doivent faire des amoureux de tout ce qui n'est pas leur amour.

Laridon devait partager cette opinion.

— T'as raison, approuva-t-il avec conviction. Pour le moment, on s'est désempoissés des Polaires et te v'là vivante, plus gironde que jamais... C'est une veine ! S'agit qu'elle continue.

— Elle continuera, va ! lança la jeune fille, avec le bel optimisme de son âge.

— Espérons-le... Tout de même... si je n'avais pas laissé s'esbigner l'*Alcyon*, on serait moins dans la mouise, répliqua Laridon, redevenu soucieux.

Cette partie, au moins, de ses souvenirs n'était pas un rêve. Il devait le constater. L'avion n'était plus là.

C'était là le malheur irréparable.

— Qu'est-ce que m'sieu Oronius me passera... si jamais je parviens à le rejoindre ! pensait-il avec inquiétude. Je peux pas regretter ma fugue interlope, puisque, sans mon arrivée, Turlurette partait dans une grosse marmite... Mais, faut en convenir, j'ai mérité un savon de première !

Il bouscula délibérément ce souci à échéance assez problématique. Pour l'instant, d'autres questions plus impérieuses et non moins angoissantes se posaient.

— Quoi qu'on va devenir, nous deux ? murmura-t-il avec une grimace. On est en plein pays proinsectant... Tôt ou tard, nous nous cognerons contre les zigs qui le polarisent...

Il s'interrompit et trébucha involontairement.

— Quand je te le disais ! maugréa-t-il. C'était sûr !

Au tournant d'une construction, il venait d'apercevoir, venant dans leur direction, un groupe de silhouettes. Or, comme il devait supposer que ce groupe était composé de Polaires, il en ressentait un coup au cœur.

Avec la promptitude de son coup d'œil féminin, Turlurette, elle, ne s'était point méprise.

— Essuie tes binocles, mon Victor, le rassura-t-elle ironiquement. Ce n'est pas des bêtes savantes... Ce sont des hommes !

Point n'était besoin d'essuyer le binocle inexistant. Déjà soulagé, le mécano esquissait un entrechat.

— Les aviateurs de mon rêve ! cria-t-il. Je les reconnais. Ah ! je ne sais pas ce qu'ils peuvent mijoter par ici, ni s'ils sont logés à meilleure enseigne que toi et moi, mais ce sont des frangins et j'ai la démangeaison de leur sauter au cou.

— Moi aussi ! renchérit candidement Turlurette.

Elle entraîna en courant son amoureux vers les gens du groupe qui leur adressaient des signes.

— Ça va mieux, la petite ? Le mal aux cheveux est dissipé, mon garçon ? demanda avec bonne humeur un des arrivants. On vous a laissés dormir où vous étiez... Il n'y avait plus de danger et la besogne nous appelait ailleurs.

— Plus de danger ? bégaya Laridon, stupéfait. Eh bien, alors, et les Polaires ?

— Finis, les Polaires ! Ils sont sous clé ! riposta jovialement l'aviateur. Nous leur avons rogné les ailes et les ongles. Désormais, ils ne sont plus que de pauvres bestioles inoffensives. Le Maître Oronius se chargera de les vacciner contre la folie des grandeurs. Il faudra qu'ils s'apprivoisent.

Le mécano s'exclama en devenant pourpre :

— C'est donc m'sieu Oronius qui ?...

— Oui, c'est lui ! Il a trouvé le moyen de les avoir sans danger... Tout simplement en lançant sur l'Europe un formidable courant d'air chargé de vapeurs de champagne. Les citoyens ailés étaient particulièrement sensibles à ces vapeurs-là ; on en a fait la preuve !... Les fumées du vin leur coupent bras et jambes, c'est le cas de le dire. Nous n'avons eu que la peine de descendre derrière la bourrasque et de ramasser les ivres-morts. En même temps, des équipes des nôtres, suivant la marche du cyclone, ont opéré dans toutes les contrées occupées par les Polaires... À cette heure, la besogne est terminée ; l'Europe est nettoyée et chacun reprend sa place.

— Où est m'sieu Oronius ? balbutia Laridon.

— À Belleville... Il a déjà réintégré son laboratoire et il déballe ses caisses. Ah ! dame ! il n'est pas d'excellente humeur ! Le déménagement n'a pas été tout seul... Il paraît qu'un certain coco lui avait barbotté son avion particulier. On se demande même où il est passé, ce sacripant : car on n'en a retrouvé aucune trace... Si par hasard vous aviez des nouvelles à en donner, nous vous conduirions au Maître.

— J'en ai certainement... et de première main, déclara fort piteusement le mécano. Viens, ma Turlurette ; c'est un fichu moment que je vais passer... Tu comprendras pourquoi tout à l'heure... Mais, quoi ! tôt ou tard, il faudrait bien aller m'expliquer. Tant pis pour moi si ça barde ! Encore une fois, je ne peux rien regretter, puisque j'ai sauvé ma bibiche !

Et, emboîtant le pas aux Américains, Victor Laridon, l'oreille basse, se laissa emmener.

Turlurette, suivait, se demandant quel crime avait pu commettre son Victor pour avoir la mine aussi peu fière.

CHAPITRE XXIX
LA COLÈRE D'ORONIUS

Tout à la fois satisfait et craintif, le téméraire Laridon n'avait pas tout à fait tort de trembler à la pensée de reparaître devant l'illustre savant, pour lui rendre compte de son intempestif coup de tête. Le Maître, c'était à présumer, ne pouvait lui réserver un accueil chaleureux, car il avait vraiment trop de fautes à son actif.

Sa fugue tout d'abord, en dépit de son but louable et de l'utile intervention qu'elle avait permise en faveur de Turlurette, devait être considérée par Oronius en acte d'insubordination, d'un exemple fâcheux et, pour le principe surtout, difficile à absoudre.

Rien n'excusait le mécano d'être parti sans solliciter l'autorisation. Il aurait dû s'expliquer, confier ses projets, se faire appuyer par l'éloquence de Jean Chapuis et de Cyprienne, plus disposée à s'attendrir.

Au lieu de cela, il s'était personnellement dispensé de prendre conseil – prendre l'*Alcyon* lui avait suffi – et s'était éloigné sans laisser un mot. Était-ce là le moyen d'apaiser les légitimes inquiétudes que sa disparition pouvait faire concevoir ?

Si encore il avait ramené l'avion indélicatement « emprunté » !...

Hélas ! du fait de son imprudence, le merveilleux appareil, emporté, sans pilote, par la bourrasque, s'était certainement brisé dans quelque désert ou englouti dans les flots.

L'*Alcyon-Car* anéanti !...

L'auteur responsable d'un pareil désastre ne serait jamais pardonné... Jamais !

Décidément, le mécano en avait trop lourd sur la conscience ; il aurait aussi bien fait de s'abstenir de reparaître.

Son sort était réglé sans rémission...

D'autant que, tôt ou tard, on découvrirait encore contre lui d'autres griefs auxquels il préférait ne pas penser.

La perte de l'*Alcyon-Car* n'était pas la seule conséquence malheureuse de son entreprise.

Au fait, allait-il ajouter cet aveu à la liste de ses méfaits ?

Non ! Avec ce qui était déjà connu, il avait son « paquet bien tassé »… Son compte était bon !

Voilà ce que le penaud Laridon se disait en pénétrant timidement derrière Turlurette, dans le laboratoire du Maître.

Il se faisait petit ; ce n'était pas son habitude. Mais aujourd'hui les circonstances excusaient l'humilité de sa crête.

Tout d'abord, Turlurette fut seule aperçue ; aussi des cris de joie saluèrent-ils son apparition.

Cyprienne et Mandarinette s'élancèrent pour embrasser la jeune soubrette et la fêter.

Jean Chapuis partageait cette allégresse ; Julep également, à sa façon, un bon sourire de bienvenue lui fendait, jusqu'aux oreilles, son ouverture buccale.

Non moins enthousiastes, Pipigg et Kukuss jappaient en fanfare et grimpaient aux jambes de la rescapée.

— Ah ! ah ! dit cordialement Oronius, dont le grave visage s'éclaira. On t'a retrouvée, ma bonne fille ? Tu m'en vois ravi. J'avais donné des ordres, à ton sujet ; mais je me reprochais un peu, je l'avoue, d'avoir dû, si longtemps, te sacrifier à d'autres préoccupations… Te voilà saine et sauve. Tu m'épargnes un remords… Si seulement je pouvais apprendre ce qu'est devenu ce pendard de Victor, mon esprit redeviendrait libre de soucis.

En entendant cela, le mécano crut défaillir… C'était le moment de signaler sa présence.

S'efforçant de sourire, – et grimaçant sans le savoir, – il se montra.

— Me voici, m'sieu Oronius. Avec moi, vous savez, faut jamais s'en faire !

Alors, le foudroyant du regard, le Maître recula de quatre pas, croisa ses bras sur sa poitrine et cria :

— Halte !… Et réponds à cette question : Laridon, qu'as-tu fait de l'*Alcyon* ?

C'était la pire des questions qui pouvaient lui être posées, surtout pour entamer l'entretien.

— Faut me pardonner, bredouilla-t-il en verdissant. J'étais parti avec… Dans un sens, ça m'a réussi…

Le bouillant Oronius ne lui laissa pas le temps de poursuivre :

— Ah ! tu étais parti avec… avec la permission de qui, mon bonhomme ?

— La mienne, balbutia le mécano en baissant la tête.

Il aurait voulu pouvoir se fourrer dans le trou d'une aiguille et échapper ainsi au terrible regard.

Le visage d'Oronius flamboyait ; son indignation lui donnait une apparence implacable :

— Et tu l'as ramené en bon état, j'ose espérer ?

L'attitude du Parigot faisait peine à voir. Il lui semblait que tout tourbillonnait autour de lui : la salle, les gens… Néanmoins, avec une bravoure méritoire, il lâcha l'aveu :

— Non ! J'ramène des nèfles… Il s'est carapaté… tout seul !

— Que dis-tu là ? vociféra le Maître en bondissant sur son serviteur et en le secouant violemment par les épaules. Tu as perdu l'*Alcyon-Car* ?

— Oh ! m'sieu ! gémit l'infortuné d'une voix plaintive ; c'est pas moi… C'est le *ruffle* (vent d'orage) qui l'a emporté.

— Tu étais donc descendu ? Tu avais abandonné ton poste de pilote… comme tu avais abandonné ton poste auprès de moi ?

— Faut pas m'en vouloir, j'étais dingo à cause de Turlurette… Et puis le vent m'avait fait piquer une tête.

— Le vent !… Le vent ! Si tu n'avais pas filé avec mon *Alcyon* sans prévenir personne, il ne t'aurait pas joué ce tour. Inutile de te disculper. Ton cas est clair : tu as déserté et tu as causé la perte d'un appareil inappréciable, d'un appareil qui aurait dû t'être sacré !

Il y eut un silence.

Chacun tremblait ; car chacun se rendait compte de la gravité du cas dans lequel s'était mis le mécano.

— C'est pour moi, pourtant ! C'est à cause de moi ! pleura Turlurette.

Elle était la seule à tout comprendre.

Qu'allait décider Oronius ? Quelle peine allait-il infliger au coupable ? La jeune soubrette se le demandait avec anxiété.

Le verdict tomba enfin des lèvres du Maître.

Il n'en pouvait exister de plus sévère.

— Va chercher l'*Alcyon*, dit-il avec une amère ironie. Tu ne devras pas reparaître devant mes yeux avant de l'avoir retrouvé !

Frappé au cœur ! – car c'était une condamnation sans appel, – Victor Laridon sentit fléchir ses genoux.

— Daron, vous me chassez ! gémit-il avec effort.

— Moi ? Je me contente de t'envoyer rejoindre l'*Alcyon*… S'il est allé au diable, vas-y !… Il ne fallait pas l'y envoyer, si tu tenais à ta place.

Le plus violent désespoir se peignit sur les traits du pauvre mécano.

— Ah ! murmura-t-il. J'aurais jamais cru ça de vous, m'sieu Oronius. Je suis dans mon tort, c'est vrai. Mais on a tant trimé ensemble. Je mériterais plus de pitié…

Il n'en put dire davantage. Des sanglots le secouaient. Au moment de quitter le Maître et tous ceux auxquels il s'était attaché, son cœur débordait.

Il n'était pas le seul à pleurer.

— Père ! implora Cyprienne, tendant ses mains suppliantes.

Et Jean Chapuis, et Julep, et Mandarinette, jusqu'à Pipigg et Kukuss, tous tournaient vers Oronius des regards suppliants.

Tous criaient, pareillement consternés :

— Pitié !… Ce n'est pas possible !…

Non ! ce n'était pas possible ! Chasser Laridon, qui cent fois avait risqué sa vie pour ses maîtres ! Laridon, le compagnon de Jean Chapuis dans l'aventure de l'*Everest !* Laridon, qui, au cours du voyage sous-terrestre, avait assuré le salut commun en découvrant l'*Irradium !*

Était-il possible que la seule faute commise par lui, si grave dût-on la juger, fît oublier tant de services ? Les derniers remontaient-ils si loin ? Ils étaient d'hier, inscrits sur la terre des Atlantes, comme sur le sol polaire.

Et n'était-ce pas encore à lui qu'on devait de n'avoir pas vu l'obus automobile de Yogha et de Hantzen anéantir l'expédition au moment où elle s'élançait dans les airs ?

Cela, Oronius ne le savait pas encore ; pourtant il ne pouvait être insensible à tout ce qui plaidait la cause de son écervelé, mais si brave et si dévoué aux heures tragiques.

Il devait se laisser attendrir par les larmes de Turlurette. Celle-ci se traînait à ses genoux, en expliquant les circonstances qui lui avaient apporté le salut.

— Sans lui, j'étais morte… et vous tous aussi ! sanglotait-elle. Allez, ce serait une affreuse… oui, une affreuse faute de le chasser !… Sans compter que ce serait me chasser aussi, me condamner à vivre séparée de mam'zelle Cyprienne !… Car vous savez bien que je le suivrais… Est-ce que je pourrais l'abandonner ? C'est pour moi qu'il a bravé votre colère… Je suis responsable de son acte… j'en suis la cause !

Que pouvait répondre Oronius ?

Il releva la soubrette.

— Allons ! dit-il d'une voix qu'il cherchait à rendre bourrue et qu'une émotion vraie faisait trembler. Je pardonne au garnement. Séchez tous vos larmes. Il restera. J'en serai quitte pour construire un autre *Alcyon-Car*.

Pardonné, entouré, fêté, cajolé et surtout embrassé par sa chère Turlurette, Laridon se grattait la nuque.

Il n'était pas encore rassuré.

— Vous passez l'éponge, m'sieu Oronius ? Bien vrai ? Vous m'engraciez de tout ce que j'ai fait, de tout ce que j'ai pu faire ?… Car, faut pas de malentendu… Des fois, il pouvait se trouver à bord de l'Alcyon *des choses auxquelles vous teniez*. Alors je voudrais pas qu'ça soye à recommencer quand vous dégotterez qu'elles se sont fait la paire.

Déridé par cette naïveté, Oronius sourit.

— Gros malin ! dit-il en envoyant une bourrade affectueuse à son mécano. Tu prends tes sûretés… Tu ne dois donc pas avoir la conscience absolument tranquille… Allons, ne marchandons pas. Je pardonne en gros et en détail. Je pardonne tout… ce que je connais et ce que je ne connais pas. N'en parlons plus et remettons-nous à l'ouvrage… À présent, le Monde étant délivré des *rivaux des hommes*, on va pouvoir vous marier tous les quatre, et je pourrai, moi, retourner à mes chères études. Allez, les amoureux !... Allez organiser votre riant avenir. Moi, la science me ré-clame.

Obéissant à l'ordre du Maître, Jean et Cyprienne d'une part, Laridon et Turlurette de l'autre sortirent enlacés.

Cette fois, ils espéraient bien avoir obtenu du sort un armistice ; peut-être consentirait-il à ne plus susciter d'autres obstacles à leur bonheur.

Ils avaient assez attendu cette heure.

*** ***

Rentré dans son laboratoire, Oronius, enfin seul, déficelait d'étranges paquets.

C'était son œuvre de demain, l'étude d'un passionnant problème.

Chacun de ces paquets contenait une pièce anatomique, un des *fragments vivants d'Atlantéa*, la préadamite qu'il rêvait de recons-tituer.

Au moment où l'aventure dans laquelle avait failli sombrer la civi-lisation humaine prenait fin, l'infatigable génie ne pensait plus qu'à aborder une nouvelle tâche, plus ardue, plus compliquée.

— Avec le passé, refaire le présent et peut-être l'avenir, ne serait-ce pas égaler enfin la Nature ? murmurait-il en classant les fragments.

Tout à coup, il tressaillit : l'un des fragments manquait à l'appel. Et c'était la *main vivante*, emportée par Laridon.

*** ***

Toutes les recherches devaient être vaines...

La main mystérieuse était *en fuite*.

Mais le Maître avait absout d'avance. Il ne revint pas sur son par-don.

— Après tout, se consola-t-il, je suis de force à remplacer cette main par un équivalent de mon cru. L'autre, la vraie est perdue. N'en parlons plus !

Peut-être prenait-il trop légèrement la disparition de cette pièce macabre.

La main fugitive, la main coupée et *toujours vivante* devait encore faire parler d'elle…

FIN

ISBN : 978-3-96787-258-3

CPSIA information can be obtained
at www.ICGtesting.com
Printed in the USA
LVHW110524140120
643550LV00003B/369/P

9 783967 872583